クリスティー文庫
96

フランクフルトへの乗客

アガサ・クリスティー

永井　淳訳

PASSENGER TO FRANKFURT
by
Agatha Christie

Translated by
Jun Nagai
Published 2020 in Japan by
HAYAKAWA PUBLISHING, INC.
This book is published in Japan by
arrangement with
AGATHA CHRISTIE LIMITED
through TIMO ASSOCIATES, INC.

マーガレット・ギョームに

「統率力は、
偉大な創造者であると同時に、
悪魔的な力にもなりうる……」
――ヤン・スマッツ
（南阿連邦の軍人政治家）

目次

まえがき

作者は語る、
直接面と向かってであれ、郵便によってであれ、作者に向けられる最初の質問は、「あなたはどこでアイディアを仕入れるのですか？」という質問です。

そんなとき、「わたしはいつもハロッズへ行くことにしてますよ」とか、「仕入れ先はたいてい陸海軍ストアですね」とか、あるいはそっけなく、「マークス・アンド・スペンサーへ行ってごらんなさい」などと答えたい誘惑たるや相当なものです。

世間の人々は、どこかにアイディアの魔法の泉があって、小説家というのはその泉の水を汲む方法を発見した人たちのことであると、堅く信じこんでいるふしがあります。

まさかシェークスピアの例の、

浮気の心はどこに生まれた。
胸の底にか頭にか、
どうして生まれ、どうして育った？
さあさ、答を聞かせておくれ。

（『ヴェニスの商人』第三幕第二場）

を持ちだして、質問者をエリザベス朝へ送り返してしまうわけにもいきません。だから、「自分の頭で考えたんですよ」と、きっぱり答えるだけなのです。

もちろん、こんな答はだれにもなんの役にも立ちません。そこで、質問者の顔つきが気に入ったら、親切気を出してもう少し説明を補足します。「あるアイディアがとりわけ気に入って、どうやら物になりそうだという気がしたら、それをさまざまにひねくりまわし、あれこれと細工を加え、しだいに発展させ、あるいは調子を加減して徐々に形をととのえてゆきます。それから、もちろん、そのアイディアを書きはじめなければなりません。これは楽しいどころではない——とても困難な仕事になります。これとは別に、アイディアを大切にしまいこんでおいて、一年か二年たってからとりだして使うということも可能です」

第二の質問——というより所信の表明は、おそらくこういうことだろうと思います。
「作中人物の大部分は現実から借りてきたものでしょうね？」

こんなばかげた思いつきは、怒りをこめて否定します。「いいえ、そんなことはありませんよ。わたしが作中人物を考えだすのです。彼らはわたしのものですよ。わたしの作中人物たち——わたしが望むとおりに行動し、わたしが望むとおりの人物になってくれなければ困るのです。彼らはわたしのために生きはじめ、時には自分自身の考えを持つこともありますけど、それというのもわたしが彼らを現実の人間らしく作りあげたからなのです」

かくて作者はアイディアと作中人物を生みだしました——しかしつぎに必要なのは三つめの要素——すなわち背景です。はじめの二つは内部のソースから出てきますが、三つめのは外部から——つまり、もともとそこに存在していて、作者を待っているものでなければならないのです。これは作者が考えだすのではなく——もともとそこにあるもの——現実なのです。

あなたはおそらくナイル川の遊覧船に乗ったことがあるでしょう——そしてそのときのことを何もかもおぼえている——それこそあなたの物語におあつらえむきの背景なのです。あなたはチェルシーのあるカフェで食事をしたことがある。つかみ合いがおこなわれていた——一人の女がもう一人の女の髪の毛をひとつかみごっそり抜きとった。あなたのつぎの書きだしにはもってこいの場面です。あなたはオリエント急行で旅行をする。いま構想中のプロットにオリエント急行を舞台として使うのは、どれほどか楽しいことでしょう。あなたはお友だちと一緒にティー・パーティへでかける。あなたが到着すると、彼女の弟が読みかけの本を閉じて、横に投げだし、こう呟く。「まあまあ悪くない、しかしなんだってエヴァンズに頼まなかったのかな?」

そこであなたは近々書く予定になっている本の題名を、その場で『なぜ、エヴァンズに頼まなかったのか?』に決めます。

しかし、あなたはまだエヴァンズがどういう人物になるかを知りません。でも心配ご無用。エヴァンズのことはあとまわしにして——とにかく題名は決まりました。

といったようなわけで、いわば背景はあなたが考えだすものではありません。それはあなたの外側、あなたの周囲に存在している——あなたはただ手をのばして選りどり見どり好きなのをとるだけでよいのです。列車、病院、ロンドンのホテル、カリブ海の浜辺、田舎の村、カクテル・パーティ、女学校……

ただひとつだけ肝心なことがあります——それは実在するものでなければなりません。現実の人間、現実の場所。時間と空間の中で明確な位置を占める場所。もしいまこの場でということになったら——あなた自身の目で見、耳で聞くものは別として——どんな方法で完全な情報を入手するか。その答は驚くほど簡単なのです。

それは新聞社が朝刊ニュースの見出し一覧という形で、毎日あなたのもとへ届けてくるものなのです。朝刊の第一面からそれを拾い集めなさい。今日の世界では何がおこっているか？　世間の人々は何を言い、考え、おこなっているか？　イギリスの一九七〇年を鏡にうつしてみるのです。

一ヵ月間新聞の第一面を毎日眺め、ノートをとり、考察し、分類してみるのです。

毎日殺人事件がおこっています。

若い娘が絞殺される事件。

老婦人が襲われ、わずかな蓄えを強奪される事件。

青年たちや少年たちが——襲ったり襲われたり。

建物や電話ボックスの破壊。

麻薬の密輸。

強盗および暴行事件。

子供が行方不明になり、家からさほど遠くない場所で死体となって発見される事件。

これがイギリスなのかしら？　イギリスはほんとにこんなふうなのかしら？　人々は

感じます——まさか——まだそれほどではと、でもそれはありうること、なのです。

不安が芽生えつつあります——もしかしたらという不安が。実際の事件よりは、その背後に潜んでいるかもしれない原因への不安なのです。原因のあるものはわかっており、あるものはまだわかっていないながら、うすうす察しがつきます。しかもこれはわが国だけの問題ではありません。ほかのページには、ヨーロッパや、アジアや、南北アメリカからの——全世界のニュースを伝える小さな記事が目につきます。

旅客機のハイ・ジャック。

誘拐。

暴行。

暴動。

憎悪。

無政府状態——それも激化する一方の。

すべては破壊の崇拝と残虐趣味を志向するかに思われます。

これはいったい何を意味するのでしょうか？　人生を語ったエリザベス朝の警句が過去からこだましてきます。

……それは、
阿呆のおしゃべり、がやがやわめくばかりで、
なんの意味もなさぬ。
（『マクベス』第五幕第五場）

それでも人々は知っているのです――わたしたちのこの世界はいかに多くの善に――善行、親切心、慈善行為、隣人同士の親切、少年少女の有益な奉仕にみちあふれているかということを。

なのにどうして、現実の世相をあらわす日々のニュースには、世の中の出来事には、このような現実ばなれした雰囲気がつきまとうのでしょうか？

この一九七〇年という年にひとつの物語を書くためには、あなたは自分の住む社会的背景と妥協しなければなりません。もし背景が現実ばなれしたものであれば、物語もその背景を受け入れなければならないのです。従って物語自体もまた、ファンタジー、あるいはコミック・オペラの形式をとらざるをえません。舞台装置に日常生活の現実ばなれした諸相をとりこむ必要があるのです。

人は現実ばなれした運動などというものを思い描くことができるでしょうか？　たとえば秘密の権力闘争を？　狂気の破壊欲が新しい世界を創造することは可能でしょう

か？　さらに一歩進んで、空想的な、不可能とも思える方法による救済を示唆することは考えられるでしょうか？

何事も不可能ではない、と科学はわたしたちに教えております。この物語の本質はファンタジーです。それ以上のものだなどというつもりはありません。

しかし、その中でおこる大部分のことは、今日の世界でおこりつつあること、あるいはおこる兆しのあることばかりです。

これはありえない話ではありません——ただファンタスティックな物語だというにすぎないのです。

フランクフルトへの乗客

――コミック・オペラ――

登場人物

スタフォード・ナイ……………………外交官
マチルダ・クレックヒートン………スタフォードのおば
ゴードン・チェトウィンド…………スタフォードの上司
ミリー・ジーン・コートマン………アメリカ大使夫人

ロード・アルタマウント ロビンスン ヘンリー・ホーシャム メアリ・アン （レナータ・ゼルコウスキ）	……調査委員会のメンバー

ジェイムズ・クリーク………………ロード・アルタマウントの補佐

マンロー パイカウェイ	…………………………大佐

ブラント…………………………………提督
ロバート・ショーラム………………物理学者
リーザ・ノイマン……………………ロバート・ショーラムの秘書
マカラック………………………………医者

第一部　中断された旅

1　フランクフルトへの乗客

「座席ベルト着用」のアナウンスが流れた。種々雑多な乗客たちは、すぐには指示に従わなかった。ジュネーヴ到着にはまだ早すぎる、と大部分の人は感じていた。眠そうに唸り、あくびを洩らす者がいた。日をさまさない客は、スチュワーデスが静かに、だがうむをいわさず、肩を叩いておこしてまわらねばならなかった。

「座席ベルトをおしめください」

拡声器を通して、命令口調の乾いた声が聞こえてきた。その声はドイツ語、フランス語、英語の順で、飛行機がしばしのあいだ悪天候の中に突入することを告げた。サー・スタフォード・ナイはありったけの大口をあいてあくびをし、座席にしゃんと坐りなおした。ちょうどイギリスの川で釣りを楽しんでいる夢を見ていたところだった。

四十五歳、中背、つやつやしたオリーヴ色の、ひげのない顔。服装は、やや奇を衒《てら》うほうだ。名門の出で、気まぐれな恰好をすることはいっこうに気にならない。彼よりもまっとうな恰好をした同僚たちがたじろいだ顔を見せたとしても、彼はそこから意地の悪い楽しみを汲みとるだけのことである。どことなく十八世紀の伊達男といった趣があった。彼は人目につくことを好んだ。

奇を衒った旅支度でとくに目立つのは、かつてコルシカで買いもとめた山賊風のマントだった。表は紫がかった濃紺で、裏地は緋色、それにいつもは背中に垂れさがっているが、お望みなら頭をすっぽり隠せる風よけのフードつきという代物だった。

サー・スタフォード・ナイは外交畑では期待はずれの存在だった。若年のころは大物になりそうな素質に注目を集めていたのだが、なぜかその期待を裏切ってしまった。一風変わった悪魔的なユーモアのセンスが、大いに真剣にならなければならないときに、彼にとりつく傾向があった。肝心なときに、退屈な思いをするよりは、持ち前の優雅で茶目っけたっぷりないたずら心を満足させるほうがましだと、いつも考えてしまうのだった。彼は官界で高い地位に達していないにもかかわらず、公的生活では名の通った存在だった。スタフォード・ナイは、疑いもなく才気煥発だが、信頼のおける人間ではないし、おそらく将来もそういう人間にはならないだろう、というのが一般の受けとり方だった。今日の複雑にもつれあった政治や国際関係においては、とりわけ大使級の地位に到達しようとするならば、才気よりも信頼性のほうがより望ましい。サー・スタフォード・ナイは、時おり駆引きのテクニックを必要とする、あまり重要でもなければ公的でもない任務を与えられることはあったにせよ、まずは店《たな》ざらしの身といってよかった。ジャーナリスト連中はときおり彼を外交界のダーク・ホースと呼んでいた。

サー・スタフォード自身が自分の経歴に失望していたかどうかは、だれにもわからなかった。おそらくそれはサー・スタフォード自身にもわからなかっただろう。人並みの虚栄心は持ちあわせていたが、同時に生来の茶目っけを満足させることに大きな喜びを見いだすような男だった。

彼はいま、マラヤでの調査任務を終えて帰国する途中だった。この仕事は不思議なくらい魅力に欠けていた。同僚たちは、彼にいわせれば、調査結果がどのようなものになるかということを、前もって決めてかかっているふしがあった。彼らは身をもって視察し、現地の意見を聞いたが、先入観はいささかの影響も受けなかった。サー・スタフォードは、はっきりした確信があってというよりは、むしろ面白半分に、この仕事をかきまわし、ぶちこわした。いずれにせよ、それが仕事に活気を与えた、と彼は思っていた。そういった機会がもっと多ければよいと願っていた。一緒にこの任務にたずさわった同僚たちは、職務に忠実で、信頼はおけるが、ひどく退屈な連中だった。変わり者で有名な紅一点のミセス・ナサニエル・エッジでさえ、明白な事実に関するかぎり、ばかな真似はしなかった。彼女は目を見開き、耳をすまし、慎重に振舞った。

彼はバルカンの某国の首都で、かつて解決すべきある問題が持ちあがったときに、一度彼女と顔を合わせていた。サー・スタフォード・ナイが、二、三の興味深いほのめかしを口に出さずにいられなくなったのはそのときだった。例の暴露趣味の雑誌《インサイド・ニューズ》が、サー・スタフォード・ナイの首都訪問はバルカン問題と密接な関係があり、彼の任務はきわめて慎重を要する秘密任務であることを、暗にほのめかした。親切な友人が、関連記事に印をつけて、その雑誌をサー・スタフォードに送った。彼は驚かなかった。むしろいたずらっぽい笑いをうかべながらそれを読んだ。このことに関するかぎり、ジャーナリスト連中が滑稽なほど的はずれな臆測をしていることを考えて、すっかりうれしくなってしまった。彼がソフィアグラードへやってきたのは、珍しい野生の花に対する無邪気な興味と、年上の友人レディ・ルーシー・クレグホーンの強引な誘いのためであって、ほかに理由などまったくなかったのである。このレディ・ルーシー・クレグホーンは、これらの人目につきにくい花の珍種の探索にかけては飽くことを知らず、学名の長ったらしさとは逆にいとも小さいこの手の花を見つけると、いつなんどきでも岩壁をよじ登り、嬉々として沼地の中に跳びこんでゆくような女性だった。

熱心な愛好家の小グループが、山の中腹で約十日間にわたってこの植物探索を続けているうちに、例の記事が的をはずれているのはいかにも残念だという考えが、ふとサー・スタフォード・ナイの心にうかんだ。彼は野生の花に少々——ほんの少しだが——飽きがきていたし、いくらルーシーが好きとはいえ、六十すぎのくせして全速力で山を駆けあがり、楽々と彼を追い抜いてしまう彼女の体力には、いささか辟易させられていた。彼の目の前には常に鮮やかな藤紫のズボンのお尻があった。ルーシーは、ほかの部分はむしろ痩せて骨ばっているほうなのだが、藤紫のコーデュロイのズボンをはくにしては、いかにもお尻の幅が広すぎた。そうだ、このささやかな国際的任務に手を出して、そこで遊びまわるのも悪い考えじゃないぞ……と彼は思った。

機内では金属的な拡声器の声がまた乗客に話しかけていた。ジュネーヴが濃霧のため、飛行機はフランクフルト空港に行先を変更して、そこからロンドンへ飛ぶという案内だった。ジュネーヴ行きの乗客は、霧が晴れしだいフランクフルトから送り返されることになるという。サー・スタフォード・ナイにとって、この変更はどうということはなかった。もしもロンドンが霧ならば、飛行機はプレストウィック（スコットランド南西部）へ飛ぶだろう。そうならないことを祈った。プレストウィックまで連れていかれたことがこれまで何度あったかしれなかった。人生も、空の旅も、ともにひどく退屈なものだ、と彼は思った。せめて――自分にもわからない――せめて、どうだというのか？

フランクフルト空港のトランジット・ラウンジは暖かかったので、サー・スタフォード・ナイはマントをうしろにすべらせて、緋色の裏地が派手に肩にまつわりつくがままにした。ビールを飲みながら、さまざまなアナウンスを聞くともなしに聞いていた。

「四三八七便、モスクワ行き。二三八一便、エジプト経由カルカッタ行き」

地球上のいたるところに旅がある。ロマンチックであるべきはずの旅。だがラウンジの雰囲気には、何かしら興ざめな感じがあった。人間や、買うべき品や、同じような色の椅子や、プラスチックや、泣き叫ぶ子供たちがあまりにも多すぎるのだ。これはだれの言葉だったろう？

できることなら、
わたしは人類を愛したい、
その愚かな顔を愛したい。

チェスタートンだったろうか？　この言葉は疑いもなく真実だった。多くの人間を一カ所に集めてみるがよい、彼らはほとんど我慢がならないほど、痛々しいまでによく似ている。たまには面白味のある顔が見たいものだ、とサー・スタフォードは思った。それはどんなに重要な意味を持つことか。彼は二人の若い女性に底意地の悪い視線を向けた。二人とも念入りに化粧して、彼女たちの国の——たぶんイギリス人だろう——制服ともいうべき超ミニスカートをはいている。ついで三人目の、前の二人よりもさらに念入りな化粧をほどこし——実際のところ、すごい美人といってよかった——キュロット・スーツとかいうものをはいた女性に視線を転じた。彼女はファッション街道をさらに一足先まで進んでいた。

彼はほかの美人たちと似たり寄ったりの美人というものに、あまり関心がなかった。並みの美人とは異なる女性が好みだった。そんな女性がプラスチックの人造皮革の長椅子に、彼と並んで腰をおろした。その顔がたちまち彼の注意を惹きつけた。厳密にいえば彼女の顔が並みの顔と違っていたからではなく、どこかで見たことのあるような顔だからだった。どこかで一度会ったことのある相手だった。いつ、どこで会ったかは思いだせないが、確かに見おぼえがあった。年の頃はおそらく二十五、六歳だろう。デリケートな、鼻梁の高い鷲鼻、肩まで垂れさがった豊かな黒髪。顔の前に雑誌を拡げているが、読んでいるようすはなかった。じつは、ほとんど食い入るようなまなざしで、彼をみつめていた。だしぬけに彼女が話しかけた。声は男かと思われるほど低いコントラルトだった。ごくかすかな外国語訛があった。彼女はいった。

「お話ししてもいいかしら？」

彼は返事をする前にちらと相手を観察した。いや、これはよくある偶然の出会いというやつではない。裏に何かがある。

「お断わりする理由は見当たりませんな」と、彼は答えた。「まだかなり時間をつぶさなくてはならんようだし」

「霧ですってね」と、女はいった。「ジュネーヴは霧、もしかしたらロンドンも霧かもしれませんわ。どこもかしこも霧だらけ。いったいどうすればいいのかしら」

「なあに、心配はご無用」彼は慰めるようにいった。「無事どこかに降ろしてくれますよ。乗員は優秀ですからね。ところであなたはどちらへ？」

「ジュネーヴですわ」

「まあ、いずれは辿りつけますよ」

「もうジュネーヴに着いていなければならないんです。あそこに着きさえすれば心配はないんです。迎えがくることになっているので。そうすれば安全《セーフ》なんですけど」

「安全ですって？」彼はかすかな笑いをうかべた。

「安全というのは四文字の言葉《フォア・レター・ワード》だけど、このごろ人気のある猥褻な言葉《フォア・レター・ワード》とは違いますわ。でもこの言葉にはいろんな意味があるんです。わたしにとっては」続けて、彼女はいった。「じつをいうと、もしわたしがジュネーヴへ行けないとすれば、そして仕方なしにここでこの飛行機から降りるか、あるいはなんの手配もしていないロンドンまで乗って行かなければならないとしたら、わたしは殺されてしまいます」彼女は鋭い視線を彼に向けた。「あなたは本気になさらないと思いますけど」

「ええ、信じられませんな」

「でもほんとなんです。よくあることですわ。毎日のように人が殺されているんですもの」

「だれがあなたを殺そうとするんです？」

「それはどうでもいいことじゃありません？」

「わたしにはどうでもよくないですな」

「わたしを信じようと思えば、信じることは可能ですわ。わたしはほんとのことを話しているんです。助けていただきたいのです。無事ロンドンへ辿りつけるよう、わたしを助けてください」

「で、このわたしに助けを求めたわけは？」

「それはあなたが死というものについて知っておいでだと思えたからですわ。おそらく人が死ぬのを見た経験がおありでしょう」

彼は相手の顔を鋭くみつめ、やがてまた目をそらした。

「ほかに理由は？」

「ええ。これ」彼女はほっそりしたオリーヴ色の片手をのばして、ゆったりしたマントのひだに触った。「これですわ」

彼はいまはじめてこの女に興味をおぼえた。

「それはどういう意味です？」

「このマントは一風変わっていて――特徴があります。ふつうの人間ならこんなマントは着ませんもの」

「それはそうだ。わたしの気どりのひとつ、とでもいいますかな？」

「その気どりが、わたしには役に立つかもしれないのです」

「というと？」

「じつはあなたにお願いがあります。おそらく聞きとどけていただけないかもしれませんけど、ひょっとしたらと思ったのは、あなたをあえて危険を辞さない方と見こんだからです。ちょうどわたしが危険を辞さない女であるように」

「あなたの計画を聞きましょう」彼は微笑をうかべながらいった。

「あなたのそのマントをお借りしたいんです。それから、あなたのパスポートと飛行機の搭乗券も。まもなく、あと二十分そこそこでロンドン行きの出発のアナウンスがあるでしょう。そしたらわたしはあなたのパスポートを持ち、あなたのマントを着ます。それで無事にロンドンまで辿りつけるのです」

「つまり、わたしとすりかわるというわけですな？　いやはや、驚いた人だ」

彼女はハンドバッグの口を開けて、中から小さな四角い鏡をとりだした。

「ほら。まずわたしの顔を見て、つぎにご自分の顔をごらんになって」

このときようやく、さきほどから気にかかっていたことがなんであったかわかった。およそ二十年前に死んだ妹のパメラなのだ。彼とパメラは、小さいときからよく似た兄妹だった。強い一族の類似。彼女はいくぶん男っぽい顔だちだった。一方彼のほうは、おそらく、とくに若いころは、いささか女性的な顔だったのだろう。二人とも鼻梁が高く、眉毛が傾いていて、唇を横にゆがめてにんまり笑う癖があった。パメラは長身で、五フィート八インチあったのに対して、彼のほうは五フィート十インチだった。彼は鏡をさしだした女の顔をじっとみつめた。

「われわれは顔が似ている、というんですね？　しかし、そんなことではわれわれを知っている人の目はごまかせませんよ」

「もちろんですわ。おわかりにならないかしら？　ごまかす必要なんかないんです。わたしはスラックスをはいて旅行しています。あなたはマントのフードで顔を隠していました。つまりわたしは髪の毛を切って、新聞紙に包んでひとひねりし、ここの屑籠に捨ててしまうだけでいいんです。あとはあなたのフードつきマントを着て、あなたの搭乗券と切符とパスポートを持つだけですわ。もしこの飛行機にあなたをよく知っている人さえ乗っていなければ、そしてだれもあなたに話しかけてこないところをみると、そんな人は乗っていないらしいけど、わたしはあなたとすりかわって安全に旅行することができます。必要なときはあなたのパスポートを示し、鼻と口と目しか見えないように、フードとマントを深々とかぶったままにしておきます。飛行機が目的地に着けば、わたしがそれに乗ってきたことを知っている人はだれもいないから、安全に空港から外へ出られますわ。そしてロンドンの雑踏の中にまぎれこめるのです」

「で、わたしはどうするんです？」サー・スタフォードはかすかに笑いながら質問した。

「あなたがそれに立ちむかうだけの勇気をお持ちなら、ひとつ提案があるんですけど」

「どうぞ。昔から提案を聞くのは大好きですよ」

「ここから立ちあがって、雑誌か新聞、あるいは売店へおみやげを買いに行くのです。マントは椅子の背にかけたまま置いてってください。買物をすませて戻ってきたら、どこかほかの場所に坐ってください――たとえば向こう側にあるベンチの端あたりに。これと同じビールのグラスがあなたの前に置かれているでしょう。グラスには眠り薬が入っています。それを飲んで静かな場所でひと眠りしてください」

「それからどうなるんです?」

「あなたはおそらく盗みの被害者になるでしょう」と、彼女はいった。「だれかがあなたの飲物に少量の眠り薬を入れて、眠っているあいだに財布を盗んだということになるのです。そこであなたは自分の姓名を明らかにし、パスポートやら何やらを盗まれたというのです。あなたが身許を証明するのは簡単だと思いますわ」

「わたしがだれだか知っているんですか? つまり、わたしの名前を?」

「まだですわ」と、彼女は答えた。「まだあなたのパスポートを拝見していませんもの。どなたかは存じません」

「にもかかわらず、わたしが身許を証明するのは簡単だとおっしゃる」

「わたしには人を見る目がありますわ。重要人物とそうでない人の区別ぐらいはつきますわ。あなたはまちがいなく重要人物です」

「しかし、わたしはなぜこんなことをしなきゃならないのかな？」

「たぶん、ご自分と同じ人間一人の命を救うためでしょう」

「どうもこれはひどく作り話めいた感じがするんだが」

「そうでしょうとも。簡単に信じられるはずがありません。あなたはこの話を信じますか？」


彼は慎重に彼女を眺めた。「あなた、ご自分がどんな話し方をしているかわかっているんですか？　まるでスリラー小説の美人スパイといったところですよ」

「そうかもしれません。でもわたしは美人じゃありませんわ」

「それにスパイでもない？」

「スパイといわれても仕方ないかもしれません。わたしはある情報を持っています。それも秘密にしておかなければならない情報です。決して嘘は申しません、これはあなたのお国にとって価値のある情報なのです」

「どうもばかげた話のように思えるんだが」

「ええ。もしもわたしのいっていることが文字で書かれていたら、確かにばかげたことに見えるでしょう。でも多くのばかげたことが、じつは真実だというケースは、いくらでもあるんじゃないでしょうか？」

彼はふたたび女の顔を眺めた。実際パメラによく似ていた。外国訛が感じられるとはいえ、声までパメラにそっくりだった。彼女の申し入れは滑稽で、ばかげていて、まったくありえないようなことで、おまけに危険でさえあるかもしれなかった。彼にとって危険という意味だ。ところが、不幸なことに、その危険こそ彼の関心を惹いた最大の理由だった。おれに向かってこんな話を持ちかけるとは、大した度胸だ！　いったいこの話はどう発展するのだろう？　それを確かめてみるのも一興じゃないか。

「で、わたしはどんな利益を得るのかな？」と、彼はいった。「それを知りたいもんですな」

彼女はしげしげと彼を見た。「気晴らしですわ」と、彼女はいった。「毎日の出来事とは違う何か、とでもいえばいいかしら？　退屈の解毒剤というところかもしれません。あんまり時間がないんです。あとはあなたしだいですわ」

「それからあなたのパスポートはどうなるんです？　みやげもの店でそんなものを売っているとしての話だが、わたしはかつらを買う必要があるのかな？　そうやって女性に化けなくてはならないんですか？」

「いいえ。おたがいに入れかわる必要はありませんわ。あなたは盗まれ、眠り薬を盛られても、あなた自身であることに変わりはないんです。さあ、決心してください。もうあまり暇がありません。時間はどんどん過ぎてゆきます。わたしは変身しなければなりませんから」

「あなたの勝ちだ」と、彼はいった。「変わった話を持ちかけられて、断わるわけにはいきませんからな」

「あなたがおそらくそうお感じになるだろうと望みをかけていたんですけど、望みは五分五分でしたわ」

スタフォード・ナイはポケットからパスポートをとりだした。そしてさっきまで着ていたマントの外ポケットにそれを滑りこませた。それから立ちあがってあくびをし、周囲を見まわし、腕の時計を見てから、さまざまな商品を陳列してあるカウンターのほうへ、ぶらぶら歩いて行った。一度もふりかえらなかった。ペーパーバックを一冊買い、子供のおみやげに向きそうな縫いぐるみの小さな動物をいじりまわした。結局パンダを選んだ。ラウンジをぐるりと見まわして、さっきまで坐っていた場所に戻った。マントも女も消えていた。グラス半分の飲み残しのビールがまだテーブルにのっていた。危険を冒すのはここなんだ、と彼は思った。グラスを持ちあげて、テーブルから少しはなれ、中身を飲んだ。急ぎはしなかった。むしろゆっくり飲みほした。味はさきほどとまったく変わりなかった。

「さて」と、サー・スタフォードは呟いた。「これからどうなるか」

彼はラウンジを横切って遠くの隅へ行った。そこにはかなりにぎやかな一家族が坐って、笑ったりおしゃべりしたりしていた。その人たちの近くに腰をおろし、あくびをして、クッションの端に頭をもたせかけた。テヘラン行きのアナウンスが聞こえた。大勢の乗客が立ちあがって、アナウンスされたナンバーのゲートに列を作った。それでもラウンジはまだ半分ほど人で埋まっていた。彼はペーパーバックを開いた。もう一度あくびをした。たちまちひどく眠くなった……眠るにはどの場所がいちばんよいかを考えなくちゃならない。どこか静かに眠れる場所……

トランス・ユーロピアン航空がロンドン行き三〇九便の出発を告げた。


あちこちから相当数の乗客が呼出しに応じて立ちあがった。だがそのころには、ほかの飛行機を待つ新しい乗客たちがトランジット・ラウンジに入りこんでいた。ジュネーヴの濃霧や、その他の欠航便についてのアナウンスがおこなわれた。濃紺のマントを羽織り、緋色の裏地をちらつかせ、当節の多くの若い男たちにくらべたら、とくにむさくるしいともいえない、髪を短く切った頭を、マントのフードでおおい隠した中背のすらりとした男が、ゲートのほうへ歩いて行って、ロンドン行きの乗客の列に加わった。彼は搭乗券を提示すると、九番ゲートを通り抜けた。

またいくつかのアナウンスが続いた。チューリッヒ行きのスイス航空機。アテネ経由キプロス行きのBEA機――それから、いくつかの別種のアナウンス。

「ジュネーヴ行きのお客さま、ミス・ダフネ・テオドファヌス、どうぞフライト・デスクまでおいでください。ジュネーヴ行きの飛行機は霧のために遅れております。お客さまにはアテネ経由で飛んでいただきます。アテネ行きはまもなく出発でございます」

続いて日本、エジプト、南アフリカ行きの乗客の呼出しがおこなわれた。各航空会社が全世界に橋をかけつつあった。南アフリカ行きの乗客、ミスター・シドニー・クックが、彼あてのメッセージが届いているフライト・デスクまで呼びだされた。ふたたびダフネ・テオドファヌスの名前が呼ばれた。

「三〇九便の最終案内です」

ラウンジの片隅では、一人の女の子が、赤い長椅子のクッションに頭をもたせてぐっすり眠っているダーク・スーツの男を見あげていた。男は片手に小さな縫いぐるみのパンダを持っていた。

女の子の手がパンダのほうにのびた。母親が女の子にいった。

「ジョーン、触ってはいけません。そのおじさんは眠っているんですからね」

「おじさんはどこへ行くのかしら?」

「たぶんオーストラリアよ」と、母親はいった。

「わたしたちと同じようにね」

女の子は溜息をついてまたパンダを眺めた。サー・スタフォード・ナイは眠りつづけていた。彼は一頭の豹を仕留めようとする夢を見ていた。豹はきわめて危険な動物だ、と同行の狩猟ガイドに話しかけていた。「きわめて危険な動物だと、何度も話に聞いている。豹というやつは絶対に信用できんそうだ」

その瞬間、夢の中ではよくあることだが、場面がさっと変わって、彼は大おばのマチルダ相手にお茶を飲みながら、話を聞きとらせようとしてやっきになっていた。彼女はますます耳が遠くなっていた! 彼はミス・ダフネ・テオドファヌスの最初の呼出し以外のアナウンスをひとつも聞かなかった。女の子の母親がいった。

「いつも不思議に思うんだけど、よく行方不明の乗客が出るわね。飛行機に乗っていつどこへでかけるときでも、たいていあの呼出しを聞かされるわ。どこへ行ったかわからない人とか、呼出しを聞かなかった人とか、飛行機に乗っていない人なんかよ。いったいどんな人たちなのか、何をしているのか、なぜ呼ばれてもやってこないのか、まったく不思議でしょうがないわ。たぶんいまのミスなんとかさんも、飛行機に乗り遅れてしまうのよ。そしたら航空会社の人たちは彼女をどうするのかしら?」

だれひとり正しい知識を持っている人はいなかったので、彼女のこの疑問に答えることはできなかった。

2　ロンドン

サー・スタフォード・ナイは快適なアパートに住んでいた。それはグリーン・パークを見おろす場所にあった。彼はコーヒー・パーコレーターのスイッチを入れて、その朝の郵便物をとりに行った。大した手紙はなさそうだった。ありふれた消印がおしてある一、二通の請求書、領収書一通、それに何通かの手紙にざっと目を通した。それらをごちゃまぜにして、すでに二日前からの郵便物が積みあげられているテーブルにおいた。まもなく仕事にとりかからなければならない、と彼は思った。午後には秘書がやってくるだろう。

キッチンへ戻って、カップにコーヒーを注いで、テーブルに持って行った。昨夜遅く帰宅したときに開封した二、三通の手紙を、あらためて手にとってみた。そのうちの一通を読んで微笑をうかべながら、ひとりごとをいった。

「十一時三十分か。ちょうどいい時間だな。さてと、よくよく考えて、チェトウィンドおやじにそなえておくほうがよさそうだな」

だれかが郵便受けに何かを押しこんだ。彼はホールへ立って朝刊をとってきた。ニュースらしいニュースはほとんどなかった。政治的危機のニュースがひとつ、それに国際ニュースがひとつ、本来なら不安を感じるべきかもしれないが、そうは思わなかった。新聞記者の一人が精力をもてあまして、事件を実際以上に重大に見せかけようとしているだけのことだ。読者になにかしら読物を提供しなければならないと思いこんでいる。公園で女が絞殺された。女たちはしょっちゅう絞殺されている。一日に一人は殺されている、と彼は冷ややかに思った。今朝は子供の誘拐も暴行も一件もない。

これは喜ばしい意外事だ。彼は自分でトーストを作ってコーヒーを飲んだ。

しばらくして、部屋を出て通りに降り、官庁街《ホワイトホール》のほうに向かって公園を通り抜けた。歩きながら微笑をうかべていた。

こんな朝は人生もまんざらじゃないぞ、と思った。それからチェトウィンドのことを考えはじめた。ばかとはチェトウィンドのような人間をいうのだろう。見てくれは堂々として、ひとかどの人物に見えるが、ひどく猜疑心が強い。彼はむしろチェトウィンドと話すのが好きだった。

ほどほどの七分遅れでホワイトホールに到着した。この遅刻はチェトウィンドと自分の格の違いによるものだ、と彼は思った。部屋に入りこんだ。チェトウィンドは机に坐り、机の上には書類がいっぱい積みあげられ、秘書が一人いた。彼はうまくやれるときはいつでもそうなのだが、適当に重要人物らしく見せていた。

「やあ、ナイ」チェトウィンドは目ざましいほど端正な顔に笑みをたたえながらいった。「帰ってこられてうれしいか？　マラヤはどうだった？」

「暑かったです」と、スタフォード・ナイは答えた。

「そうだろう。あそこはいつだって暑い。もっとも暑いのは空気のほうで、政治じゃないんだろうな？」

「ええ、空気だけですよ」

スタフォード・ナイはさしだされた煙草を一本とって腰をおろした。

「とりたてていうほどの成果はあったかね？」

「ほとんどなかったですね、成果といえるほどのものは。報告書を送っておきました。あいもかわらぬ外交用語の羅列だけです。レーゼンビーはどうしてますか？」

「ああ、あいかわらずの困りものさ。彼はいつまでたっても変わらんね」と、チェトウィンドが答えた。

「まったくです、それは期待のしすぎというものですよ。わたしはこれまでバスクームと一緒に仕事をしたことがありません。彼は気が向けばとても愉快になれる男ですよ」

「そうだろうか？　わたしは彼をよく知らないんだ。なるほど、そうかもしれないな」

「やれやれ。ところで、ほかにニュースはないんですね？」

「うん、ないね。きみが興味を持ちそうなニュースは」

「あなたの手紙には、わたしに会いたい用件が書いてなかったたですが」

「なに、二、三確かめておきたかっただけさ。きみが特別情報を持ち帰りゃしなかったかと思ってね。もし何かあるとしたら、それなりの準備がいる。下院での質問やなにかにそなえてね」

「それはそうですね」

「飛行機で帰ってきたんだろう？　ちょっとした事件があったらしいね」

スタフォード・ナイは前もってそうしようと決めておいた表情を装った。いささか悲しげな、いささか当惑したような表情を。

「おやおや、もうあなたの耳に入っているんですか？」と、彼はいった。「まったくばかげた話ですよ」

「さもありなん、というところだな」

「新聞の早耳ときたら驚くべきもんですね」と、スタフォード・ナイはいった。「今朝の新聞には締切り後の重大ニュースとして、輪転機を止めて刷った記事が出ていました」

「きみとしては、記事にして欲しくなかっただろうね？」

「そりゃまあ、なにしろわたしはよっぽどの間抜けに見えるでしょうからね」と、スタフォード・ナイはいった。「確かに間抜けといわれても仕方がない。しかもこの年齢《とし》でですよ！」

「ほんとのところはどうなんだね？　新聞の記事には誇張があるんじゃないかと思っていたが」

「ま、新聞は事件をせいいっぱい利用したというところでしょうね。あなたもこういう旅がどういうものか知ってるでしょう。退屈このうえなしです。ジュネーヴが霧のため、飛行機の行先が変更になった。そのうえフランクフルトでは二時間の遅れですよ」

「事件がおきたのはそのときなのか？」

「そう。空港ではみんな退屈をもてあましています。発着する飛行機。がなりたてるスピーカー。香港行き三〇二便、アイルランド行き一〇九便、といったぐあいです。つぎつぎと飛行機が飛び立ってゆく。乗客は腰をあげて飛行機に乗りこむ。その中であなただけはじっと坐ってあくびを連発している、というわけですよ」

「実際は何がおこったんだ?」と、チェトウィンドが訊いた。

「わたしは目の前のテーブルに飲物をおいていた。正確にいえばピルゼン・ビールです。そして何か読むものが欲しくなった。持っていた本は全部読みおわっていたので、カウンターへ行ってつまらないペーパーバックを仕入れてきました。たしか探偵小説だったと思いますが、ついでに姪へのおみやげに縫いぐるみの動物のおもちゃをひとつ買いました。それから戻ってきて、ビールを飲みほし、本を開いたところで眠ってしまったんです」

「なるほど。きみは眠ったわけだ」

「きわめて自然なことだと思いませんか? そのうちわたしの乗る飛行機のアナウンスがあったと思うんですが、わたしはそれを聞かなかった。聞かなかったのには明らかにりっぱな理由があったんです。わたしは空港ではいつでも好きなときに眠れるし、眠っていても自分に関係のあるアナウンスは聞きのがさない自信があります。ところが今回はそれに気がつかなかった。目をさましたらというか、意識をとりもどしたらというか、そこはどういってもかまわないが、わたしは医者から簡単な手当を受けていました。明らかにわたしのビールに睡眠薬かなにかを盛ったやつがいるんです。本を買いに立ったあいだのことにちがいありません」

「どうも珍しい事件だな」と、チェトウィンドがいった。

「わたしだってこんな経験は初めてですよ」と、スタフォード・ナイはいった。「もう二度とごめんですね。自分がひどい間抜けのような気がしてやりきれません。おまけに薬のせいで二日酔いが残った。医者が一人と看護婦まで呼ばれましてね。それはともかく、体に大した害はなさそうでした。現金が少々入った財布とパスポートが抜きとられていた。もちろんこれには弱りました。たださいわいなことに、大金は持っていなかったんです。トラヴェラーズ・チェックは内ポケットに入っていました。パスポートを紛失すると、かならずややこしい手続きに悩まされます。わたしの場合は書簡やなにかを持っていたのです。身許の確認にはそれほど手間どりませんでした。そのうちに問題もかたづいて、また飛行機に乗ったというわけです」

「それにしても、さぞ困ったことだろうな」と、チェトウィンドがいった。「きみのような立場の人間にとっては、という意味だが」彼の口調には非難するような響きがあった。

「そうなんです」と、スタフォード・ナイはいった。「あまりよくは思われないでしょうね。つまり、わたしのような立場の人間にしては間が抜けていると思われるでしょう」この考えが彼には気に入ったようだった。

「こういうことはしょっちゅうあるものかね？」

「たびたびあることじゃないと思いますね。しかしありえないことじゃない。スリの気のある人間なら、眠っている人間を見たらポケットに手を滑りこませたくなるだろうし、その道の達人なら、大金を狙って財布やハンドバッグに手をかけることもありうるわけです」

「パスポートをなくしたのには困ったろうな」

「そう、また新しいパスポートを申請しなきゃなりません。あれこれ説明しなきゃならんでしょうね。さっきもいったように、実際ばかげた事件ですよ。それに、どうせ人にはよく思われないでしょうしね」

「いやいや、なにもきみの責任じゃないさ。だれにでもおこりうることだよ」

「慰めていただいてありがとうございます」スタフォード・ナイはうれしそうに微笑しながらいった。「わたしにとってはいい教訓になった、というところですかね？」

「ところで、だれかがほかならぬきみのパスポートを必要とした、ということは考えられんかね？」

「そうは思いませんね」スタフォード・ナイは答えた。「なぜわたしのパスポートが必要なんですか？　わたしを困らせようというのなら話は別ですが、そんなやつがいるとは思えません。それともわたしのパスポートの写真に惚れこんだやつがいるんでしょうか――まさかそんなこともあるまいが！」

「そのう――どこだったっけ――そうそう、フランクフルト空港に、きみの知ってる人間はいなかったか？」

「いや。一人もいなかったですよ」

「だれかと話をしたかね？」

「いや、とくにこれといって。小さな子供をあやしていた、人のよさそうな太った婦人に、なにか話しかけはしましたがね。たしかウィガンからきた人で、オーストラリアへ行くといっていました。ほかにはだれもおぼえていません」

「たしかかね？」

「エジプトで考古学を研究するにはどうすればよいかと訊いた女がいました。わたしはそんなことは知らないから、大英博物館へ行って訊いてみるといいと答えました。それから動物生体実験反対論者らしい男と一言か二言話しましたが、たいそう激烈な反対論をぶっていましたよ」

「こういうことにはなにか裏があるかもしれない、と考えるのがふつうだと思うんだが」

「こういうことっていいますと?」

「きみの身におきたようなことだよ」

「さあ、どんな裏があるのか、わたしにはわかりませんね」と、サー・スタフォードはいった。「たぶんジャーナリスト連中ならなにかの話をでっちあげるでしょう。彼らはそういうことにかけては天才ですからね。しかし、やっぱりばかげた事件ですよ。もうそのことは忘れましょう。新聞記事になってしまったからには、友人たちがみなあれこれ質問しはじめるでしょう。リーランドのやつはどうしてます? いま何をしてるんです? 向こうで彼の噂を二、三耳にしましたよ。リーランドはちょっと口が軽すぎますからね」

二人の男は十分間かそこら仕事のことを話し合い、やがてサー・スタフォードは立ちあがって部屋を出た。

「今朝はいろいろと用事があるんです」と、出がけに彼はいった。「親戚におみやげも買わなくちゃなりません。厄介なことにマラヤなんかへ行くと、親戚の連中はみな異国情緒豊かなおみやげを期待するんですよ。これからリバティへまわろうかと思います。あそこには東洋の品物がたくさんありますからね」

彼ははればれとした顔で外へ出て、廊下で出会った二人の顔見知りにうなずいてあいさつした。彼が帰ったあと、チェトウィンドは電話で秘書と話した。

「マンロー大佐にこっちへこられるかどうか訊いてくれ」

マンロー大佐が、中年の男を一人お伴に連れてやってきた。

「ホーシャムを知ってるかね」と、彼はいった。「保安にいる男だ」

「会ったことがあるような気がする」と、チェトウィンドがいった。

「ナイはたったいまここから出て行ったんだろうね？」と、マンロー大佐がいった。

「フランクフルトの一件でなにかなかったか？　なにか問題になりそうなこと、という意味だが」

「なさそうだったね」チェトウィンドが答えた。「そのことでは少々困っていた。自分が間抜けに見えるのを心配しているらしい。当然そう見られても仕方ないところだがな」

ホーシャムと呼ばれた男がうなずいた。「彼自身もそう考えているんでしょうな？」

「ま、平気そうな顔を装っていたがね」

「しかし」と、ホーシャムがいった。「彼は実際は抜けた人間じゃないと思うが、どうでしょうか？」

チェトウィンドは肩をすくめた。「よくあることだよ」と、彼はいった。

「それはそうだ」と、マンロー大佐がいった。「よくわかっている。それにしても、わたしは前々から、ナイはなにをやらかすか予測のつかない人間だと感じていた。いろんな点で、彼の物の考え方は全面的に信用できないところがありそうだとな」

ホーシャムと呼ばれた男がいった。「彼に関して疑わしい点はなにもありません。少なくともわれわれの知るかぎりでは」

「いや、わたしはそんなつもりでいったんじゃない」と、チェトウィンドはいった。「ただ――どういったらいいか――彼はいろんな事柄に関して、かならずしも真面目でないようなところがある」

ホーシャム氏は口ひげをたくわえていた。彼は口ひげを便利なものだと思っている。笑わずにはいられないようなとき、口ひげがそれを隠してくれるからだ。

「彼はばかな男じゃない」と、マンローがいった。「頭はある。きみはその――この一件に関して疑わしい点があるとは思っていないだろうね？」

「彼のほうにかね？　それはなさそうだ」

「きみはこの件をすっかり調べたんだろう、ホーシャム？」

「それが、まだ充分時間をかけたとはいえません。しかし目下のところはなにもないようです。ただ問題は、彼のパスポートが利用《ヽヽ》されたことです」

「利用された？　どんなふうに？」

「ヒースロー空港の窓口を通っているんですよ」

「つまり、何者かがサー・スタフォード・ナイになりすましたということかね？」

「いやいや」ホーシャムは首を振った。「そこまでいうつもりはありません。ただ、それはほかのパスポートと一緒に窓口を通って外へ出た。警告が出ていませんでしたからね。おそらくそのころ彼はまだ、盛られた薬の効きめで、目をさましてもいなかったでしょう。まだ彼がフランクフルトにいるうちのことですよ」

「しかし、何者かがそのパスポートを盗み、その飛行機に乗って、イギリスに入国したということは考えられるわけだな？」

「そう」と、マンローがいった。「推測ではそうなる。だれかが金の入った財布とパスポートを抜きとったか、あるいはパスポートを欲しがっていたやつがサー・スタフォード・ナイに目をつけたかだ。テーブルの上に飲物がおいてある、それに少量の薬を入れて、彼が眠るまで待ち、パスポートを盗んで、あとは運まかせでやってみるという寸法だ」

「しかし結局は係員にパスポートを提示しなければならない。本人と写真が違うことくらいわかりそうなものだが」と、チェトウィンドがいった。

「きっとその人物はある程度写真と似ていたんでしょう」と、ホーシャムがいった。「しかし彼のパスポートが紛失したという連絡が入っていなかったので、いずれにせよ問題のパスポートに特別の注意が払われなかったと思いますね。遅れた飛行機には大勢の乗客が乗りこんでくる。その中に一人、彼のパスポートの写真とほどほどに似た男がいる。それだけのことですよ。ちらと見て、パスポートを返し、通過させる。どのみち係員が神経質になるのは、ふつう入国する外国人に対してであって、イギリス人にではありませんからね。黒い髪、ダーク・ブルーの目、ひげなし、身長五フィート十インチ。気をつけるのはせいぜいそんなところまでですよ。好ましからざる外国人かなにかのリストには載っていませんからね」

「それはそうだ。しかし、だれかが財布か金を盗もうとしただけなら、パスポートなんか使わないんじゃないかな。あまりにも危険が大きすぎる」

「そうです」と、ホーシャムがいった。「そこが面白いところなんですよ。もちろん、われわれはあちこちで聞きこみをして捜査を続けております」

「で、きみ自身の考えは？」

「それはまだいいたくありません」と、ホーシャムはいった。「少し時間がかかります。焦りは禁物です」

「連中はみな同じだよ」ホーシャムが部屋から出て行くと、マンロー大佐がいった。「決して意見をいおうとしないのだ、保安の連中というやつはね。なにかを追っていると考えるときでも、決してそれを認めようとしない」

「ま、それが当然だろう」と、チェトウィンドがいった。「彼らの考えがまちがっているかもしれないからな」

それはいかにも政治的な意見だった。

「ホーシャムはきわめて優秀な男だ」と、マンローがいった。「本部は彼をひじょうに高く評価している。彼がまちがっているということはなさそうだがね」

3 クリーニング店からきた男

サー・スタフォード・ナイはアパートに戻った。一人の大女が狭い台所から走りでてきて、歓迎の言葉を浴びせかけた。

「お帰りなさいませ。飛行機ってほんとにいやですわね。ぜんぜんあてにはならないんですから」

「まったくだよ、ミセス・ウォリット」と、サー・スタフォード・ナイは答えた。「なにしろ二時間も遅れたんだからね」

「自動車と同じですわ」と、ミセス・ウォリットはいった。「つまり、なにがおこるかわかったもんじゃないという意味ですけど。むしろ空を飛ぶだけに、飛行機のほうがよけい心配ですわ。そうじゃありません？　だって道ばたに寄って停まることもできないんですもの。わたしだったら飛行機なんかまっぴらですわ」彼女は続けていった。「あれやこれや注文しておきましたよ。それでよかったんでしょうね。卵にバター、コーヒーにお茶――」彼女はファラオの宮殿を案内する近東のガイドのような雄弁さでまくしたてた。「どうかしら」と、ミス・ウォリットは一息入れながらいった。「要るものはこんなところだと思うんですけど。それにフレンチ・マスタードも注文しておきましたよ」

「ディジョンじゃないだろうね？　どこの店でもディジョンを売りつけようとするからな」

「ディジョンてだれだか知らないけど、あなたのお気に入りはエスター・ドラゴンでしょう？」

「そのとおり」サー・スタフォードはいった。「あなたはまったく申し分のない人だ」

ミセス・ウォリットはうれしそうな顔をした。サー・スタフォード・ナイが寝室に入ろうとして、ドアの把手に手をかけると、彼女はふたたび台所に引っこみながらいった。

「ところで服をとりにきた人がいましたけど、渡してよかったんでしょうね？　あなたはなにもおっしゃらなかったけど」

「服だって？」サー・スタフォード・ナイは、ちょっと間をおいて問いかえした。

「二着のスーツですわ、その人は呼ばれてとりにきたといってましたよ。トウィス・アンド・ボニーワークっていったかしら、たしか前に頼んだのと同じ店ですわ。ホワイト

・スワン・ランドリーとはちょっともめごとがあったんじゃなかったかしら」
「二着のスーツだって？」と、サー・スタフォード・ナイはいった。「どのスーツかね？」

「一着は旅行から帰ったときに着ていらした服です。一着はそれだろうと思ったんですよ。もう一着はどれかわからなかったけど、おでかけになるときなにもおっしゃらなかったブルーのピンストライプのがありましたわね。あれもクリーニングに出してもよさそうだったし、右の袖口を繕っておく必要があったんですけど、お留守中にわたしの一存でそうするのは気がすすまなかったんです。そんな出すぎたことは嫌いなんですよ」と、ミセス・ウォリットは家政婦のお手本らしくいった。

「するとその男は、どこのだれか知らないが、わたしのスーツを二着持って行ったわけだね？」

「まあ、渡してはいけなかったんでしょうか」と、ミセス・ウォリットは心配そうにいった。

「ブルーのピンストライプのほうはまあいい。なくなっても諦めがつく。だが旅から着て帰ったやつは――」

「あのスーツは、この季節には少し薄手でしたわ。あなたがおいでになった暑い国ではちょうどよかったかもしれませんけど。いずれにせよ、その男があなたから電話で頼まれて、受けとりにきたというもんですから」

「そいつはわたしの部屋に入って、自分で選びだしたのかね？」

「ええ。そのほうがまちがいないと思いましたから」

「面白い」と、サー・スタフォードは呟いた。「ひじょうに面白い」

彼は寝室に入って部屋の中をぐるりと見まわした。部屋はきちんと整頓されていた。明らかにミセス・ウォリットの手でベッドが整えられ、電気剃刀は充電され、化粧テーブルの品々もきちんと整頓されていた。

彼は衣裳戸棚に近づいて、中をのぞいてみた。窓ぎわの壁に立っている二段重ねのたんすのひきだしも開けてみた。どこもかしこも整然としていた。いささか整然としすぎるきらいがあるほどだった。彼は前の晩簡単に荷物をほどいたが、そのときはごくおざなりにかたづけたにすぎなかった。下着類やらあれこれを適当なひきだしに押しこんだだけで、べつに整頓などしなかった。今日か明日、あらためて整頓しなおすつもりだった。かわりにミセス・ウォリットがやってくれたとも思えない。彼女にはむやみに物をいじるなといってあるからである。外国旅行から帰ってくると、暇を見ては気候やその他に応じて、たんすの中身を並べかえたり詰めかえたりするのが常だった。したがって何者かがこの部屋に入りこんで、ひきだしを抜き、すばやく中を調べ、大急ぎで前よりもさらに整然と――その理由のひとつは急いでいたことだ――品物を中に戻したのだ。手速く、用心深く、ひきだしを調べて、もっともらしい口実のもとに二着のスーツを持ちだしたやつがいる。一着は明らかにサー・スタフォードが旅行中に着たと思われるもの、それにもう一着、彼が外国へ持っていってまた持ち帰ったと思われる薄手のスーツだ。これはいったいなにを意味するのか？

「それは」サー・スタフォードは考えた。「だれかがなにかを捜していたからだ。だがなにを？　そしてだれが？　なんのために？」たしかに、これは興味ある出来事だった。

彼は椅子に坐ってそのことを考えてみた。まもなく彼の視線は、毛のふさふさした小さなパンダが生意気な恰好で坐っている、ベッド・サイドのテーブルにさまよった。それをきっかけにして、一連の思考がほぐれた。彼は電話に近づいて、とある番号をまわした。

「マチルダおばさん？」と、彼はいった。「スタフォードです」

「おやまあ、帰ってきたのね。うれしいわ。新聞で読んだけど、きのうマラヤでコレラが発生したっていうじゃないの。たしかマラヤだったと思うけど。土地の名前というのはいつもごっちゃになってしまって。それで、近々会いにきてくれるんでしょうね？

忙しそうなふりをしてもだめですよ。年がら年じゅう忙しいなんてことはありえないんだから。企業の合併や乗っ取りで明け暮れる実業界の大立者ならそれもわかりますけどね。当節は忙しいとはどういうことなのか、わたしにはさっぱりわからないわ。昔は自分の仕事をきちんとかたづけることを忙しいといったもんだけど、いまじゃ原子爆弾やコンクリートの工場と関係のあることをさしているようね」と、マチルダおばはいささか暴論を吐いた。「それにあの恐るべきコンピューター、わたしたちの数字の計算をめちゃめちゃに狂わせてしまうんですからね。コンピューターのおかげでこのごろ毎日の暮らしにくいこと。コンピューターがわたしの銀行口座になにをしたと思って？　それから郵便のアドレスにもよ。どうやらわたしは長生きしすぎたようね」

「とんでもない！　来週おじゃましていいですか？」

「よかったらあしたいらっしゃい。牧師さんを夕食に招《よ》んであるけど、そっちは延期してもらいますから」

「いや、そうまでしてもらわなくても」

「いいえ、そうする必要があります。彼にはいつもひどくいらいらさせられるし、それに今度は新しいオルガンが欲しいっていうのよ。いまので結構間に合っているのにね。つまり、悪いのはオルガニストのほうで、オルガンじゃないということよ。まったく箸にも棒にもかからない音楽家だわ。牧師はオルガニストがとても愛していた母親を亡くしたので、同情しているの。でも、母親を愛してるからといってオルガンがじょうずに弾けるわけのものでもないでしょう？　物事はありのままに見なければいけない、ということよ」

「まったくです。できたら来週にしてください――ちょっと仕事があるもんで。シビルはどうしてます？」

「かわいいわよ！　いたずらっ子だけど楽しいわ」

「あの子に縫いぐるみのパンダを買ってきたんですよ」と、サー・スタフォード・ナイはいった。

「それはどうも、ご親切なこと」

「シビルが気に入ってくれるといいんだが」サー・スタフォードはパンダの片方の耳をつまみ、ちょっと神経質になりながらいった。

「とにかくお行儀のいい子ですからね」と、マチルダおばがいったが、これはいささか疑わしい答で、サー・スタフォードにはその意味がよくわからなかった。

マチルダおばは、来週訪問するときはこれこれの列車に乗ればよいと教え、ただし列車はしょっちゅう運休したり、時刻変更になったりするから気をつけなさいと警告し、くるときにカマンベール・チーズとスティルトン・チーズを半個分買ってくるようにと厳命した。

「最近この土地じゃ買物なんかできないわ。行きつけの食品店が——店主はいい人で、心配りもゆきとどき、客の好みもよくわかっていたんだけどね——いきなりスーパーマーケットに変わってしまったのよ。店の大きさが六倍にも拡がって、すっかり改築され、バスケットやワイヤー・トレイを持ち歩く客は、要りもしないものまでついつい買わされてしまうわ、お母さんたちは赤ちゃんを迷子にして泣いたりヒステリーをおこしたりするわ、ほんとにくたくたに疲れてしまいますよ。それじゃ、待っていますからね」そういって彼女は電話を切った。

とたんにまたベルが鳴った。

「もしもし、スタフォードか？　エリック・ピューだ。きみがマラヤから帰ってきたと聞いたもんでね——今夜食事でも一緒にどうだい？」

「結構だね」

「よろしい——場所はリンピッツ・クラブ——八時十五分でいいか？」

サー・スタフォードが受話器をおいたとき、ミセス・ウォリットがあたふたと駆けこんできた。

「陛下にちょっとお目にかかりたいとおっしゃる紳士がみえています」と、彼女はいった。「少なくともわたしは紳士とお見受けしましたけど。とにかく、その方はあなたがお会いになるはずだというもんですから」

「名前は？」

「ホーシャム、ブライトンへ行く途中の町の名前と同じですわ」

「ホーシャムか」サー・スタフォード・ナイはいささか驚いた。

彼は寝室を出て、階下の大きな居間に通じる階段を半分降りた。ミセス・ウォリットの観察にまちがいはなかった。三十分前と同じ、堂々たる体格の、信頼のおけそうな、顎に割れ目のある、あから顔にふさふさと灰色の口ひげをはやした、冷静沈着なホーシャムが待っていた。

「かまわんでしょうな」彼は愛想よくいって立ちあがった。

「なにがですか？」と、サー・スタフォード・ナイがいった。

「ついさっき会ったばかりなのに、こうしてまたお会いすることがですよ。われわれはゴードン・チェトウィンド氏の部屋の前で会いました——おぼえておいでですか？」

「べつにかまいませんとも」と、サー・スタフォード・ナイは答えた。

彼はテーブルの上の煙草ケースを押しやった。

「どうぞおかけください。なにか忘れたこと、いい残したことでも？」

「とてもいい方ですな、チェトウィンドさんは」と、ホーシャムがいった。「われわれはどうやら彼を安心させられたと思いますよ。彼とマンロー大佐を。彼らはこのことでいささか動揺しています。つまり、あなたのことで」

「ほんとですか？」

サー・スタフォード・ナイも腰をおろした。彼は微笑をうかべ、煙草を吸い、用心深く、ヘンリー・ホーシャムを観察した。「で、われわれはここからどこへ行くんですか？」と、彼は質問した。

「実はわたしも考えていたところなんですよ、あなたがここからどこへおいでになるかをうかがっても、失礼に当たらないだろうかどうかとね」

「喜んでお答えしましょう。わたしはおばのレディ・マチルダ・クレックヒートンの家へ泊まりに行きます。お望みならおばのアドレスを教えますよ」

「それは知っています」と、ヘンリー・ホーシャムはいった。「なるほど、とてもいい思いつきですな。彼女はあなたが無事帰国なさったのを見たら喜ばれるでしょう。危ういところだったでしょうからね」

「マンロー大佐とチェトウィンド氏はそう考えているのですか？」

「あなたならごぞんじでしょう」と、ホーシャムがいった。「彼らはいつだって気をもんでいるんですよ、あそこの課の連中は。あなたが信頼のおける人物かどうか、確信が持てないんです」

「信頼のおける人物？」サー・スタフォード・ナイは気を悪くしたような声でいった。

「それはどういう意味です、ホーシャムさん？」

ホーシャム氏はあわてなかった。ただにやりと笑った。

「じつは、あなたは物事を真面目に考えない方だという評判でしてな」

「なんだ。わたしはまた、共産党シンパか転向者という意味かと思いましたよ」

「いやいや、彼らはただあなたを真面目な人間だと思っていないだけのことです。ときどきちょっとふざけて楽しんでいるようなところがあるとね」

「自分自身も他人も含めて、人間、真面目一方だけで一生通すわけにはいきませんよ」

と、サー・スタフォード・ナイは非難の口調でいった。

「たしかにそうです。しかしあなたは、前にもいったように、大きな危険を冒された、違いますか？」

「なんの話かさっぱりわかりませんな」

「ご説明しましょう。まちがいというものはときどきおこります。だが、かならずしも人間がその原因を作っているとはかぎらない。いわば全能の神ともいうべき存在か、あるいはもう一人の紳士――例の尻にしっぽをぶらさげたやつですが――が手を貸していることもあるのです」

サー・スタフォード・ナイはいくらか気が楽になった。

「ジュネーヴの霧のことですね？」

「そのとおりです。ジュネーヴで霧が発生して、人々の予定をめちゃめちゃに狂わせてしまった。おかげでだれかひどい窮地に陥った人間がいたんですよ」

「その話を聞かせてください」と、サー・スタフォード・ナイはいった。「ぜひとも聞きたいものです」

「きのうあなたの飛行機がフランクフルトを発ったとき、乗客の一人が行方不明になっていたのです。あなたはそのころビールを飲みおわって、ラウンジの片隅で気持よさそうにいびきをかいていたわけです。一人だけ姿を見せない乗客がいたので、二度も呼出しがおこなわれました。結局、飛行機は彼女を置き去りにしたんでしょうな」

「ほう。で、彼女はどうなったんです？」

「それがわかれば面白いんですがね。とにかく、あなたが到着しないのにあなたのパスポートはヒースロー空港に到着したんですよ」

「それはいまどこにあるんですか？　わたしがそれをとりもどしたことになっているんですか？」

「いや。そうは思いません。いくらなんでもそう手ぎわよくはできないでしょう。それにしてもあれは頼れる薬でしたな。こういっちゃなんですが、過不足がなかった。あなたを眠らせはしたが、とりたてて悪しき副作用はなかった」

「ひどい二日酔いに悩まされましたよ」と、サー・スタフォードがいった。

「ま、それはやむをえんでしょう。あの状況ではね」

「あなたはなんでも知っているようだからひとつ質問させてください」と、サー・スタフォードはいった。「もしわたしが、自分に持ちかけられていたかもしれない——これはあくまでも仮定だが——提案を断わっていたとしたら、いったいどんなことになっていたでしょうかね？」

「きっとメアリ・アンは一巻の終わりだったでしょうな」

「メアリ・アン？　メアリ・アンてだれです？」

「ミス・ダフネ・テオドファヌスですよ」

「聞いたような名前だな——空港で呼出しを受けた行方不明の乗客ですか？」

「そうです、彼女はその名前で旅行していました。われわれは彼女をメアリ・アンと呼んでいます」

「その女は何者です——興味がありますな」

「その道では、まあ一流ですよ」

「その道というと？　彼女はわれわれの側ですか、それとも彼らの側ですか？　〝彼らの側〟という意味はおわかりだろうと思うが。正直なところ、わたし自身、その点については簡単に決めかねているんですよ」

「ええ、それほど簡単じゃないでしょうな。各地の学生騒動や、ニュー・マフィアや、南米の妙な動きの背後には、中国人やロシア人や、その他かなりおかしな連中がいますからね。それになにやらあやしげな計画をひそかに練っているらしい少数の資本家グループ。そうですとも、簡単には決められませんよ」

「メアリ・アンか」と、サー・スタフォード・ナイは考えこんだ。「ダフネ・テオドファヌスが本名だとしたら、メアリ・アンとは奇妙な名前を名乗ったもんですね」

「じつは、彼女の母親はギリシャ人、父親はイギリス人、そして祖父はオーストリア人なんですよ」

「もしわたしが——彼女にある種の衣類を貸してやらなかったら、いったいどうなっていたのかな？」

「彼女は死んでいたかもしれませんな」

「まさか。本気じゃないんでしょうね？」

「われわれはヒースロー空港のことを心配しています。最近あそこでは、いささか説明を要することがおこっていますからね。もし飛行機が予定どおりジュネーヴを経由していたら、なにも問題はなかったのです。彼女は充分な保護を受けていたでしょう。しかしもう一方のルートとなると——しかるべき手配をする時間的余裕がなかったろうし、このごろはだれがだれやらかならずしもわかりませんからね。だれもが二重、三重、あるいは四重のゲームをやっていますから」

「なんだか恐ろしげな話ですね」と、サー・スタフォード・ナイはいった。「しかし彼女は無事なんでしょう？　あなたはそれをいいにきたんじゃないんですか？」

「おそらく無事でしょう。少なくともその逆の知らせは聞いておりません」

「このことがお役に立つかどうか」と、サー・スタフォード・ナイはいった。「じつは、けさわたしがホワイトホールの友人たちと話をしに出かけた留守に、何者かがこの家にやってきたのです。その男はわたしがあるクリーニング店に電話をかけたと称して、きのうわたしが着ていたスーツと、ほかの一着を持ち去りました。もちろんその男は、ほかの一着のほうに目をつけたか、あるいは最近国外から持ち帰られた各種の紳士用スーッの蒐集を習慣にしているだけのことかもしれません。それとも――ほかになにか考えられますか？」

「なにかを捜していたのかもしれませんよ」

「ええ。わたしもそう思います。だれかがなにかを捜していた。部屋の中はどこもきちんとかたづいていました。わたしが出て行ったときとはようすが違うんです。とにかく、その男はなにかを捜していた。いったいなにをでしょう？」

「わたしにもはっきりしたことはわかりません」ホーシャムはゆっくり答えた。「それがわかれば苦労はないんだが。なにかが――どこかでおこっています。へたくそな包装のように、それがあちこちで顔をのぞかせている。中身がちらちら見えているんです。それはバイロイト音楽祭でおこるかと思えば、つぎは南米のどこかの牧場で顔をだしたり、アメリカ合衆国に飛火したりといったぐあいです。世界各地で多くの不祥事が発生し、それがしだいにあるひとつのものに発展しつつあるのです。それは政治的なものかもしれないし、政治とは縁もゆかりもないものかもしれない。あるいは金ということも考えられます」彼はこうつけ加えた。「ミスター・ロビンスンをごぞんじでしょうな？というより、ミスター・ロビンスンがあなたを知っている、といっていたような気がします」

「ロビンスン？」サー・スタフォード・ナイは考えこんだ。「ロビンスンか。イギリス人らしい名前だ」彼はホーシャムの顔を見た。「大きな黄色い顔ですか？　太っていますね？　いつも財政問題に関係している？　彼もまた、天使の味方である——あなたはそうおっしゃりたいんですか？」

「天使についてはなにも知りません」と、ヘンリー・ホーシャムはいった。「彼はこの国で一度ならずわれわれを窮地から救ってくれました。チェトウィンドさんのような人たちは、彼をあまりよく思っていません。たぶん金がかかりすぎると思っているのでしょう。意地の悪いところがありますからね、あのチェトウィンドさんには。見当ちがいのところで敵を作る天才ですよ」

「〝貧しくとも正直〟という言葉があるが」と、サー・スタフォード・ナイはいった。「あなたはそれをいいかえたいところでしょうな。ミスター・ロビンスンは高くつくが正直だと。あるいは正直だが高くつく、というところですか」彼は溜息をついた。「いったいこれはどういうことなのか、教えてもらえるとありがたいんだが」と、彼は泣言をいった。「どうやらわたしはあることに巻きこまれたらしいが、それがなんであるのか皆目見当がつかない」彼はヘンリー・ホーシャムに期待の目を向けたが、ホーシャムは首を横に振った。

「だれにもわからないですよ。正確なことは」

「いったいだれかがこっそり捜しにくるようななにを、わたしがこの家に隠していたというんですかね？」

「正直なところ、わたしもまるで見当がつかないんですよ、サー・スタフォード」

「わたしもだ、となるとどうしようもありませんね」

「あなたの知るかぎりでは、あなたはなにも持っていなかった。あなたにこれを預かってくれとか、どこそこへ持って行ってくれとか、世話をしてくれとかいって、なにかを渡した人物はいないんでしょう？」

「もちろんですとも。メアリ・アンのことをいっているのだとしたら、彼女は命を救ってくれといっただけですよ」

「そして夕刊に記事が出なければ、あなたは現実に彼女の命を救っていたわけです」

「どうやらこの一件も章の終わりというところですかね。残念だな。鬱勃たる好奇心が湧いてきたところなのに。つぎは何がおこるか知りたいもんですよ。その点あなた方はみな、ひどく悲観的なようですね」

「率直にいって、そのとおりです。この国の情勢は日々悪化しつつあります。もっとも驚くにはあたりませんがね」

「あなたのいわんとするところはわかりますよ。わたし自身、ときおり不思議に思うのだが——」

4　エリックとの夕食

「ちょっと話があるんだが、かまわないかい？」と、エリック・ピューがいった。

サー・スタフォード・ナイは相手の顔を見た。エリック・ピューとは長年の親友だった。エリックのやつは、どちらかといえば退屈な友人だ、とサー・スタフォードは思った。反面、彼はきわめて忠実だった。そして、面白味こそないが、いろんなことに通じることを心得た男だった。人から聞いた話を記憶し、蓄積しておくことに巧みなのである。だからときおり有益な情報を提供することができた。

「例のマラヤでの会議から帰ってきたんだろう？」

「そうだよ」と、サー・スタフォードが答えた。

「なにか特別なことはあったかい？」

「あいかわらずさ」

「そうか。ぼくはまた、なにか——鳩舎に猫を入れるようなことがおこったのかと思ったよ」

「なに、会議の席上でかい？　いやいや、どれもこれもうんざりするほど予想どおりのことばかりさ。だれもがたぶんこういうだろうと思われることしか話さない。ただ予想がはずれたのは、まさかと思うくらい話が長引いたことだけだ。なぜあんな会議に出なきゃならんのか、ぼくにはわからんね」

エリック・ピューは中国人がいまどんな問題に直面しているかということについて、やや退屈な話を持ちだした。

「ぼくは中国人がなにか問題に直面しているとは思わんね」と、サー・スタフォードはいった。「年老いた毛主席が病気になったとか、だれそれがだれそれの失脚を狙って画策しているとか、その理由はこれこれだとか、あいもかわらぬ噂のたぐいさ」

「それから、アラブ＝イスラエル関係はどうなんだ？」

「それも青写真どおりに進行しているよ。といっても、彼らの青写真のことだがね。いずれにせよ、それとマラヤとなんの関係がある？」

「いや、マラヤのことはどうでもよかったんだよ」

「きみはまるでにせスッポンみたいだな」と、サー・スタフォード・ナイはいった。

「〝夕食のスープ、おいしいスープ〟だよ。この憂鬱はどこからくるんだろう？」

「ちょっと気になったんだよ、もしかしてきみが――いい方が悪かったらかんべんしてくれよ――つまり、きみは自分の経歴を汚すようなことをなにもしなかったろうな?」

「ぼくが?」サー・スタフォードはひどく驚いて問いかえした。

「自分がどんな人間か自覚しているはずだよ、スタッフ。きみはときおり人にショックを与えて喜んでいる男だ、違うかい?」

「最近は人に非難されるようなことはなにもしていないぞ」と、サー・スタフォードはいった。「ぼくについてどんな噂を聞いているんだ?」

「帰国途中の飛行機で、ちょっとした事件があったと聞いたんだが」

「ほう? だれから聞いた?」

「じつは、カーティスンのやつに会ったんだよ」

「あいつか、退屈な男だ。いつもありもしないことばかり空想している」

「わかってるよ。たしかに彼はそんな男だ。しかし、彼の話だと、だれかが――少なくともウィンタートンは――きみがなにかを企んでいると考えているそうだ」

「なにかを企んでいる? だったらうれしいね」

「どこかでスパイ活動がおこなわれていて、彼はある人々のことでいささか懸念を抱いているんだ」

「ぼくをなんだと思っているんだろう——第二のフィルビーかなんかとでも考えているのかな？」

「きみはときおりとんでもない軽率なことをいうからな、冗談のつもりなんだろうけど」

「ときにはどうにも我慢できないことだってあるさ。ああいった政治家や外交官連中、みんなばかばかしいほどくそ真面目だからね。ときどきからかってやりたくなるのも無理ないさ」

「きみの冗談は悪趣味だよ、スタッフ。ほんとだぜ。ぼくはときどききみのことが心配になる。彼らは帰りの飛行機でおこったことについて、きみに二、三質問したいらしいが、どうやらきみが、その——それについてほんとのことを話していないのではないかと疑っているようなんだ」

「なるほど、彼らはそんなふうに考えているのか。そいつは面白い。少しかきまわしてやるか」

「軽率なことはするなよ」

「ぼくだってたまには気晴らしをしたいよ」

「おいおい、まさか外交官という職業を棒に振ってまで、きみのユーモアのセンスを満足させようという気じゃないだろうな」

「外交官ほど退屈な職業はないという結論に、もうすぐ辿りつきそうなんだ」

「わかってるよ。きみには以前からそんなふうに考える傾向があった、本来ならいまごろはもっと出世していてよかったはずなんだ。かつてはウィーン駐在大使の候補者だったこともあった。きみがなにもかもぶちこわしてしまうのを見たくはないよ」

「これでも大真面目で振舞ってるんだぜ」と、サー・スタフォード・ナイはいった。そしてつけくわえた。「元気をだせよ、エリック。きみはすばらしい友人だ、ただ断わっておくが、ぼくは面白おかしくやることが悪いことだとは思っちゃいないんだ」

エリックは疑わしげに首を振った。

よく晴れた晩だった。サー・スタフォードはグリーン・パークを抜けて、家まで歩いて帰った。バードケージ・ウォークで通りを横断するとき、疾走してきた一台の車にあやうくはねられそうになった。サー・スタフォードはスポーツマンだった。とっさにジャンプして無事歩道に立った。車は通りを走って姿を消した。彼はあれこれ考えてみた。一瞬、あの車は故意に彼を轢き殺そうとしたのにちがいないという考えが頭をかすめた。この思いつきは興味をそそった。最初はアパートの家捜しで、今度は彼自身が狙われたのかもしれなかった。あるいは単なる偶然の一致かもしれない。しかしながら、一時期物騒な地方や町ですごしてきた半生のあいだに、サー・スタフォード・ナイは何度か危険な目にあっていた。いわば危険の感触と匂いを知っていた。彼はいまそれを感じた。だれかが彼を追跡しているのだ。だが、どうして？　なんの理由で？　思いあたるかぎりでは、自分から危険に首を突っこんだおぼえはなかった。どう考えても解せなかった。

彼はアパートに帰り着いて、床に落ちている郵便を拾いあげた。大したものはなかった。請求書が二通と、雑誌《ライフボート》。請求書を机にほうりだして、《ライフボート》の帯封に指を通した。彼はこの雑誌にときおり寄稿していた。依然として考えごとをしていたので、漫然とページをめくった。やがて、だしぬけに指の動きを止めた。ページとページの間に、なにかがテープで貼りつけられていた。よく見ると、それは思いもかけない方法で送り返されてきた彼のパスポートだった。それを雑誌からはぎとって注意深く眺めた。最後のスタンプは前日ヒースロー空港でおされた入国スタンプだった。彼女は彼のパスポートを使って、無事ロンドンに戻り、こんな方法でパスポートを返してよこしたのだ。彼女はいまどこにいるのだろうか？　それを知りたかった。

もう一度彼女に会えるだろうか、と考えてみた。彼女は何者だろうか？　どこへ、なにしに行ったのだろうか？　それは芝居の第二幕を待つのに似ていた。じつをいえば、第一幕さえまだほとんど演じられていないという感じだった。いったい彼はなにを見たというのだろう？　たぶん古めかしい前座芝居というところだろう。滑稽にも男の服装をし、男になりすますことを望んだ一人の女、その女はだれにも疑われることなしに、ヒースロー空港の入国審査を通過し、ロンドンの町に姿を消した。いや、おそらく彼は二度と彼女に会うことがないだろう。その考えが彼を苛立たせた。しかしなぜ彼女に会いたがるのか？　あの女はとくに美人というわけでもなかった、どうということのない女だった。いや、それは事実じゃない。彼女は相当に魅力的だった、でなければとくに言葉を費やして説得したわけでもなく、あからさまにセックス・アピールを誇示したわけでもなく、ただ率直に助けを求めただけなのに、彼をして一肌脱いでやろうという気にさせられるはずがないではないか。同じ人間同士としての頼み、なぜなら、彼女がはっきり言葉に出してそういったわけではないにしても、それとなくほのめかしたところによれば、彼女には人を見る目があり、自分と同じ人間を助けるためならあえて危険も辞さない男と彼を見こんだのだ。そして事実彼は危険を辞さなかった。女は彼のビールのグラスになんでも入れることができたはずだ。彼女がその気なら、彼は空港の出発ラウンジの片隅の椅子で、死体となって発見されていたかもしれない。もし彼女が薬に詳しいとしたら――きっと詳しいにちがいない――彼の死を高度か気圧の変化――そういったなにかの原因による心臓の発作に見せかけることも可能だったろう。だが、なぜそんなことを考えるんだ？　どうせ二度と彼女に会うことはなさそうだし、そもそも彼は腹を立てていた。

事実彼は怒っていたし、自分のそういう状態が気にくわなかった。彼はそのことを数分間考えてみた。それから新聞広告の文案を作って、三日連続して掲載することにした。〈十一月三日のフランクフルトへの乗客に告ぐ。ロンドンへの旅の道連れに連絡されたし〉それでおしまいだった。彼女は連絡してくるかもしれないし、こないかもしれない。もしこれが彼女の目にとまったら、だれが広告を出したかはすぐにわかるだろう。彼のパスポートを持っていたのだから、当然名前を知っている。住所を捜しだすのは容易なはずだ。彼女から連絡があるかもしれない。ないかもしれない。おそらくないだろう。もしないとしたら、前座芝居はしょせん前座芝居で、遅れて劇場に到着した観客を、本番の開幕までのあいだ楽しませるだけの、他愛のない芝居にすぎない。戦前はこういうひじょうに便利なものがあった。しかし、彼女は十中八九連絡をしてこないだろう、考えられる理由のひとつは、彼女がなんであれそのためにロンドンへやってきた目的をすでに果たしおえて、ふたたびこの国をはなれ、ジュネーヴなり、中東なり、ソ連なり、中国なり、南米なり、あるいはアメリカ合衆国なりへ飛んだかもしれないということだ。ところでぼくはなぜ南米をその中に含めたのだろうか、とサー・スタフォードは考えた。

きっとなにかしら理由があるにちがいない。彼女は南米という言葉を一度も口にしなかった。だれも南米のことをいった人間はいない。ホーシャムだけは別だった。だがそのホーシャムも、ほかの多くの国と並べて南米を口に出したにすぎない。

その翌朝、広告原稿を渡してから、セント・ジェームズ公園を横断する散歩道を通ってゆっくりアパートのほうへ歩いてくる途中、見るともなしに秋の花に目をとめていた。しゃっきりと硬そうでひょろ長い菊が、金色と青銅色のつぼみをつけていた。菊の香がほんのりと漂っていた。いくらか山羊の匂いに似ている、といつも彼は思うのだった。菊の香にふれるたびにギリシャの山中を思いだした。新聞の個人広告欄に注意しなければならない。しかしまだ早い。彼の広告が掲載され、だれかがその返事を広告するまでは、少なくとも二、三日は待たねばならないだろう。返事が出たときにそれを見逃さないようにしなくてはならない、知らないということは――これがいったいどういうことなのか皆目見当もつかないということは、なんとしても歯がゆいかぎりだからだ。

彼は空港で会った女ではなく、妹のパメラの顔を思いだそうとした。彼女が死んでからもう長い月日が経った。彼は妹をおぼえていた。もちろんおぼえてはいたが、なぜかその顔が思いだせなかった。そのことが彼を苛立たせた。彼はある通りを渡りおわるところで立ちどまった。退屈した老貴婦人のような重々しい態度で、ゆっくり通りを進んでくる一台の車のほかは、人や車の往来がとだえていた。相当に古い車だ、と彼は思った。旧式のダイムラー・リムジーンだった。彼は肩をすくめた。なんだって考えごとをしながら、ばかみたいにこんなところに突っ立っているんだ？

あわてて道を渡りおわろうとしたとき、突然、驚くべき勢いで、老貴婦人のようなリムジーンが加速した——と彼は思った。それは思いがけないすばやさで彼のほうに近づいてきたので、反対側の歩道に跳びあがるのがやっとだった。リムジーンは少し先にある道のカーヴをまわって、矢のように走り去った。

「おかしいな」サー・スタフォードはひとりごとを洩らした。「だれかぼくを好かない人間でもいるのかな？　ぼくのあとをつけて、おそらく帰宅の途中を見張り、チャンスを狙っていたやつがいたのかな？」

パイカウェイ大佐は、昼食のわずかな時間をのぞいて十時から五時まで坐っている、ブルームズベリの小部屋の椅子に大きな図体を横たえて、いつものように濃い葉巻の煙に包まれていた。目は閉じていたが、ときおりまばたきするところを見ると、眠ってはいないようだった。ほとんど顔をあげなかった。ある人物が彼を評して古代の仏陀と大きな青蛙の混血みたいだといったことがあるが、別の生意気な青年がそれを補っていいたしたように、もしかすると祖先のどこかに、河馬とのあいだにできた庶子の血もわずかに混じっているかもしれなかった。

　机の上のインターフォンの静かなブザー音が鳴った。彼は三度まばたきして目を開けた。それから大儀そうに手を伸ばして、受話器をとりあげた。

「なんだ？」と、彼はいった。

　秘書の声がいった。

「次官《ザ・ミニスター》がお見えになっております」

「もうか？」と、パイカウェイ大佐はいった。「で、どの牧師《ミニスター》だ？　角を曲がったところのバプティスト教会の牧師か？」

「いいえ、パイカウェイ大佐、サー・ジョージ・パッカムですわ」

「そいつは残念」パイカウェイ大佐は喉をぜいぜい鳴らしていった。「大いに残念だな。マギル牧師のほうがはるかに楽しいのに。彼はたいそう辛辣だからな」

「お通ししますか、パイカウェイ大佐？」

「どうせすぐに通してもらえると思っているだろう。次官連中は国務大臣よりもはるかに気が短いからな」と、パイカウェイ大佐は憂鬱そうにいった。「あの連中ときたらやたらに押しかけてきて騒ぎたてたがる」

サー・ジョージ・パッカムが部屋に案内された。彼は咳きこみ、喉をぜいぜい鳴らした。大部分の人がそうだった。この小部屋の窓はきっちりしまっていた。パイカウェイ大佐は葉巻の灰だらけになって、椅子にもたれていた。部屋の空気はほとんど耐えがたいほど汚れていて、この部屋は官界では〝小さな安宿《スモール・キャット・ハウス》〟で通っていた。

「やあ、こんにちは」サー・ジョージはその禁欲的で悲しげな容貌にふさわしくない、せかせかした陽気な口調で話しかけた。「ずいぶん長いこと会わなかったような気がするね」

「さあさ、かけたまえ」と、パイカウェイはいった。「葉巻はどうかね？」

サー・ジョージはかすかに身震いした。

「いや、結構」と、彼はいった。「どうもありがとう」

彼はじっと窓をみつめた。だがパイカウェイ大佐にはそのほのめかしが通じなかった。

サー・ジョージは咳ばらいをし、もう一度咳きこんでから話を切りだした。

「その——ホーシャムがきみのところへ来たと思うが」

「ああ、ホーシャムはここへきて自分の意見を述べたよ」パイカウェイ大佐はまたゆっくりと目を閉じながらいった。

「わたしはそれがいちばんよい方法だと思った。つまり、彼はここにきみを訪ねるべきだとね。なによりも秘密が洩れないことが肝心だ」

「そうだ」と、パイカウェイ大佐はいった。「しかし、いずれは噂が広まると思うが、どうかね？」

「え、なんだって？」

「いずれは噂は広まるさ」

「きみは今度の事件について、どの程度まで――その――知っているのかね？」

「われわれはあらゆることを知っている」と、パイカウェイ大佐は答えた。「それがわれわれの仕事だからな」

「それはまあ――たしかにそうだ。サー・S・Nについて――もちろんだれのことかわかっているだろうね？」

「最近フランクフルトから飛行機で帰ってきた人物だ」

「じつに奇妙な事件だ。なんとも不思議で――どう考えればよいか見当もつかない……」

パイカウェイ大佐は好意的に耳を傾けた。

「いったいどう考えたらよいのか？」と、サー・ジョージは続けた。「きみは彼を個人的に知っているかね？」

「一、二度会ったことがある」

「不思議でならないのは――」

パイカウェイ大佐はいささか努力してあくびを噛み殺した。彼はサー・ジョージの思考や推測や想像にややうんざりしていた。いずれにせよサー・ジョージの思考方法を高く評価してはいなかった。用心深い男で、自分の省を慎重に運営してゆく点にかけては信頼のおける男だ。しかし、きらめくような才知の持主ではない。たぶんそのほうが彼の仕事にはかえって望ましいのだろうが、とパイカウェイ大佐は思った。いずれにせよ、考えたり推測したりするだけで、いっこうに確信のもてない人間のほうが、神と選挙民が据えた地位では、ほどほどに安全である。

「われわれが過去に経験した幻滅を」と、サー・ジョージは続けた。「完全に忘れることはできない」

パイカウェイ大佐は愛想よく笑った。

「チャールストン、コンウェイ、コートフォールド」と、彼はいった。「全面的に信頼され、資格審査にも合格した連中ばかりだ。それがみなとんでもない悪党だった」

「ときおりだれひとり信用できないんじゃないかと思うことがある」と、サー・ジョージは悲しげにいった。

「答は簡単だよ」と、パイカウェイ大佐はいった。「どいつもこいつも信用はできない」

「たとえばこのスタフォード・ナイだが」と、サー・ジョージはいった。「良家の出で、名門といってもいい。わたしは彼の父親も、祖父も知っていた」

「できそこないの三代目、よくあるやつだよ」

そういわれてもサー・ジョージは納得できなかった。

「どうも不思議でしようがない――つまり、彼はときおり真面目じゃないように思えることがある」

「若いころ二人の姪をロワールのシャトー見物に連れて行ったことがあった」と、パイカウェイ大佐が思いがけない話を持ちだした。「男が川岸で釣りをしていた。わたしも釣竿を持っていた。その男がこういったね、『あんたは真面目な釣人じゃない《ヴー・ネット・パ・ザン・ペシュール・セリュー》。女を連《ヴ・ザヴェ・》れているからだ《デ・ファム・アヴェク・ヴー》』」

「するとサー・スタフォードけ――？」

「いやいや、女性関係は多くない。皮肉なところが彼の欠点だ。人を驚かすのが好きだときている。人をやっつけるのが好きでどうしようもないという男なのだ」

「しかし、それもあまり好ましい傾向だとは思わんが」

「そうかね？　冗談好きは、亡命者とかかわりを持つのにくらべたらずっとましだと思うな」

「彼が充分信頼できると感じられたら、文句はないんだが。きみはどう思う——きみの個人的意見は？」

「健全そのものだね《サウンド・アズ・ア・ベル》」と、パイカウェイ大佐は答えた。「もっとも鐘《ベル》が健全《サウンド》だとしての話だが。鐘は音《サウンド》を出す、しかしこれはまた別かな？」彼はにっこり笑った。「わたしがきみだったら、心配はせんがね」

サー・スタフォード・ナイはコーヒー・カップを脇のほうに押しやった。それから新聞をとって、見出しをざっと眺め、つぎに個人広告欄のあるページを開いた。この広告欄に目を通すのは今日で七日目だった。期待を裏切られはしたが、意外ではなかった。だいたい返事が見つかることを期待する根拠はなにもないのだ。彼の視線は、いつも自分を楽しませてくれるそのページの雑多で風変わりな項目を追って、ゆっくりと下へ移動した。半数あるいはそれ以上が、偽装広告か品物の売買の広告だった。それらは本来別の見出しのもとに掲げられるべきものかもしれないが、そのほうがより人目につきやすいと考えてそこに載せられているのだった。中には有望そうな広告も一つ二つあった。

〈重労働が嫌いで安楽な生活を望む青年、この条件にかなう仕事なら喜んで引き受けます〉

〈カンボジア旅行希望の女性、ただし子供の世話はお断わり〉

〈ワーテルローで使用された銃を求む。言値にて〉

〈高級毛皮コート至急売りたし。持主外国行きのため〉

〈ジェニー・カプスタンを知ってますか？　彼女のケーキは舌がとろけるおいしさです。SW3、リザード・ストリート十四番地へどうぞ〉

一瞬スタフォード・ナイの指が止まった。ジェニー・カプスタン。その名前が気に入った。リザード・ストリートなんて通りがあったかかな？　たぶんあるのだろうが、彼は聞いたことがなかった。溜息とともに、人差指はふたたび広告欄をくだっていき、ほとんどすぐにもう一度止まった。

〈フランクフルトからの乗客、十一月十一日木曜日、七時二十分にハンガーフォード・ブリッジ〉

十一月十一日、木曜日。それは――そうだ、今日ではないか。サー・スタフォード・ナイは椅子にもたれて、コーヒーをもう一杯飲んだ。興奮し、胸がどきどきした。ハンガーフォード。ハンガーフォード・ブリッジ。彼は立ちあがって台所へ行った。ミセス

・ウォリットがトマトをこまかく刻んで、水の入った大きなボウルに投げこんでいた。彼女はちょっと驚いて顔をあげた。
「なにかご用ですか?」

「うん」と、サー・スタフォード・ナイはいった。「もしだれかがハンガーフォード・ブリッジといったら、あんたならどこへ行く?」

「どこへ行くかですって?」ミセス・ウォリットはちょっと考えこんだ。「もしわたしがそこへ行きたかったら、という意味ですね?」

「そう仮定してもいいよ」

「そうね、それなら、ハンガーフォード・ブリッジへ行くでしょうよ」

「それはバークシャーのハンガーフォードのことかい?」

「それはいったいどこです?」と、ミセス・ウォリットが訊いた。

「ニューベリの八マイルさきの町だよ」

「ニューベリなら聞いたことがありますわ。うちの亭主が去年あそこである事業に手を出しましてね。仕事はうまくいきましたよ」

「するとニューベリの近くのハンガーフォードへ行くだろうね?」

「いいえ、まさか行きやしませんわ。そんな遠くまで——なんの用があって? ハンガーフォード・ブリッジへ行きますよ、もちろん」

「というと――?」

「ほら、チャリング・クロスの近くですよ。ごぞんじでしょう。テムズ河にかかってるじゃありませんか」

「そうだったな」と、サー・スタフォード・ナイはいった。「あの橋ならわたしもよく知っている。ありがとう、ミセス・ウォリット」

これはコインを投げて表か裏かに賭けるようなもんだ、と彼は思った。ロンドンの朝刊紙の広告にハンガーフォード・ブリッジとあれば、それはロンドンのハンガーフォード・レイルウェイ・ブリッジのことだ。おそらく広告主もそのつもりにちがいないが、相手が相手だけに、サー・スタフォード・ナイも確信は持てなかった。彼女と知り合ったわずかな経験から判断して、彼女の発想はきわめて独創的だった。それは予期されるありきたりの反応とは異なっていた。だがしかし、ほかにどうしろというのか? もしかするとほかにもイングランドのあちこちにハンガーフォードがあって、それぞれの町にやはり橋があるかもしれない。だが、いずれ今日じゅうにはわかることだ。

ときおり霧雨のぱらつく、冷えびえとした風のある晩だった。サー・スタフォード・

ナイはレインコートの襟を立てて、とぼとぼと歩きつづけた。ハンガーフォード・ブリッジを渡るのは今夜がはじめてではなかったが、気晴らしの散歩に向く場所だと思えたことは一度もなかった。眼下には川面が見え、彼と同じような人影が大勢急ぎ足で橋を渡っていた。だれもがレインコートの襟を立て、帽子の庇《ひさし》をさげて、一刻も早く雨風から逃れて家へ帰り着きたがっているように見えた。この急ぎ足の群衆の中で人を捜しあてるのは容易な業ではないだろう、とサー・スタフォード・ナイは思った。七時二十分。いかなる種類のランデヴーであれ、こんな時間を選ぶ手はない。もしかするとバークシャーのハンガーフォード・ブリッジだったのかもしれない。いずれにしても、ひどくおかしなことのような気がした。

彼は歩きつづけた。前の人を追いこしたりせず、反対側からくる人をかわしながら、一定の速度で歩きつづけた。また、後ろの人に追いこされないだけの速さで歩いていた。もっとも相手がその気になれば追いこすのは簡単だが。あれは冗談だったかもしれない、とサー・スタフォード・ナイは思った。ぼくの好みの冗談とは違うが、こんな冗談を思いつく人間だっているかもしれない。

それにしても——あの女らしいユーモアとも違う、と思いたいところだった。急ぎ足の何人かが、またわずかに彼を押しのけるようにして追い抜いていった。レインコートを着た女が、ゆっくりした足どりで近づいてきた。彼女は彼と衝突し、足を滑らせて膝をついた。彼は女を助けおこした。

「だいじょうぶですか？」

「ええ、ありがとう」

女は急いで立ち去った。だが、すれちがいざま、助けおこそうとして引っぱってやった彼女の濡れた片手が、彼の掌になにかを滑りこませて、それを指で包みこませた。やがて女は、人ごみにまぎれて彼の背後に姿を消した。スタフォード・ナイはそのまま歩きつづけた。女に追いつくことはできなかった。女も追いつかれることを望まなかった。彼は片手になにかを握りしめたまま急いだ。そしてようやく——ずいぶん長くかかったような気がした——サリー側の橋のたもとに辿りついた。

数分後に小さなカフェに入ってテーブルに坐り、コーヒーを注文した。それから手の中にあるものを見た。それは薄い油紙の封筒だった。中には安物の白い封筒が入っていた。それも開いてみた。中から出てきたものが彼を驚かせた。一枚の切符。

それは翌晩のフェスティヴァル・ホールの入場券だった。

5　ワグネリアン・モチーフ

サー・スタフォード・ナイは座席にゆったりと坐りなおして、プログラム冒頭の、ニーベルンゲンの持続的な打楽器の音に聞き入った。

彼はワグナーの楽劇が好きではあったが、《ジークフリート》は《ニーベルンゲンの指環》を構成する楽劇中、とくに好きな作品ではなかった。どちらかといえば《ラインの黄金》と《神々の黄昏》のほうが好きだった。若きジークフリートが小鳥のさえずりに耳を傾ける音楽は、なぜかいつも旋律の喜びを与えるかわりに彼を苛立たせた。それは若いころミュンヘンで、不幸にしてあまりに堂々たる体軀の堂々たるテノール歌手によるジークフリートを見たせいかもしれなかった。当時の彼はまだ若すぎて、音楽の喜びと、不自然でない程度に若く見える若きジークフリートを見る視覚的な喜びとを、切りはなして考えることができなかったのだ。大男のテノール歌手が少年の激情に駆られて地面を転げまわるさまは、むしろ不快感を抱かせた。小鳥や森の囁きもあまり好きではなかった。いつもラインの乙女たちが彼のお気に入りだった。もっとも当時はラインの乙女たちまでがひどく頑健な体つきをしていたが。しかしそれはあまり気にならなかった。美しい旋律にみちた水の流れと喜びにみちた非人間的な歌に押し流されて、視覚的な評価は問題外だったからである。

ときおりさりげなく周囲を見まわした。彼は早々とその座席についていた。ホールはいつものように満員だった。やがて休憩時間になった。サー・スタフォードは立ちあがって周囲を見まわした。隣りの席は依然として空席のままだった。だれかそこへ坐る予定の人がまだ到着していないのだ。それが回答なのか、あるいは、ワグナー音楽の上演に際してはいまだにそれが習慣になっているのだが、開演に遅れて到着した客が着席を断わられただけのことなのか？

彼はロビーに出て、ぶらぶら歩きまわり、コーヒーを一杯飲み、煙草をつけ、開幕のアナウンスとともに席に戻った。座席に近づいたとき、今度は隣りの席に人がいるのに気がついた。たちまち興奮が戻ってきた。自分の座席に辿りついて腰をおろした。それはまぎれもなくフランクフルト空港の女だった。彼女は彼のほうを見向きもせず、まっすぐ前をみつめていた。横顔は彼の記憶どおり、輪郭がすっきりしていて、清潔な感じだった。彼女はかすかに顔を横に向けて、彼のほうを見たが、気がついたようすはなかった。そしらぬ顔をきめこんでいることが、かえって明白に物語っていた。この出会いは双方とも知らぬ顔で通さねばならないのだ。少なくともいまのところは。場内が暗くなりはじめた。隣りの席の女が彼のほうを向いた。

「すみませんけど、プログラムを見せていただけません？　ここへくる途中で自分のを落としてしまったらしいんです」

「どうぞどうぞ」と、彼はいった。

彼はプログラムを差しだし、彼女がそれを受けとった。彼女はページをめくって読みだした。ライトがいよいよ暗くなった。プログラムの後半が始まった。最初は《ローエングリン》序曲だった。それが終わると、彼女は二言三言礼をいってプログラムを返してよこした。

「ありがとうございました。どうもご親切に」

つぎはジークフリートの森の囁きの音楽だった。返されたプログラムをめくってみた。あるページの下の余白に、なにかがうっすらと鉛筆で書きこまれているのに気がついたのはそのときだった。すぐにはそれを読もうとしなかった。どっちみち照明が暗すぎて満足に読めなかった。彼はプログラムを閉じて、しっかり手に握りしめた。自分でなにか書いたおぼえはまったくなかった。自分のプログラムには。したがって、彼女は自分のプログラムを、おそらく折りたたんでハンドバッグにでも隠し持っており、前もってなにかのメッセージを書きこんでおいたそれを、彼のプログラムとすりかえて返してよこしたのだろう。そのやり口には依然として秘密と危険の匂いがつきまとっているように思えた。ハンガーフォード・ブリッジでの出会いと、彼の手に押しこまれた演奏会の切符。そして今度は隣りに坐ったものいわぬ女。彼は一、二度すばやく、さりげなく、見知らぬ隣席の人間に向けるような視線を投げかけた。彼女はゆったりと座席にもたれた。ハイネックのドレスはくすんだ色合いのクレープで、古風な金鎖の首飾りをつけていた。黒い髪を短く切って撫でつけていた。彼女は彼のほうを見返しもしなかった。彼はふと考えた。このフェスティヴァル・ホールのどこかに、彼女を——あるいは彼を見張っている人間でもいるのだろうか？　そいつは彼らが目を見かわしたり口をきいたりするかどうか観察しているのだろうか？　きっとそうにちがいない、少なくともなにかその種のことは考えられる。彼女は彼の新聞広告を通じての呼びかけに応じた。いまはこれで満足しよう。好奇心は依然として弱まらなかったが、少なくともダフネ・テオドファヌス——通称メアリ・アン——がロンドンにいることだけはこれではっきりした。今後なにが計画されているかについて、もっと詳しく知る機会もあろうというものだ。しかし行動予定はあくまでも彼女まかせである。彼女のリードに従わなければならない。

空港で彼女の指示に従ったように、今度もまた彼女に従って――突然彼の人生は興味津々たるものになっていた。これは外交官生活の退屈な会議などよりははるかにましだった。この前の晩の車はほんとうに彼を轢き殺そうとしたのだろうか？　そうにちがいないと思った。一度ならず、二度までも。自分が狙われたのだと考えることは容易だった。きょうこのごろは無謀運転が横行し、実際はそうではなくとも、あとで考えると故意に轢き殺そうとしたように思えてくるのだった。彼はプログラムを折りたたんで、二度とそれを見なかった。やがて音楽が終わった。隣りの女が話しかけた。顔を向けもせず、話しかける気配も見せなかったが、それでいて言葉と言葉のあいだに小さな吐息を洩らしながら、あたかも自分自身と、あるいは反対隣りの人と話しているかのように、はっきり声をだして話しかけてきた。

「若きジークフリート」と、彼女は一言ぽつんといってまた吐息を洩らした。

プログラムは《ニュルンベルクのマイスタージンガー》の行進曲で終わった。熱狂的な拍手のあとで、聴衆が席を立ちはじめた。彼は女がなにかしら合図をよこすかと待ったが、その気配はなかった。彼女はコートを手にとると、椅子の列から通路に出て、わずかに足どりを速めながら、人々に混じって出口のほうへ進み、雑踏の中へ姿を消した。

スタフォード・ナイは自分の車を運転して帰途についた。アパートに帰り着くと、フからそれを仔細に眺めてみた。

プログラムはごく控えめにいっても彼の期待を裏切るものだった。メッセージらしいものはなにも書かれていないようだった。ただ曲目を並べたページの余白に、彼が劇場でおぼろげに認めたあの鉛筆書きの印が目についた。しかし、それは言葉はおろか、文字や数字ですらなかった。ただの楽譜の一部らしかった。だれかが曲のワン・フレーズを粗悪な鉛筆で書きなぐったもののようだった。一瞬スタフォード・ノイの心に、あぶりだしの秘密メッセージが隠されているかもしれないという考えがうかんだ。彼は慎重な手つきで、自分のメロドラマがかった空想にやや照れながら、プログラムを電気ストーヴに近づけてみたが、なにも現われなかった。彼は溜息をついてプログラムをテーブルに投げだした。しかし当然のことながらいささか腹が立った。もったいをつけるのもいいかげんにしろといいたかった。川を見おろす風雨の橋の上での出会い！　演奏会場で一人の女と隣り合わせに坐って、その女に質問したいことが山ほどあったのに——結果はどうだ？　なにもなしときた！　それっきりだ。だがしかし、女が彼と会ったことは事実だ。なんのために？　彼と話をすることも望まないし、今後の打合わせをする気もないのなら、なぜフェスティヴァル・ホールにやってきたのか？

彼の視線は、さまざまなスリラー小説や、探偵小説や、何冊かのサイエンス・フィクションなどを並べてある部屋の片隅に、何気なく向けられた。彼は首を横に振った。フィクションのほうが現実よりも測り知れないほどましだと思った。死体、謎の電話、入り乱れる外国の美人スパイ！　しかしながら、このとらえどころのない女性は、まだ彼と完全に縁が切れたのではないかもしれない。今度こそ自分のほうから段どりをつけてやろう、と彼は思った。彼女がやっているゲームは二人でもやれるはずだ。

彼はプログラムを押しのけて、コーヒーをもう一杯飲み、それから立ちあがって窓ぎわへ行った。まだプログラムを手に持っていた。下の通りを眺めているうちに、ふたたび開かれたプログラムのページに視線がいき、ほとんど無意識のうちにあるメロディをくちずさんでいた。彼はすぐれた音感の持主で、プログラムになぐり書きされた音符をやすやすとハミングすることができた。歌っているうちに、そのメロディをどこかで聞いたおぼえがあるような気がした。少し声を大きくしてみた。なんの曲だったろう？タン、タン、タンタン・ティータン。タン。タン。そうだ、たしかに聞きおぼえのある曲だ。

彼は郵便を開封しはじめた。

どうでもいいようなものばかりだった。招待状が二通、一通はアメリカ大使館からのもの、もう一通はレディ・アスルハンプトンからの、王室からも出席が予定されている慈善ヴァラエティ・ショーへの招待状で、五ギニーの入場料は法外な値段ではない旨書きそえられていた。彼は二通ともあっさり投げだした。どちらの招待も喜んで受けようとは思わなかった。ロンドンになんか居残らずに、いっそあとくされなくマチルダおばを訪問して、約束を果たそうと決心した。それほどひんぱんに訪問しているわけではないが、マチルダおばが好きだった。彼女は彼の祖父から相続したジョージ王朝風の大領主邸の一翼の、改造された一連の部屋部屋からなる一画に住んでいた。そこは広々とした美しく均斉のとれた居間と、こぢんまりした楕円形の食堂と、昔の管理人室を改造した新しい台所と、二つの来客用寝室と、彼女自身の浴室つきのゆったりとして居心地のよい寝室と、彼女と日々の生活をともにしている辛抱強い付添いのための快適な部屋から成り立っていた。ほかの忠実な使用人たちもいたれりつくせりの環境で暮らしていた。邸宅のほかの部分には塵よけのシートがかぶせられ、定期的に掃除がおこなわれていた。子供のころここで休暇をすごしたスタフォード・ナイは、この邸がすっかり気に入っていた。そのころは彼の最年長のおじが、妻や二人の子供と一緒に住んでいた。思いだすだに楽しい生活だった。当時は金もあったし、人手もありあまるほどだった。そのころの彼は、肖像画や絵のたぐいをあまり気にとめなかった。ヴィクトリア朝芸術の代表的な大作群が、隙間もないくらいに壁面を埋めていたが、もっと古い時代の巨匠たちの作品もあった。たしかに、そこには肖像画の傑作が何点かあった。レイバーン、ロレンス二点、ゲインズボロ、レーリイ、それにちょっと疑わしいヴァンダイクが二点。ターナーも二点あった。そのうちの何点かは生活のために売り払われた。彼はいまでもこの家を訪問すると、家庭美術館を心ゆくまで楽しんだ。

おばのマチルダはたいへんなおしゃべり好きだったが、いつも彼の訪問を喜んでくれた。彼は一種気まぐれな愛し方でおばを愛していたが、なぜいま急に彼女を訪ねたくなったかは自分でもよくわからなかった。それに一族の肖像画が心に浮かんだのはなぜだろうか？　この家には二十年前の第一線の画家の一人によって描かれた妹のパメラの肖像画があるからなのか？　傍若無人にも彼の生活をめちゃめちゃにしたあの正体不明の女と、妹のパメラが、どれほどよく似ているかを見きわめたかったからなのか？

彼は少し苛立ちながらふたたびフェスティヴァル・ホールのプログラムをとりあげて、鉛筆で書かれた音符をハミングしはじめた。タン、タン、ティーターン——そうだ、思いだした。これはジークフリートのモチーフだ。ジークフリートの角笛。若きジークフリートのモチーフ。そういえばゆうべあの女がその言葉を口にした。見たところ彼に向かっていったのでも、ほかのだれに話しかけたのでもなさそうだった。しかしあれは明らかにひとつのメッセージだったのだ。たったいま演奏されたばかりの音楽のことをいっているとしか思えないから、周囲の人にはなんの意味もなさないメッャージ。そしてそのモチーフが楽譜の形で彼のプログラムに書き記されていた。若きジークフリート。それはなにかを意味しているのにちがいなかった。たぶんこれからもっといろんなことがわかってくるかもしれない。若きジークフリート。いったいそれはなにを意味しているのだろうか？　なぜ、どのように、いつ、なにを？　ばかばかしい！　疑問詞だらけではないか。

彼はマチルダおばに電話をかけた。

「もちろん、あなたがきてくれるのは大歓迎ですよ、スタッフィ。四時三十分の汽車に乗りなさい。あの汽車はまだ走っているけど、こっちへ着くのは一時間と三十分後よ。パディントン発の時刻も遅くなって——五時十五分になっています。これでサーヴィス向上のつもりなんだから呆れるわ。途中でいくつかのなんの意味もない駅に停車するんですものね。それじゃ。ホーラスをキングズ・マーストンへ迎えにやりますから」

「そうか、ホーラスはまだいるんですね？」

「あたりまえですよ」

「だろうと思ってましたが」と、サー・スタフォード・ナイはいった。

かつては馬丁であり、ついで御者となったホーラスは、運転手として生きのび、いまもなお健在らしい。「ホーラスは少なくとも八十歳になっているだろうな」と、サー・スタフォードは呟いて、独り笑いをうかべた。

6　ある貴婦人の肖像

「陽にやけてとても元気そうね」マチルダおばは彼をじろじろ眺めながらいった。「その顔色はマラヤのせいでしょう？　たしかマラヤだったわね？　それともシャムかタイだったかしら？　国の名前がすっかり変わってしまうので、どこがどこだかわからなくなってしまいます。いずれにしてもヴェトナムじゃなかったわよね？　わたしはヴェトナムという名前がぜんぜん好きじゃないわ。北ヴェトナムや南ヴェトナム、ヴェトコンやヴェトナンとか――ひどくまぎらわしくて、おまけにおたがい同士戦争ばかりしていて、どっちもやめる気がないんですから。パリでもどこでも出かけて行って、円卓を囲んで穏やかに話し合おうともしない。ねえ、あなたどう思う――よくよく考えてみると、これはとてもすばらしい解決策だと思うんだけど――フットボール・グラウンドをたくさん作って、彼らに危険度の低い武器を持たせて戦わせることはできないものかしら？　あの椰子の樹を焼きはらってしまうひどい武器は持込厳禁にしてね。ただの殴り合い程度にしておくんですよ。そうすればやるほうも楽しいし、殴り合いを見物に行きたい人からは入場料がとれるでしょう。わたしはかねがね思っているんだけど、わたしたちは人間がほんとに望んでいるものを与えてやるということを知らないんですよ」

「それはすばらしいアイディアですね、マチルダおばさん」サー・スタフォード・ナイは、感じのよい香水を匂わせた、ほのかなピンク色の、皺のよった頬にキスをしながらいった。「ところで、お元気ですか？」

「そりゃまあ、わたしは年寄りですからね」と、レディ・マチルダ・クレックヒートンはいった。「ええ、もう年寄りですとも。もちろんあなたには年をとるということがどういうことかわからないでしょうけど。あっちがよくてもこっちがだめといった調子なのよ。リューマチやら関節炎やらひどい喘息やら、喉の痛みやら踝《くるぶし》の捻挫やら。いつだってどこかしらぐあいの悪いところがあるものよ。命にかかわるほどじゃないけど、悪いところはなくならないわ。ところで、わたしに会いにきたわけは？」

サー・スタフォードは単刀直入の質問にいささか不意をつかれた。

「外国旅行から帰ったときは、たいていいつも会いにきてますよ」

「もっと近くへいらっしゃい」と、マチルダおばはいった。「この前会ったときからまた少し耳が遠くなったのよ。あなた、いつもとようすがちがうけど……どうしてかしらね？」

「陽にやけたからですよ。さっきおばさんもそういいました」

「ばかばかしい、わたしのいっているのはそんなことじゃありませんよ。まさか女性じゃないでしょうね？」

「女性？」

「いつかはそうなるだろうと思ってましたよ。ただ問題は、あなたはユーモアのセンスがありすぎるってこと」

「なぜそう思うんです？」

「だって、みんなあなたのことをそう思っていますよ。そのユーモアのセンスがあなたの出世の邪魔をしているともね。ほら、あなたはたいそう付合いが広いでしょう。外交界に政界。いわゆる若手政治家とも、長老、中堅政治家とも付合いがあって、おまけに党派を問わないときているでしょう。実際政党が多すぎるなんてばかげたことですよ。まず第一に、あのいやらしい労働党の連中」彼女は保守党びいきの鼻をつんと上に向けた。「わたしの娘時代は、労働党なんてものはなかったわ。労働党なんていったって、なんのことかだれにもわからなかったでしょうよ。たぶん〝くだらん〟の一言でかたづけられていたわ。いまはそうじゃないのが残念だけど。それからもちろん自由党があるけど、自由党員はおそろしくセンチメンタルですからね。それにトーリー党、いまはまた保守党と称しているけど」

「彼らがどうしたというんです？」スタフォード・ナイは微笑をうかべながらいった。

「真面目一方の女性が多すぎますよ。陽気なところが少しもない」

「しかし、近ごろはどの政党だってあまり陽気なのは歓迎しませんよ」

「そのとおり」と、マチルダおばはいった。「もちろん、あなたがしくじるのはそこですよ。あなたはなんでも陽気にやりたいほうです。そこで少しばかり人をからかう、それが彼らの気に入らない。彼らはあの釣人のように、〝この男は真面目じゃない《ス・ネ・パ・ザン・ギャルソン・セリュー》〟とくるわけよ」

サー・スタフォード・ナイは笑いだした。彼の視線は部屋の中をさまよっていた。

「なにを見ているの？」と、マチルダおばがいった。

「あなたの絵ですよ」

「まさかわたしに絵を売らせようというんじゃないでしょうね？　近ごろはだれもが絵を売っているらしいわ。ロード・グランピオンを知ってるでしょう。あの方もターナーを何点かとご先祖の肖像画を売ってしまったのよ。それにジェフリー・グールドマン。あの方はすばらしい馬の絵を全部売ってしまった。作者はスタッブズじゃなかったかしら？　なにやらそんな名前だったわ。実際、その値段ときたら！

　でもわたしは絵を売りませんよ。どの絵も気に入っているんですから。この部屋にある絵の大部分は、うちのご先祖さまだから大事な絵です。当節はご先祖さまの肖像なんか大事にする人はいないらしいけど、わたしは古い人間ですからね。ご先祖さまが好きなんです、もちろん自分の先祖のことですけど。どの絵を見ているの？　パメラ？」

「ええ。先日彼女のことを思いだしたんです」

「あなたとパメラはそれは驚くほどよく似ていたわ。といっても双生児ほどじゃないけど。もっとも双生児でも男と女の場合は、そっくりじゃないというわね」

「するとシェークスピアはヴァイオラとセバスチャンについて誤りをおかしたわけですね（『十二夜』に出てくる双生児の兄妹）」

「でも、ふつうの男女のきょうだいでも似ている場合があるでしょう？　あなたとパメラは瓜二つだったわ――顔だちの話だけど」

「ほかの点では似ていませんでしたか？　性格も似ていたと思いませんか？」

「いいえ、まるっきり似ていませんよ。妙な話ですけどね。でも、もちろんあなたとパメラはいわゆる一族の顔ですよ。ナイ一族ではなく、ボールドウェン＝ホワイト一族の」

サー・スタフォード・ナイは、家系の問題について大おばと話し合う段になると、とうてい彼女に太刀打ちできなかった。

「わたしは以前からそう思っていたけど、あなたとパメラは二人ともアレクサに似ているようね」

「アレクサってだれです？」

「あなたの曾おばあさんのお母さんの——たぶんそのまたお母さんだと思うけど。ハンガリー人ですよ。ハンガリーの女伯爵か女男爵でした。あなたの曾おじいさんのお父さんのそのまたお父さんが、ウィーンの大使館にいたときに彼女を見染めたんです。そう、やっぱりハンガリー人だわ。運動がとても好きだった。ハンガリー人というのは運動好きの国民ですからね。猟犬をお伴に馬で猟をしたそうだけど、乗馬がたいそう上手だったようよ」

「その人の肖像は画廊にありますか？」

「最初の踊り場にありますよ。階段のすぐ上の、少し右寄りのところにね」

「寝るときに行って見てみなくちゃ」

「いますぐ行ってみたら？　それから戻ってきて彼女の話をすることもできますよ」

「お望みならそうしましょう」彼は大おばに微笑みかけた。

彼は部屋から走りだして階段をあがった。なるほど、マチルダおばの目はたしかだった。まぎれもなくあの顔だった。彼が見、記憶している顔だった。その顔を記憶しているのは、自分に似ているためでも、パメラに似ているためでさえもない。いま目の前にあるこの肖像画にもっとよく似ているためだ。大使をしていた彼の曾々々祖父——あるいはもっと前の代だったろうか、マチルダおばは数代前などというあいまいない方では満足しなかった——によって、イギリスに連れてこられた美しい女性。当時彼女は二十歳くらいだった。彼女はこの国にやってきたが、たいそう気性が烈しく、乗馬が巧みで、ダンスが上手だった。多くの男性が彼女に恋をした。しかし彼女は、外交界の堅実にして節度ある一員だった曾々々祖父に対して、常に貞節を守ってきた、とのちのちまでいい伝えられている。彼女は夫と一緒に諸外国の大使館へ赴き、この邸へ帰ってきて子供を生んだ——子供の数はたしか三人か四人のはずだ、と彼は思った。その子供たちの一人を通じて、彼女の顔と、鼻と、首筋のそりぐあいなどの遺伝子が、彼と妹のパメラに伝わったのだ。彼のビールに薬を盛り、言葉巧みにマントを借り受け、あなたに助けてもらえなければ命にかかわるなどといったあの若い女性は、もしかしたらいま眺めている壁の絵の女性の子孫で、五、六代昔にいとこ同士のつながりでもあったのではなかろうか？　まあ、ありえないことではない。おそらく国籍が同じだったのかもしれない。いずれにせよ、二人の顔はたいそうよく似ていた。劇場で座席に坐っていた姿の、あのまっすぐな背筋、端整な横顔、すらっと鼻筋の通った、心もち鷲鼻の貴族的な鼻。そして身辺に漂うあの雰囲気。

「見つかりましたか?」常々白い客間と呼ばれている居間に甥が戻ってくると、レディ・マチルダは訊いた。

「どう、興味深い顔でしょう?」

「ええ、それにすごい美人ですよ」

「美人より興味深い顔のほうがはるかにましですよ。ところであなた、ハンガリーかオーストリアへは行ったことないんでしょう? マラヤではああいう顔を見かけないわね。ああいう女性はテーブルに坐って、ノートをとったりスピーチを訂正したりなんてことはしやしないでしょう。彼女は伝え聞くところによると、気性の烈しい人でした。野鳥のように奔放で、危険とはどういうものかを知らなかったんですよ」

「なぜ彼女のことをそんなによく知ってるんです?」

「そりゃあ、わたしは彼女と同じ時代の人間じゃありませんよ、わたしは彼女が死んで数年たってから生まれたんですから。だけど、昔から彼女に興味があったんです。彼女はそれは冒険好きな人だったそうですよ。彼女が関係したもろもろの事件について、とても面白い話が伝わっていますよ」

「で、ぼくの曾々々祖父はそれに対してどんな反応を示したんですか？」

「おそらく死ぬほど心配したことでしょうね」と、レディ・マチルダはいった。「ただ、彼は彼女を熱愛していたという話ですよ。ところでスタッフィ、あなた『ゼンダ城の虜』を読んだことある？」

「ゼンダ城の虜？　聞いたことある名前だな」

「そうよ、有名ですもの。本の題名ですよ」

「そうそう、本の名前でしたね」

「おそらく内容までは知らないでしょうね。いまどきの人は。でもわたしの娘時代は――たいていロマンスといえばあれを最初に読んだものでしたよ。ポップ・シンガーやビートルズの時代とは違いますからね。ロマンチックな小説。わたしの若いころは、小説などは読むことを許されなかったものです。とにかく午前中はいけません。午後なら読んでもよかったけどね」

「ずいぶんかわった躾《しつけ》ですね」と、サー・スタフォードはいった。「どうして小説を午前中に読むのがいけなくて午後ならかまわないんですか？」

「それは、ほら、女の子は午前中なにか実際の役に立つことをするものと決まっていたからですよ。花を生けるとか、銀の写真立てを磨くとか。女の子には女の子の仕事があったものです。それから家庭教師と一緒に勉強するとか――そんなことがいろいろとね。午後はお部屋に坐って物語の本を読むことが許されていて、たいていの女の子がまず最初に『ゼンダ城の虜』を読んだものでした」

「とても面白い、ためになる話でしたね。ぼくもぼんやりおぼえているような気がする。たぶん読んだことがあるんでしょう。たいそう純粋で、セックスなんかあまりでてこないでしょう？」

「当たりまえですよ。わたしたちのころはセクシーな本なんかありません。ロマンスばかりです。『ゼンダ城の虜』はとてもロマンチックな物語でした。ほとんどの読者が、主人公のルドルフ・ラッセンディルに恋をしたものです」

「その名前にもおぼえがあります。名前まで美文調じゃないですか」

「そうかしら、わたしはいまでもロマンチックな名前だと思っているけど。そのころのわたしは、きっと十二歳くらいだったでしょうね。それで思いだしたけど、あなたはさっき階段の上のあの肖像画を見に行きましたね。フラヴィア姫を」と、彼女はつけくわえた。

スタフォード・ナイはマチルダおばに微笑みかけていた。

「おばさんはとても若くて、血色がよくて、センチメンタルに見えますよ」と、彼はいった。

「ええ、いまはちょうどそんな気分なのよ。いまどきの娘さんたちには、こんな気持はわからないでしょうね。愛するあまり失神したり、だれかがギターをかき鳴らすか絶叫調で歌うのを聞いて卒倒したりはするけど、べつにセンチメンタルじゃないわ。だけどわたしはルドルフ・ラッセンディルに恋をしなかった、わたしが恋をしたのはもうひとりのほう——彼に生き写しの人物のほうでしたよ」

「ほう、そんな人物がいたんですか？」

「いましたとも。国王、ルリタニア国王ですよ」

「そうそう、思いだしましたよ。ルリタニアという名前はそこからきてるんですね。よく聞く名前です。そういえばたしかにぼくも読んでますよ。ルリタニア国王、そしてルドルフ・ラッセンディルは国王の替玉で、王の正式の婚約者であるフラヴィア姫と恋におちる」

レディ・マチルダはまた二、三度深い溜息を洩らした。

「そうなの。ルドルフ・ラッセンディルは先祖のある女性から赤毛を受けついでいて、物語のどこかに、彼がその婦人の肖像画に一礼して、もう名前はよくおぼえていないけど、アメリア女伯爵とかなんとかいう、自分が容貌やなにかを受けついだその貴婦人についてなにかいう場面がありましたよ。そこであなたを見てルドルフ・ラッセンディルのことを思いだした。それからあなたがここから出ていって、あなたの先祖かもしれないある婦人の絵を眺め、彼女がだれかに似ているかどうかを確かめてきた。とすると、あなたはある種のロマンスにかかわった、ということじゃないのかしら？」

「なぜそんなことをおっしゃるんです？」

「だって、人生のパターンなんてそれほど数多いもんじゃありませんよ。だからぜんぜん見おぼえのないパターンなどというものはありません。いわば編物の本のようなものです。約六十五種類の変り編み模様が載っているだけです。見ればどの編み模様かすぐにわかります。あなたの編み模様は、目下のところ、きっとロマンチックな冒険ですよ」彼女は溜息をついた。「でも、どうせ話してくれないでしょうけどね」

「話すことなんかありませんよ」と、サー・スタフォードはいった。

「あなたは昔から嘘つきの名人ですからね。まあいいでしょう。そのうち彼女を連れてらっしゃい。医者が新発見の抗生物質でまんまとわたしを殺してしまう前に、彼女を連れてきてくれれば、それでわたしは本望ですよ。まったく、これまでに色の違う錠剤を何種類服《の》まされてきたことか！　それはひどいものよ」

「どうして〝彼女が〟とか〝彼女を〟なんていうんですか？」

「わからない？　わたしが女性の存在に気がついていないと思っているの？　あなたの生活のどこかに一人の女性がひそんでいますよ。ただわからないのは、どうやって彼女を見つけたかということです。マラヤで、会議の席でかしら？　大使のお嬢さんか大臣のお嬢さんかしら？　大使館の秘書だまりの美人秘書かしら？　いいえ、それは似つかわしくないわ。帰国の船の中で会ったのかしら？　それもちがうわ、あなたはこのごろ船に乗らないもの。とすると、たぶん飛行機の中ね」

「少し近づきましたよ」サー・スタフォードはついいわずにいられなかった。

「そうなの！」彼女は得たりとばかりとびついた。「じゃ、スチュワーデス？」

　彼は首を横に振った。

「いいわ。秘密にしておきなさい。そのうちきっとつきとめてみせますから。あなたの身におきることについては、わたしは昔からとても鼻がきくんですよ。それにほかのことだって。そりゃあもちろん、近ごろのわたしは世間ばなれした生活を送っているけど、ときおり昔なじみと会ったりするから、彼らから一つ二つヒントを得るぐらいのことはいとも簡単ですよ。人々は心配しています。どこを見ても——みんな心配していますよ」

「つまり、社会全般に不安がみなぎり——動揺しているということですか？」

「いいえ、そんなつもりでいったんじゃありません。世のお偉方が心配しているという意味ですよ。この国のひどい政府が憂慮しています。ねぼけた外務省も憂慮しています。おこってはならないことがおこりつつあるのです。不穏な動きが」

「学生騒動ですか？」

「学生騒動は一本の木に咲いた花のひとつにすぎません。それはあらゆる場所、あらゆる国で花開いている——少なくともそんな気配があります。わたしは気立てのよい女の子を一人雇っているけど、その子がここへやってきて毎日新聞を読んでくれるんですよ。自分じゃ新聞も満足に読めないものですからね。とても声のいい子で、手紙の口述筆記をしたり、新聞のいろんな記事を読んでくれたりしているけど、なかなか感心な子ですよ。自分でわたし向きだと思う記事ではなしに、わたしが知りたがる記事を読んでくれるんです。ええ、だれもが心配していますよ、わたしの知るかぎりではね。そして、いいですか、このことはわたしの大昔からのお友だちからもある程度耳に入っているのです」

「おばさんの昔なじみの退役軍人の一人ですか？」

「もう何年も前に退役しているけど、いまだに事情通の元少将ですよ。若い人たちがこの動きの急先鋒といってよいでしょう。でもほんとに心配なのはそのことじゃありません。彼らは——その正体がなんであれ——若い人たちを通じて画策しているのです。世界各国の若者たち。何者かに唆された若者たち。スローガンを唱える若者たち、そのスローガンは刺激的だけど、彼らは全部が全部その意味するところを知ってはいない。革命をおこすのはいたって簡単なことです。革命は若者にとってきわめて自然なことですからね。若者はいつの時代にも反逆してきました。反逆し、引き倒し、現在の世界を変えようとする。でも若者は盲目です。彼らは目隠しをされているのです。自分たちがどこに連れて行かれるかを知らない。つぎはどうなるか？　彼らの前にはなにがあるか？　彼らの背後で唆しているのはいったいだれなのか？　恐ろしいのはそこですよ。ろばを前に進ませようとして鼻の先ににんじんをぶらさげている人がいると同時に、だれかがうしろから棒でお尻を突っついているんですよ」

「おばさんはずいぶん想像力が逞しいですね」

「これは単なる空想なんかじゃありませんよ、スタッフィ。ヒトラーのときも世間の人人はみなそういいました。ヒトラーとヒトラー・ユーゲントについても。でもあれは長い時間をかけた慎重な準備だったんです。綿密に計画された戦争だったんです。超人たちの利用にそなえて、いろんな国々に植えられた第五列。その超人たちがドイツ国家の花になるはずだった。それこそ彼らが考え、心から信じていたことですよ。おそらくいまでもだれかしらそれと同じことを信じている人間がいるんでしょう。彼らはこういう教義を喜んで受け入れるのです――巧みにほんとの姿を隠してさしだしてやればね」

「いったいだれのことをいっているんです？　中国人かロシア人ですか？　おばさんはなにがいいたいんです？」

「わたしにもわかりませんよ。皆目見当もつきません。でも、どこかになにかがあって、それが同じコースを辿っているんです。ほら、またさっきのパターンですよ。パターン！　ロシア人ですって？　彼らは共産主義によって行き詰まっています、ロシア人はもう時代遅れというところね。中国人？　彼らは道を見失っていると思うわ。たぶん毛主席に依存しすぎるのね。裏で画策している人たちがだれかは、わたしにもわかりません。さっきもいったように、なぜ、どこで、いつ、そしてだれがということが問題ですよ」

「とても面白い話ですね」

「恐ろしいことですよ、いつの時代にも繰りかえされるこの同じ思想は。歴史は繰りかえしています。すべての人が従わなければならない若い英雄、黄金のスーパーマン」彼女はちょっと間をおいてつけくわえた。「同じ思想、つまり若きジークフリートですよ」

7　マチルダ大おばの助言

マチルダ大おばはじっと彼をみつめた。たいそう鋭く、抜目のない目だった。スタフォード・ナイは前々からそのことに気づいていたが、このときはとくにそう感じた。

「するとあなたは前にもこの言葉を聞いたことがあるのね」と、彼女はいった。「なるほど」

「それはどういう意味です？」

「知らないの？」彼女は眉をひそめた。

「誓って知りません《クロス・マイ・ハート・アンド・ウイッシュ・トゥ・ダイ》」と、サー・スタフォードは子供言葉でいった。

「そう、昔はよくそういういい方をしたものだったわね」と、レディ・マチルダがいった。「でもほんとに知らないの？」

「ええ、なにも知りませんよ」

「でも、この言葉を前にも聞いたことがあるんでしょう？」

「ええ。だれかがぼくにいいましたよ」

「だれか重要な人物かしら？」

「かもしれません。〝だれか重要な人物〟って、どういう意味です？」

「つまりそれは、あなたは最近政府のさまざまな使節団に関係していたでしょう？　あなたは全力を尽してこの貧しく、哀れな国を代表してきたけど、そんな任務はほかのだれがやっても同じことだろうと思うわ、ただテーブルを囲んでおしゃべりをするだけですもの。はたしてどんな成果があがったかしらね」

「たぶん成果はなにもないでしょう」と、スタフォード・ナイはいった。「結局のところ、こんな仕事に関して楽観的にはなれませんからね」

「でも全力を尽すべきです」と、レディ・マチルダはたしなめた。

「きわめてキリスト教徒的な精神ですね。現代の世の中では、なにも努力しないほうがかえってうまくゆくように思われることだって、しばしばありますよ。それにしてもいったいこれはなんの話ですか、マチルダおばさん？」

「それがわたしにもわからないのよ」

「しかし、おばさんはいろんなことをよく知ってるじゃありませんか」

「そうでもないわ。わたしはただこまぎれの知識を拾いあつめるだけですよ」

「それで?」

「わたしにもわずかながらお友だちが残っています。事情通のお友だちがね。もちろんそのほとんどは、まったく耳が聞こえないか、目がよく見えないか、いささか頭がぼけてしまったか、あるいはまっすぐ歩くこともできないような人たちばかりです。それでもまだなにかが働くんですよ。ここのなにかがね」彼女はそういって、ひっつめにした白髪頭のてっぺんをぽんと叩いた。「そこかしこに不安と失望がみなぎっています。異常なまでに。これもわたしが拾いあつめた知識のひとつなのよ」

「いつだってそうじゃないんですか?」

「ええ、まあ、でもこれはいつもとは違いますよ。受身ではなくて能動的、といってもよいでしょう。わたしは外部から気づいていたし、あなたもきっと内部から感じていたでしょうけど、かなり前から、わたしたちはなにか問題がおきていると感じていました。それもかなり厄介な問題です。でもようやくわたしたちは、たぶんその問題を収拾するためになんらかの手が打たれるだろう、と感じるところまで漕ぎつけました。そのなかには危険な要素がひそんでいます。なにかがおこりつつある——不吉な気配が漂っているんです。それもこの国だけじゃない。世界じゅうの多くの国で。彼らは自分たちの軍隊を作りあげた。危険なのは、それが若い人たちの軍隊だということなんです。命じられるままにどこへでも行くし、なんでもするし、不幸にしてどんなことでも信じてしまうような人たち、ある程度まで打倒や破壊や妨害をおこなってもよいという言質さえもらえば、この運動はきっとりっぱな運動にちがいない、世界はこれまでと変わるだろうと思いこむような人たちが、この軍隊を構成しているんですからね。彼らは創造的じゃなくて、ただただ破壊的なところが問題なんです。創造的な若者たちは詩を書いたり、本を書いたり、音楽を作曲したり、絵を描いたりします。昔からずっとそうでした。そういう人たちはべつに心配はない——でも人々が破壊のための破壊を愛することを知ったときこそ、邪悪な指導者がつけこむチャンスなのです」

「さっきから〝彼ら〟という言葉を使っているけど、いったいだれのことです?」

「わたしのほうが訊きたいくらいですよ」と、レディ・マチルダはいった。「それがわかれば苦労はありません。もしなにか役に立つことが耳に入ったら、あなたにも教えてあげますよ。そうすればあなたもなにかしら手の打ちようがあるというもんでしょうから」

「残念ながら、ぼくには話す相手、つまりそれを報告する相手がだれもいません」

「ええ、だれにでも話していいってもんじゃありませんよ。現内閣の、あるいは内閣につながりがあったり、次期内閣に加わろうと狙っているばか者どもなんかに報告してはいけません。政治家などというのは、自分の住んでいる世界に目を向ける暇も持たない連中です。彼らが目を向けるのは自分の住んでいる国だけ、おまけにそれさえひとつの広大な選挙演説会場としてしか見ていない始末です。当分のあいだ、とてもほかの国までは手がまわらないというところでしょうね。彼らはこうすれば世の中がよくなると本気で思いこんでいることをやりながら、それでいっこうに世の中がよくならないことに驚いているけれど、それも当然ですよ、じつは人々が望むことをなにもしていないんですからね。こうなると政治家というものは、動機さえ正しければ嘘をついてもかまわない、と考えているとしか思えませんよ。ミスター・ボールドウィンがあの有名なせりふ〝わたしが真実を語っていたら、この選挙に負けていただろう〟を口にしたのは、まだそれほど古いことじゃないですものね。歴代首相はいまだに彼と同じ考えを持っているんですよ。ありがたいことに、ときおり偉大な首相が現われることはあります。でもそれはめったにないことですよ」

「で、おばさんはどうしろとおっしゃるんですか？」

「わたしに助言を求めているんですか？　このわたしに？　いったいわたしがいくつになると思っているの？」

「もうすぐ九十歳でしょう」と、甥がいった。

「まだそんな年じゃありませんよ」レディ・マチルダはいささかおかんむりだった。

「そんなに老けて見えますか、スタッフィ？」

「いやいや、元気いっぱいの六十六歳で充分通用しますよ」

「それならいいわ」と、レディ・マチルダはいった。「大嘘だけど、でもそのほうがいいわ。もしわたしのお友だちの老提督やら老将軍やら老空軍中将たちからなにかしら助言が得られたら——ほら、あの人たちはいろんなことを聞いていますからね——まだ昔の仲間がいるし、老人たちはよく集まって話をするでしょう。だから噂が広まるんですよ。昔からずっと秘密情報網があったけど、あの人たちがいくらおいぼれたとはいえ、情報網はいまでもありますからね。若きジークフリート。わたしたちに必要なのはその言葉の意味を解明する手がかりです——はたしてそれは人間なのか、合言葉なのか、あるいはクラブの名前、新しい救世主、それともポップ・シンガーなのか。とにかくこの言葉にはなにかが隠されています。それからそういう音楽のモチーフもあります。ワグナーに熱中した日々ももう遠くなってしまったけど」彼女の年老いたしゃがれ声が、部分的に聞きおぼえのあるメロディを歌ってみせた。「《ジークフリート牧歌》、だったかしら？　ねえあなた、リコーダーを買いなさいな。リコーダーですよ。蓄音機にかけるレコードじゃなくて——ほら、学校の生徒たちが吹くあの笛。学校ではリコーダーを教えているんですよ。先日ある談話会へ行ったけど、うちの教区の牧師がリコーダーを研究していてね。とても面白かったわ。リコーダーの歴史とエリザベス朝以降のリコーダーの種類を調べあげたんですよ。大きなのもあれば小さなのもあって、それぞれ音程と音質が違うんです。じつに楽しかったわ。二重の意味で聞くのが楽しいのよ。ひとつはリコーダーの音そのもの。たいそう美しい音をだすのもあるんですよ。それからリコーダーの歴史を聞く面白さ。ええ。おや、なんの話だったかしらね？」

「たしかぼくにその楽器を買えっていったんですよ」

「そうそう。リコーダーを買って、それで《ジークフリート牧歌》を吹く練習をなさいよ。あなたは昔から音感がよかったから、うまく吹けるようになるんじゃないかしら」

「ま、それが世界の救済に果たす役割はきわめて小さそうだけど、たぶんなんとかなるでしょう」

「いいこと、ちゃんと準備しておきなさいよ。なぜかっていうと、いいですか――」彼女は眼鏡のケースでテーブルをぽんと叩いた。「そのうちリコーダーで悪人どもを感動させてやりたいと思うことがあるかもしれませんからね。そんなときにたぶん役に立つでしょう。彼らは両手を拡げてあなたを歓迎するだろうから、あなたも少しは学べるでしょう」

「まったくおばさんは雲のごとくアイディアが浮かんでくるんですね」と、サー・スタフォードは感心していった。

「わたしの年齢になったら、ほかになにができると思います？」と、大おばはいった。

「外を出歩くことも、他人におせっかいを焼くこともあまりできないし、庭いじりだってもう無理なんですよ。できることといったらこうしてじっと坐って、アイディアをひねりだすことだけ。あなたもいまから四十年たったらそのことを思いだしなさい」

「おばさんの言葉でひとつぼくの興味を惹いたことがあります」

「たったひとつだけ？」と、レディ・マチルダはいった。「ずいぶんたくさんおしゃべりをしたにしては、ちょっと少なすぎるわね。で、どんなことなの？」

「ぼくがリコーダーで悪い人たちを感動させられるかもしれない、というけど――あれは本気ですか？」

「そうねえ、それもひとつの方法じゃないかしら？　正しい人たちは問題ないけど、悪人どもは――あなたはいろんなことを調べなきゃならない、でしょう？　いろんなことに首を突っこまなきゃならない、いわば死番虫《デス・ウオッチ・ビートル》のようにね」と、彼女は考え深くいった。（死番虫は家屋を食い荒らす虫で、夜中に木材に頭を打ちつけて雌を呼び出す音が、死の前兆だという俗説がある）

「そして夜中に意味ありげな音を立てる？」

「まあそんなところでしょうね。わが家でも東翼に死番虫が棲みついたことがあったんですよ。おかげで修理にずいぶんお金がかかったわ。たぶん世界を修理するにもずいぶんお金がかかるでしょうね」

「家の修理よりははるかにかかりますね」

「それはかまわないでしょう。人々は大金を費やすことをいといません。かえって感心します。むしろ人々がそっぽを向くのは、物事を安くあげようとするときなのです。わたしたちは同じ人間なんですよ、この国の人間は。昔からちっとも変わっていないんですよ」

「それはどういう意味ですか?」

「わたしたちは大仕事ならりっぱにやってのけられます。大帝国の経営は上手でしたが、できあがった帝国を維持することは下手でした。でも、わたしたちはもう帝国を必要としなくなったのね。そしてそのことに気がついた。とても維持していけなくなったんです。ロビーがそのことをわたしに教えてくれましたよ」

「ロビーって?」その名前にかすかに聞きおぼえがあった。

「ロビー・ショーラム、ロバート・ショーラムですよ。ずいぶん古いお友だちでね。左半身が麻痺してしまっているけど、まだ口はきけるし、なかなかいい補聴器も持っていますからね」

「するとあの世界有数の物理学者が」と、スタフォード・ナイがいった。「おばさんの昔なじみなんですか？」

「彼の子供のころから知ってますよ」と、レディ・マチルダはいった。「わたしたちがお友だちで、共通点もたくさんあり、よく一緒におしゃべりをする仲だと聞いたら、あなたはさぞ驚くでしょうね」

「しかし、まさか――」

「話題はそんなに多くないはずだといいたいんでしょう？　たしかにわたしは数学の問題なんか解けませんよ。ありがたいことに、わたしの若いころは女の子は数学なんか見向きもしなかったものです。でもロビーは、たしか四歳ごろから数学になじんでいたのね。いまじゃそれがふつうだそうだけど。ロビーは話題が豊富なのよ。わたしがおてんばで、しょっちゅう彼を笑わせてばかりいたでしょう、だから彼は昔からわたしが好きだったのよ。それにわたしは聞き上手だしね。彼はときどきとても面白いことをいうのよ」

「でしょうね」と、スタフォード・ナイは皮肉っぽくいった。

「偉そうにいうんじゃありませんよ。モリエールはメイドと結婚したおかげで大成功した、そうでしょう?――あれはたしかモリエールだったと思うけど。要するにすごく頭のいい男性は、頭のいい女なんか話相手にしたがらないものですよ。神経が疲れるだけですからね。それより、自分をたわいなく笑わせてくれるかわいいおばかさんのほうを好むものです。こう見えても若いころのわたしはそれほどみっともなくなかったですからね」レディ・マチルダは得意げにいった。「そりゃあわたしは学者向きじゃありませんよ。自分がお世辞にも知的じゃないことは知っています。だけどロバートは、わたしには良識と物わかりのよさがそなわっているって、いつもいってたもんだわ」

「おばさんは愛すべき人だ」と、サー・スタフォード・ナイはいった。「いつお会いしても楽しいし、帰ってからも聞いた話は忘れません。どうやらぼくに話せるけど話す気がないことが、まだたくさんありそうですね」

「話してもいい時がくるまではね」と、マチルダおばはいった。「でもあなたが関心を持っていることはわかりました。ときどきどんな暮らしをしているか知らせてね。来週はアメリカ大使館のディナーに出席するんでしょう?」

「どうして知ってるんですか? 招待されてはいるけど」

「それで、出席の返事を出したんでしょう?」

「ま、これも仕事のうちですからね」彼は不思議そうにおばの顔を見た。「それにしても驚くべき情報通ですね」

「なに、ミリーが教えてくれたんですよ」

「ミリー？」

「ミリー・ジーン・コートマンよ。アメリカ大使の奥さんの。とても魅力的な人。小柄で、申し分なくスタイルがよくて」

「ああ、ミルドレッド・コートマンのことですか」

「洗礼はミルドレッドだけど、彼女はミリー・ジーンのほうが気に入ってるんですよ。わたしは慈善マチネーかなにかのことを彼女と電話で話したの——彼女は昔ふうにいえばポケット・ヴィーナスってところね」

「なかなか味のある表現ですね」と、スタフォード・ナイはいった。

8 大使館のディナー

ミセス・コートマンが片手をさしだして彼を迎えたとき、スタフォード・ナイは大おばの言葉を思いだした。ミリー・ジーン・コートマンは年のころ三十五から四十くらいの女性だった。繊細な顔だち、大きなブルー・グレイの目、形のよい頭、そのブルーがかったグレイの髪は、申し分なく手入れされて、彼女にぴったり似合うこのうえなく美しい色に染められている。彼女はロンドンの人気者だった。夫のサム・コートマンは、やや鈍重な感じのする大男だった。彼は妻を大いに自慢にしていた。彼自身は間のびした口調で、やや大袈裟な話し方をする、よくあるタイプの人間だった。聞き手のほうは、ある問題のどうでもよいような点について、長々と説明を続ける彼にうんざりして、心ここにあらずということがしばしばだった。

「マラヤからお帰りになったんでしたね、サー・スタフォード。かの地はさぞ面白かったでしょうな。もっともわたしならこの季節のマラヤ行きはごめんこうむりたいところだが。ともかくあなたのお帰りをみんな歓迎していますよ。ところで、ご存知でしょうな、こちらはレディ・オールドバラにサー・ジョン、それからフォン・ローケン夫妻、スタッゲンハム夫妻を紹介します」

　彼らはみなスタフォード・ナイが多少とも顔を知っている人たちだった。ただ、まだ着任早々なのではじめて顔を合わせるオランダ人夫妻が一組いた。スタッゲンハム氏は社会保障大臣だった。なかなか魅力的な夫婦だと、スタフォード・ナイは前々から思っていた。

「それにレナータ・ゼルコウスキ女伯爵。たしか夫人はあなたと会ったことがあると聞いております」

「たしか一年ほど前だったと思いますわ。わたしがこの前イギリスにきたときでした」

と、女伯爵はいった。

　それが例の女だった。フランクフルトからの乗客がふたたび彼の目の前に現われたのだ。ゆったりと落着きはらって、チンチラに似た薄いグレイ・ブルーの美しい衣裳を身にまとっている。髪を高く結いあげ（かつらだろうか？）、アンティーク風のデザインのルビーの十字架を首にかけていた。

「シニョール・ガスパーロ、ライトナー伯爵、アーバスノット夫妻」

出席者は全部で二十六人ほどだった。食卓では、スタフォード・ナイは陰気なスタッゲンハム夫人とガスパーロ夫人にはさまれて席についた。レナータ・ゼルコウスキは彼の真向かいだった。

大使館主催のディナー。彼はこの種のパーティにしばしば出席するが、招待客の顔ぶれはいつもあまり代わりばえしない。外交畑のさまざまな顔、次官たち、一人か二人の実業家、話上手で、立居振舞いが自然で、愛想がよいところから、いつもこういったディナーの招待リストに加えられる数人の名士たち。もっともスタフォード・ナイにいわせれば、中に一人か二人は、そうでない人物も含まれていたが。話相手としては魅力的で、いくぶん浮薄なところもあるおしゃべり好きのガスパーロ夫人に調子を合わせながらも、彼の心は視線と同じ方向にさまよっていた。もっとも視線のほうは、傍目にはそれとわからないほど遠慮がちだった。食卓をさりげなく見まわす視線の動きからは、彼が内心で結論をまとめつつあることは見抜けなかったろう。彼はこの席に招待された。なぜだろうか？　なにか特別な理由があったのか、なかったのか？　ときおり秘書たちが、そろそろこの人たちの番だという意味の印をつけてさしだす招待客のリストの中に、たまたま彼の名前が含まれていたというだけのことなのか。あるいは出席者のバランスをとるために、臨時につけくわえられた名前のひとつが彼だったのか。臨時の招待客が必要なときは、彼に白羽の矢が立つことが多かった。

「そうね」と、外交畑のホステスならいうだろう。「スタフォード・ナイなら文句なしよ。マダム某かレディ某の隣りがいいんじゃないかしら」

彼が招待された理由は、あるいはそれだけのことかもしれなかった。しかし、と彼は思った。経験から、ほかにもなにか理由があると感じた。ある特定の人物に向けられることがない、社交的な愛想のよさで軽やかに動きまわる彼の視線も、じつはその理由を探りだすのに忙しかった。

今夜の招待客の中には、なにかの理由でなくてはならぬ人物、重要な人物がいるのかもしれない。単なる穴埋めとしてではなく——むしろ逆に——彼の、あるいは彼女のまわりに坐るほかの招待客の選択に発言権を持っていた重要な人物。この席になくてはならないだれか。もしそんな人物がこの中にいるとしたら、いったいそれはだれだろう、と彼は考えた。

もちろんコートマンは知っているだろう。もしかしたらミリー・ジーンも知っているかもしれない。妻たちというのはわからないものだ。中には夫以上にすぐれた外交官もいる。また、魅力、適応性、人を喜ばせようとする気持、好奇心の欠如といった点で、信頼のおける妻たちもいるかもしれない。またある妻たちの場合は、彼女たちの夫に関するかぎり、不運としかいいようがない、と彼はうんざりしながら思った。政略的な結婚に威信と財産をもたらしはするかもしれないが、さしさわりのあることをいったりして、厄介な事態を招きかねないホステスたち。もしそういった事態を避けたければ、プロのとりなし屋《スムーザーズ・オーヴァー》とでもいうべき招待客を一人か二人、あるいは三人ほどリストに加えておく必要がある。

今夜のディナー・パーティには、単なる社交的な性格以上のなにかがあるのだろうか？　彼のすばやく、抜目のない視線は、すでにテーブルを一巡して、それまで気にとめなかった二、三の人物の存在に気がついていた。一人はアメリカ人実業家だった。感じのよい男だが、派手な社交界人士という感じではない。中西部のある大学の教授。それに夫がドイツ人で、妻がアメリカ人という一組の夫婦。妻のほうはほとんど押しつけがましいまでにアメリカ人らしい、たいへんな美人で、セックス・アピールも充分だ、とスタフォード・ナイは思った。このうちの一人が問題の人物だろうか？　FBI、CIAといった頭文字が頭にうかんだ。実業家はなにか特定の目的があってここにいるCIAかもしれない。当節は昔と違ってよくあることだ。あの決まり文句はなんだったっけ？　偉大な兄弟《ビッグ・ブラザー》があなたを見守っている（ジョージ・オーエルの『一九八四年』に出てくるポスターの文句）。そうだ、だがいまはそれどころじゃない。アメリカのいとこ《トランスアトランティック・カズン》があなたを見守っている。中部ヨーロッパへの大型融資《ハイ・ファイナンス》があなたを見守っている。あなたに彼を見守らせるために、外交上の難局が求められたのだ。そうだ、このごろはしばしば物事に裏がある。しかし、はたしてこれも新しい決まり文句、新しい流行にすぎないのだろうか？　それ以上の重要なこと、現実的なことを意味しているのではないだろうか？　今日《こんにち》のヨーロッパにおける出来事を、人々はどんなふうに語っているか？　たとえば欧州共同市場。まあこれはすばらしいことだ、貿易や、経済や、国際関係といった問題をとり扱っている。

これは表舞台だ。しかし舞台裏がある。そこで〝キュー〟を待っている。舞台裏からのせりふづけ《プロンプティング》が必要になればそうする用意ができているのだ。なにがおこりつつあるのか？　広い世界とその舞台裏では。彼はそのことを考えてみた。

知っていることもあれば推測の域を出ないこともある。それから全然知らないこともあるし、だれも彼がそれについて知ることを望んでいない。

彼の視線は一瞬真向かい《ヴィ・ザ・ヴィ》に注がれた。顎をつんと上に向け、口もとをかすかにゆがめて上品な微笑をうかべている。二人の視線がからみあった。彼女の目はなにも語らなかった。微笑もまたしかりである。いったい彼女はここでなにをしているのだろうか？　場ちがいな感じはまったくない。ここは勝手知ったる世界なのだ。いささかも不自然さを感じさせない。彼女が外交界でどんな役割を演じているかをつきとめるのは大して難しくないだろうが、それでは彼女の本領がどこなのかということはわかるまい。

フランクフルトでだしぬけに話しかけてきたスラックス・スタイルの若い女は、熱っぽく知的な顔の持主だった。あれがこの女の真の姿だったのか、それともこの偶然の社交的出会いが彼女の本性なのか？　二つのうちのいずれかは演技なのか？　もしそうだとしたら、どっちが演技でどっちが地なのか？　しかも彼女の顔はこの二つにとどまらないのかもしれない。彼はそのへんのことが知りたかった。

それとも彼が招待されてここで彼女と会ったのは、まったくの偶然だろうか？　ミリー・ジーンが立ちあがりかけた。ほかの婦人たちも彼女と一緒に立ちあがった。そのとき、突然思いもかけない騒ぎがおこった。屋外からの騒々しい物音。叫び声。悲鳴。窓ガラスの割れる音。喚声。物音――疑いもなく銃声だ。ガスパーロ夫人がスタフォード・ナイの腕にしがみついていった。

「またですわ！　ああ、神さま――またあの恐ろしい学生たちですわ。わたしの国でもこうなんです。どうして彼らは大使館を襲撃するのかしらね？　彼らは乱闘し、警察に抵抗し――ばかみたいなことをわめきながら行進して、路上に坐りこむんです。ええ。ローマでも、ミラノでもみんなそう、学生たちはペストのようにヨーロッパじゅうにはびこっていますわ。どうして若い人たちはいつも不満なのかしらね？　いったいどうしろというのかしら？」

スタフォード・ナイはブランディを飲みながら、そのことについて独断的な口調で長々とまくしたてているチャールズ・スタッゲンハム氏の重々しいアクセントに耳を傾けた。騒ぎはもう鎮まっていた。警察がデモの急先鋒を何人か連行したらしい。このたぐいの事件は、昔なら異常で警戒を要することと考えられたところだが、いまではごくあたりまえのこととして受けとられている。

「より強大な警察力。われわれに必要なのはそれです。より強大な警察力ですよ。そうすればあの連中の手にあまる。どこでも同じだという声が聞かれます。わたしは先日リュルヴィッツ氏と話したのだが、彼の国でも同じ問題を抱えているし、フランスでも同様だということです。彼らはなにを求めているのか——騒ぎをおこすことだけが目的でしょうか？　もしわたしの思いどおりにやれるとしたら——」

スタフォード・ナイは、自分ならこれこれの手段をとると説明するチャールズ・スタッゲンハムに愛想よく調子を合わせながら、内心ではほかのことを考えていた。どうせスタッゲンハム氏のいいそうなことは聞くまでもなく容易に想像できた。

「ヴェトナム問題やなにかについて、ああだこうだと叫んでいます。いったい彼らがヴェトナムについてなにを知っていますかな。だれひとりヴェトナムへ行ったことのない連中がですよ」

「はたしてそれでうまくゆくかどうか」と、サー・スタフォード・ナイが口をはさんだ。

「今夜ここへくる前に聞いた話ですが、カリフォルニアでもいろいろ問題がおきているそうです。あちこちの大学で——もしわれわれに賢明な方針というものがあれば……」

まもなく男たちは客間にいる女たちに加わった。スタフォード・ナイは、こういう場合にきわめて役に立つ、これといったあてのないゆったりした足どりで歩いていって、ある程度知っているおしゃべり好きの金髪女の横に腰をおろした。彼女は思想や機知に関してはまずめったに聞くに価するようなことをいわないが、自分の交友範囲の人間についてはたいへんな消息通という女だった。スタフォード・ナイは単刀直入な質問こそしなかったが、まもなく本人でさえいつ話題がそんな方向へ向かったか気づかないうちに、レナータ・ゼルコウスキ女伯爵に関する二、三の情報を彼女の口から引きだしていた。

「あいかわらずとてもお美しいと思いません？　近ごろはそうしょっちゅうはロンドンにお見えにならないんですよ。ほとんどニューヨークか、または、あのすてきな島で暮らしているんですって。あの島をご存知でしょう。ミノルカ島じゃなくて、ほら、地中海にあるあの島。妹さんが例の石鹼王と結婚しているんですよ、たしか石鹼王だったと思いますけど。ギリシャ人の石鹸王じゃなしに。彼はたしかスウェーデン人のはずですわ。お金がいくらでも入ってくるらしいですわ。それからもちろん、彼女はドロミテ・アルプスの——それともミュンヘン近郊だったかしら——お城ですごすことも多いようです。たいそう音楽好きなんですよ、昔からそうでしたけど。あなたは前に彼女とお会いになったことがあるんですってね?」

「ええ。一年か二年前だったと思います」

「そうね、たぶん以前彼女がイギリスにきたときでしょう。噂ではチェコスロヴァキア事件に関係があったらしいですわ。それともポーランドの騒乱だったかしら? 実際あれは厄介ですわね。あのあたりの人の名前ですけど。ZやKがむやみに多くて、おかしな名前が多いでしょう、正確に綴るのに骨が折れますわ。彼女はとても文才があるんですよ。請願書を起草して人々の署名を集めたりしていますわ。亡命作家を受けいれるようイギリスに働きかける運動やなにかの。もっともあまり関心を持つ人はいないようですけど。だってこのごろは自分の税金をどうやって払おうかということだけで、みんな頭がいっぱいですもの。そりゃ旅行費控除はいくらか足しになるけど、それだって知れたものです。つまりまずお金を稼いでおかなくちゃ、それを海外に持ちだすこともできませんわ。みなさんどうやってお金を手に入れるのかわかりませんけど、とにかくお金はたくさんありあまっているようですわね。ええ、そこらじゅうにありあまってますよ」

　彼女は得意そうに自分の左手を眺めた。そこにはダイヤモンドとエメラルドの、ひとつ石の指輪が輝いていて、少なくとも彼女自身にはかなり多額の金が費やされていることを、疑問の余地なく立証していた。

　パーティは終わりに近づいていた。フランクフルトからの乗客に関する彼の知識は、依然としてそれまでと大差なかった。彼女は見せかけ《ファサード》、もし頭韻を踏んだ二つの言葉を使うことが許されるならば、多面体の見せかけ《ハイリーファセテイド・ファサード》を持っていることがわかった。彼女は音楽に興味を持っている。そういえばなるほどフェスティヴァル・ホールで彼女と会っているではないか。戸外スポーツを愛好している。地中海にいくつかの島を所有する富豪の親戚がいる。文学者の救援活動に献身している。有力なコネクションがあり、裕福な親戚を持ち、社交界にも名の通っている女性。見たところあまり政治的ではないが、しかし人目につかないところでは、なんらかのグループに関係しているかもしれない。ある場所から別の場所へ、ある国から別の国へ、しょっちゅう旅行して歩く女性。金持や、芸能人や、文学者の世界を泳ぎまわっている女性。

　一瞬、彼の心にスパイ活動という言葉がうかんだ。それがいちばんぴったりの答のような気がした。だがそれでも完全には納得できなかった。

さらに時間がすぎていった。ついに彼がホステス役のミリー・ジーンにつかまる番がやってきた。ミリー・ジーンのホステスぶりは堂に入ったものだった。

「ずっとあなたとお話しする機会を待っていましたのよ。マラヤのお話がうかがいたかったんです。わたしったらアジアの地名については無知そのもので、みんなごちゃまぜになってしまうんですの。向こうではどんなことがありまして？　なにか面白いことでもあったかしら、それともひどく退屈なことばかりでした？」

「その答はきっとお察しいただけると思いますよ」

「まあ、それじゃたぶんとても退屈だったんでしょうね。でも立場上そうはおっしゃれないというわけね」

「いやいや、そう考えるのも口に出していうのも自由ですよ。どうもあの国は性に合わなくて」

「だったらなぜいらしたんです？」

「それが、昔から旅行好きで、いろんな国を見て歩くのが趣味なんですよ」

「あなたはいろんな点で興味深い方でいらっしゃるのね。もちろん外交官の生活なんて退屈なことばかりじゃないかしら？　わたしの口からそんなことはいえませんけど。あなただから申しあげるんですわ」

青く澄んだ目。森の中に咲くブルーベルのような青。その目が少し大きく見開かれ、黒い眉毛の目尻側がわずかにさがり、逆に目頭側がかすかに吊りあがった。そのためにいささか美しいペルシャ猫に似た顔になった。ミリー・ジーンはほんとはどんな女性だろうか、と彼は思った。柔らかい声は南国の人間のそれだった。美しく形のととのった小さな頭、コインのように完璧な横顔――いったいほんとのところはどんな女性だろうか？ ばかではなさそうだ。必要とあれば社交という武器を使いこなせる女、その気になれば人を魅了することも、謎めいた印象を与えることもできる女。だれかからなにかを手に入れたいと思えば、おそらく巧みにそれをやってのけるだろう。彼はいま自分に注がれている彼女の視線の鋭さに気がついた。この女はぼくのなにかを手に入れようとしているのだろうか？ 彼にはわからなかった。が、そうとも思えなかった。彼女がいった。「スタッゲンハムさんにお会いになりまして？」

「ええ。テーブルで話しましたよ。お会いしたのは今夜がはじめてです」

「あの方は大物ですってよ」と、ミリー・ジーンはいった。「なにしろＰＢＦの社長ですもの」

「いろいろと知っておかなくてはならないことが多いですね」と、サー・スタフォード

・ナイがいった。「ＰＢＦにＤＣＶ。それにＬＹＨ。どこもかしこもイニシャルだらけですな」
「やりきれませんね、ほんとに。イニシャルだらけで、人格不在、人間不在ですものね。あるのはイニシャルだけ。まったく、なんてやりきれない世の中なんでしょう！　わたしはときどきそう思うんです、なんてやりきれない世の中なんだろうって。もっと違った世の中、まるっきり違う世の中になって欲しいものですわ――」
　それは彼女の本音だろうか？　一瞬本音かもしれないと思った。だったら面白い……

　グローヴナー・スクエアは静寂そのものだった。舗道にはまだガラスの破片が散乱していた。卵や、つぶれたトマトや、ピカピカの金属の破片まで目についた。だが、頭上の空には、平和な星が輝いていた。大使館の玄関に、辞去する客を迎えにきた車がつぎつぎと横づけになった。警察は広場の隅で目立たないように警備に当たっていた。秩序は整然と保たれていた。大使館から出てきた政界の客の一人が警官に話しかけた。彼は戻ってきて小声でいった。「逮捕者は多くなかったらしい。八人だそうだ。明朝ボウ・ストリート（中央警察裁判所）へ連行されるだろう。だいたいいつもと同じ顔ぶれらしいね。ペトロネルラはもちろんいたそうだ。それからスティーヴンと彼の仲間たち。まあいいさ。

おそらく連中もそのうち飽きるだろう」

「お住まいはここからあまり遠くないんでしょう？」と、だれかがサー・スタフォード・ナイの耳もとでいった。太いコントラルトだった。「途中ですからお送りしますわ」

「いやいや。歩きますよ。十分かそこらの距離ですから」

「わたしはいっこうにかまわないんですけど」と、ゼルコウスキ女伯爵はいった。「わたしはセント・ジェイムズ・タワーに泊まっておりますの」

セント・ジェイムズ・タワーは新しいホテルのひとつである。

「それはどうも、ご親切に」

見るからに高級車らしい大型ハイヤーが待っていた。運転手がドアを開けると、レナータが乗りこみ、サー・スタフォード・ナイがそのあとに続いた。サー・スタフォードの住所を運転手に教えたのは彼女のほうだった。車が走りだした。

「わたしの住んでいるところをご存知なんですね？」

「いけません？」

彼はこの〝いけません？〟という答はどんな意味だろうかと不思議に思った。

「いけなくなんかないですよ。あなたはじつに多くのことをご存知だ」そして彼はつけくわえた。「パスポートを返してくださって、ありがとう」

「そのほうがあなたに迷惑がかからないと思ったんです。あなたがあれを焼いてしまえばもっと簡単ですわ。新しいパスポートの交付を受けたんでしょう、たぶん――」

「そのとおりです」

「マントはお宅の衣裳だんすのいちばん下のひきだしに入っています。ゆうべ返しておきましたから。たぶん新しいのを買ってもご不満でしょうし、実際問題としてそっくり同じものは手に入らないだろうと思ったものですから」

「あれはいくつかの――冒険をくぐり抜けてきたので、いまやわたしにとってこれまで以上に貴重なんですよ」と、スタフォード・ナイはいった。そしてつけくわえた。「あのマントはちゃんと役に立ったじゃないですか」

車は夜の街を静かに走りつづけた。

ゼルコウスキ女伯爵がいった。

「ええ。たしかにおっしゃるとおりです、わたしはこうして――生きているんですから……」

サー・スタフォード・ナイはなにもいわなかった。当たっているかどうかはわからないが、彼女は彼に質問させたがっている、あれこれ問いつめて、彼女がなにをしていたか、どんな死の運命から逃れたかを知ってもらいたがっているらしいと感じた。相手は彼が好奇心を示すことを望んでいたが、サー・スタフォード・ナイとしてはここで物欲しげな顔をするつもりはなかった。むしろそうしないことを楽しんでいた。彼女が小さな笑い声をたてた。だが、やや意外なことに、その笑いは手詰まり状態に陥った照れかくしの笑いではなく、喜ばしい笑い、満足した笑いのように思えた。

「今夜のパーティは楽しかったかしら?」と、彼女が質問した。

「いいパーティでしたよ。もっともミリー・ジーンのパーティはいつだってそうですがね」

「彼女をよくごぞんじ?」

「彼女が結婚前にニューヨークに住んでいたころから知っています。ポケット・ヴィーナスというやつですよ」

彼女はかすかな驚きの表情で彼を見た。

「あなたは彼女をそう呼んでいらっしゃるの?」

「いや。じつはわたしの年とった親戚がそう呼んだんです」

「そうね、このごろ女性に対するそういう表現はあまり聞きませんもの。でも、なるほど彼女にはぴったりですわ。ただ、ただ――」

「ただ、なんです?」

「ヴィーナスは誘惑的でしょう？　でも野心家かしら？」

「ミリー・ジーン・コートマンは野心家だと思いますか？」

「もちろん。それが彼女の最大の特徴ですわ」

「そして、イギリス駐在大使の妻というだけでは、彼女の野心は満たされない？」

「ええ。そんなのはほんの手はじめですよ」

彼は答えなかった。車窓から外を眺めていた。やがてなにかいいかけたが、思いなおして口をつぐんだ。彼女のすばやい視線に気がついたが、相手も沈黙したままだった。

やがて車がテムズの橋にさしかかると、ようやく彼が口を開いた。

「どうやらあなたはわたしを家まで送って、それからセント・ジェイムズ・タワーへ戻るつもりはないらしい。いま車はテムズを渡っている。前にも一度橋の上で会いましたね？　わたしをどこへ連れてゆくつもりです？」

「気になります？」

「まあね」

「無理もありませんわ」

「あなたは流行の最先端にいるらしい。このところハイ・ジャックが大はやりですからね。あなたはわたしをハイ・ジャックした。なぜです？」

「それは、この前と同じように、あなたが必要だからですわ」そして彼女はつけくわえた。「わたしだけじゃなく、ほかの人たちもあなたを必要としているんです」

「なるほど」

「でもあなたは快く思っていない」

「ぜひにと頼まれるほうが、気分はいいですね」

「そう頼んでも、はたして承知してくださったかしら？」

「イエスだったかもしれないし、ノーだったかもしれない」

「すみません」

「それはどうかな」

彼らは無言で夜の中を走りつづけた。そこは物淋しい田舎道などではなく、幹線道路だった。ときおり車のライトの中に浮かびあがる地名や道路標識から、スタフォード・ナイは車がどの方角に向かっているかをはっきり確認できた。サリーを通過し、サセックスの最初の住宅地域を通り抜けつつあった。ときおり最短距離を通らずにまわり道をしたり脇道に入ったりしたような気がしたが、確信はなかった。彼はロンドンからの尾行を恐れてそうするのかと、もう少しで女に質問しそうになった。だが思いなおして沈黙作戦をとることに決めた。話したり情報を提供したりするのは彼女の役割だと。その後に得ることができた情報と合わせて考えてもなお、彼女の正体は依然として謎だった。

ロンドンでのディナー・パーティが終わったあと、彼らは郊外に車を走らせている。車は疑いもなく高級ハイヤーだ。これは前もって手順が決まっていたことだ。ちゃんと筋が通っていて、疑わしいところや意外なところはひとつもない。まもなく行先もわかるだろう、と彼は思った。つまり、もしも海岸まで走りつづけるのでなければの話だ。しかしそれもありえないことではない。ヘイズルミアという名前が、道路標識に見てとれた。とすると、いまゴドルミングを迂回していることになる。なにもかも明々白々だった。裕福な郊外居住者たちの住む豊かな郊外。気持のよい森、美しい邸宅群。車が数回横道に入りこんで、やがて速度をおとしたところが、彼らの目的地らしかった。ゲイトがある。ゲイトの脇に小さな白塗りの小屋がある。手入れのゆきとどいたシャクナゲの植込みが両側に並ぶ車まわし。ゆるやかにカーヴして家の前で停まる。「郊外型高級《ストックブローカー・》住宅《テユーダー》」と、スタフォード・ナイが小声で呟いた。女がけげんそうな顔でふりむいた。

「ちょっと感想をいったまでですよ」と、スタフォード・ナイはいった。「気にしないでください。どうやらわれわれはあなたの選んだ目的地に到着したらしいですな」

「この家の外観があまりお好きじゃないようね」

「邸内は手入れがゆきとどいているようですね」スタフォード・ナイはカーヴにそって

進む車のライトを目で追った。「これだけの邸宅をきちんと維持するには金がかかるでしょう。住み心地のよさそうな家ですね」

「住み心地はよいけどきれいじゃありません。この家に住む人物は美しさよりも住み心地のほうを重視しているんです」

「そのほうが賢明かもしれないな。しかしその人はいろんな点ですぐれた審美眼の持主らしい、ある種の美についてのね」

車は明るいポーチの前で停まった。サー・スタフォードは先に降りて女に片腕をさしだした。運転手が石段を上がって呼鈴を押していた。彼は石段を上がってくる女に問いかけるような視線を向けた。

「今夜はもうご用はありませんか？」

「ええ。もう結構よ。明朝また電話します」

「おやすみなさい」

建物の内部で足音が聞こえて、ドアが開いた。サー・スタフォードは執事かなにかを想像していたが、現われたのは見あげるばかりに背の高いメイドだった。白髪頭で、唇をきっと結び、見るからに頼り甲斐のある有能そうな女だ、と彼は思った。こういう使用人は貴重な財産で、いまどきめったにお目にかかれない。信用がおけて、主人といえども一目おかなければならないこともある。

「少し遅くなっちゃったわ」と、レナータがいった。

「だんなさまは書斎におられます。あなたさまとお連れの方がお着きになったら、すぐにそちらへお通しするようにとのことです」

9　ゴダルミング近くの家

メイドは先に立って広い階段を上がり、二人を案内した。なるほど、たいそう住み心地のよさそうな家だ、とスタフォード・ナイは思った。暗褐色の壁紙、オーク材の階段の彫刻はひどく不体裁だが、踏み段が浅くて上がりやすくできている。壁の絵はよく選ばれているが、とくに芸術的感興をそそるようなものではない。金持の家らしい。悪趣味ではないが月並みな趣味の持主。濃紫の厚いパイルのカーペットが、柔らかくて足に心地よい。

二階へ上がると、背の高いメイドは廊下のいちばん手前のドアの前に立った。ドアを開けてから、二人を通すために一歩横に下がっただけで、来客の名前は告げなかった。女伯爵が先に入り、サー・スタフォード・ナイがあとから続いた。背後で静かにドアの閉まる音が聞こえた。

部屋の中には四人の人間がいた。書類や資料の類、拡げられた一、二枚の地図、それにいま検討中らしい別の書類などで、隙間なくおおわれた大机の後方には、ひどく黄色い顔の、太った大男が坐っていた。とっさに名前こそ思いだせなかったが、サー・スタフォード・ナイには見おぼえのある顔だった。その男とは一度偶然に会っただけだが、その場はきわめて重要だった。だから知っていることは確かである。しかしなぜ――なぜ名前を思いだせないのだろうか？

かすかに身をもがくようにして、机のうしろの人物が立ちあがった。彼はレナータ女伯爵がさしだした片手をとった。

「やっと着きましたな」と、彼はいった。「よかった、よかった」

「ええ。もうご存知でしょうけど紹介させていただきます。サー・スタフォード・ナイ、こちらはミスター・ロビンスンですわ」

そうだった。サー・スタフォード・ナイの頭の中で、なにかがカメラのシャッターのようにカチッと音をたてた。それはもうひとつの名前とも符合した。パイカウェイ。ロビンスン氏のすべてを知っているといえば嘘になる。彼はロビンスン氏が自分について知られてもよいとしていることだけを知っている。彼の名前は、だれもが知っているかぎりでは、ロビンスンだが、本名は外国名かもしれないのだ。これまでにそんなことをほのめかした人間は一人もいなかった。彼の肉体的特徴にも記憶があった。秀でた額、メランコリックな黒い目、大きな口、印象的な粒の大きい白い歯――おそらく義歯だろうが、いずれにせよ、『赤頭巾ちゃん《レッド・ライディング・フード》』の狼のように、「こら子供、この歯はお前を食うのにぐあいがいいんだぞ!」といわんばかりの歯だった。

彼はまた、ロビンスン氏が代表しているところのものも知っていた。それを表わすにはただの一語で充分だった。ロビンスン氏は大文字のMではじまる金《マネー》を代表していた。あらゆる面におけるマネー。国際的なマネー、全世界のマネー、国内財政、銀行業、外国政府。事業計画。彼は並の人間がマネーを見るのとは違った形でマネーを代表していた。疑いもなく彼は大富豪だが、重要なのはそのことではなかった。彼はマネーに関して采配をふるう人間、偉大な銀行家の一族の一人だった。彼の個人的な趣味は質素なものでさえあるかもしれないが、はたしてほんとにそうであるかどうかは疑問だと、サー・スタフォードは思っていた。ほどほどに安楽な生活、いやぜいたくといってもよい生活が、ロビンスン氏の暮らし方だろう。しかしそれ以上ということはない。従ってこの謎に包まれた一件の陰には、マネーの力が隠れている。

「あなたのことは一日か二日前に聞いたばかりですよ」ロビンスン氏は彼と握手をかわしながらいった。「友人のパイカウェイからね」

それでなにもかも辻褄が合う、とスタフォード・ナイは思った。なぜなら前にロビンスン氏と会ったたった一度の機会に、パイカウェイ大佐が同席していたことを思いだしたからである。ホーシャムがロビンスン氏の話をしたことを思いだした。これでメアリ・アン（あるいはゼルコウスキ女伯爵？）と、これから眠るところかいま目をさましたところかわからないが、なかば目を閉じて煙のよどんだ部屋に坐っているパイカウェイ大佐と、それに大きな黄色い顔のロビンスン氏が揃ったことになり、どこかで金が賭けられていることになる。彼の視線は部屋にいるほかの三人に移動した。彼らが顔見知りの人間か、どんな世界を代表する人物かを確かめたかったからである。知らなければ推測してみるつもりだった。

少なくともそのうちの二人については推測する必要はなかった。暖炉の横の背もたれの高いポーターズ・チェアに坐っている人物、額縁で囲まれたように椅子の枠にすっぽりおさまった老人は、イギリスじゅうでよく知られている顔だった。このごろはめったに見かけないとはいうものの、じつのところいまだによく知られている顔といってよかった。病人で、身体障害者で、ごく短時間しか人前に姿を見せず、しかもそのためにはひじょうな肉体的苦痛と困難を忍ばなければならないといわれている人物。アルタマウント卿。痩せ衰えた顔、高い鼻、額からわずかに後退して、それからふさふさしたたてがみのように後頭部へ流れる白髪、かつては漫画家たちが好んで描いたかなり大きな耳、見るというよりは突き刺さるような鋭い眼光。それは対象に深々と入りこむ。いまはその目がサー・スタフォード・ナイに向けられていた。彼は近づいてくるサー・スタフォードに片手をさしだした。

「わしは立つことができない」と、アルタマウント卿はいった。老人特有の、遠くから聞こえてくるようなかぼそい声だった。「背骨がいうことをきかんのだ。きみはマラヤから帰ってきたばかりだそうだね、スタフォード・ナイ」

「そうです」

「行くだけの価値はあったかな？　たぶんそうは思わんだろう。そしておそらくきみの考えは正しい。だが、われわれにはそうした無用の長物、よりよい外交上の嘘を飾るための装飾的な付属物が必要なのだ。今夜きみがここへきてくれて、あるいは連れてこられて、わしはうれしい。おそらくメアリ・アンの仕業だろうな」

するとアルタマウント卿は彼女をメアリ・アンと考えているらしい、とスタフォード・ナイは思った。ホーシャムもそう呼んでいた。となると、彼女は疑いもなく彼らと親しい関係にある。アルタマウントについては、彼が代表しているのは——現在の彼はいったいなにを代表しているのだろうか？　スタフォード・ナイは考えてみた。彼はイギリスを代表しているのだ。ウェストミンスター寺院にしろ、田舎の広大な墓にしろ、彼自身の望む墓所に葬られるまで、アルタマウント卿は依然イギリスを代表する人物なのだ。彼はイギリスそのものであったし、イギリスを知り、おそらくは一度も口をきいたことがなくても、イギリスのすべての政治家や官吏の評価を知っている。

アルタマウント卿がいった。

「こちらはわれわれの仲間のサー・ジェイムズ・クリークだ」

スタフォード・ナイはクリークを知らなかった。名前も聞いたことがないような気がした。そわそわと落ち着きのないタイプ。ひとつのものに長くとどまることのない鋭く疑り深い視線。彼は命令を待つ猟犬の熱心さを内に秘めていた。飼主のまなざしひとつですぐにも跳びだす用意ができている。

しかし、彼の主人はだれだろうか？ アルタマウントか、それともロビンスンか？

スタフォードの視線は四人目の男に向けられた。その男はドアに近い椅子から立ちあがっていた。濃い口ひげ、吊りあがった眉、用心深く、引っこみ思案で、なんとか親しみを示そうとするのだがほとんどだれも気づかない。

「やあ、あなたでしたか」と、スタフォード・ナイはいった。「こんばんは、ホーシャム」

「ここでお会いできてうれしいですよ、サー・スタフォード」

各界のお歴々の集まりだ、とスタフォード・ナイはすばやく部屋の中を見まわしながら思った。

アルタマウント卿と暖炉からさほど遠くない場所に、レナータのための椅子がおかれていた。彼女が片手を――左手だった――さしだすと、彼はそれを両手で包みこんで一分間ほどじっとしていたが、やがてそれを手放した。彼はいった。

「あんたは危険を冒している、あまりに多く危険を冒しすぎるようだ」

彼女は老人の顔をみつめながらいった。「それを教えてくださったのはあなたでした、それに、それが唯一の生き方ですわ」

アルタマウント卿はサー・スタフォード・ナイのほうに顔を向けた。

「人間の選び方を教えたのはわしじゃない。あんたはその点に関して生まれつき才能がある」それからスタフォード・ナイに向かっていった。「わしはきみの大おばさんを知っているよ、それとも大大おばさんだったかな?」

「マチルダ大おばです」と、スタフォード・ナイはすかさず答えた。

「そうそう。その人だよ。一八九〇年代のヴィクトリア朝の力作《トゥール・ド・フォルス》のひとつでね。もうきっと九十歳近いだろう」

彼はなおも言葉を続けた。

「彼女とはあまり会う機会がない。おそらく年に一度か二度ぐらいのものだろう。しかしいつも感心させられるのは――肉体の力よりも長もちしているあのすごいヴァイタリティだ。その秘密を知っているんだね、あの不屈のヴィクトリア時代人や一部のエドワード時代人というのは」

サー・ジェイムズ・クリークがいった。「なにか飲物をとってこようか、ナイ？　なにがいいかね？」

「ジン・アンド・トニックを頼む」

女伯爵は軽く手を振って辞退した。

ジェイムズ・クリークはナイの飲物を運んできて、ロビンスン氏の近くのテーブルにおいた。スタフォード・ナイは自分から話しはじめるつもりはなかった。机の後方の黒い目から、一瞬メランコリックな翳りが消えた。まったく突然に、その目に輝きが宿った。

「なにか質問は？」と、彼がうながした。

「多すぎて困るくらいです」と、サー・スタフォード・ナイがいった。「まずそちらの説明を聞いて、それから質問するほうがよくはないでしょうか？」

「そうして欲しいですかな？」

「そのほうが手間が省けるでしょう」

「では、まず二、三の明白な事実を述べることから始めましょう。あなたはここへきてくれと頼まれたかもしれないし、あるいは頼まれなかったかもしれない。もし後者だとしたら、そのことにいささかこだわっているかもしれませんな」

「彼はいつでも頼まれるほうが好きだそうです」と、女伯爵がいった。「わたしにはっきりそういいましたわ」

「当然でしょうな」と、ロビンスン氏がいった。

「わたしはハイ・ジャックされたんです」と、サー・スタフォード・ナイがいった。

「これはいま大流行ですからね。より現代的な方法のひとつですよ」

彼は意識的にふざけ半分の口調をとりつづけた。

「それについては当然質問があるでしょうな」

「その質問は三文字からなる短い一語ですみます。なぜ《ホワイ》？」

「まったくだ。なぜ？　あなたの簡にして要をえた話法には感服しますよ。これは秘密委員会——ある種の調査委員会です。全世界的な重要性を持つ調査なのです」

「興味深い話ですね」

「興味深いではすまされぬ問題なのだ。事態は深刻かつ切迫している。今夜この部屋には四つの異なる分野の代表が集まっている」と、アルタマウント卿が横から引きとった。「われわれはそれぞれ異なる部門を代表している。わしはこの国の政治からはすでに身を引いているが、いまもなお顧問的役割を果たしておる。そこでこのたび相談をもちかけられ、今まさにこの年に世界でおこりつつあることに関する調査の統括を求められた。ここにいるジェイムズは、彼自身の特別任務を受け持っている。彼はわしの補佐役だ。同時にわれわれのスポークスマンでもある。ジェイミー、サー・スタフォードに状況をざっと説明してやってくれんかね」

スタフォード・ナイは猟犬がぶるっと身震いしたように思った。ついにきた！　と彼のひたむきな態度は語っているようだった。ついにきたぞ！　ようやくおれの出番がやってきたぞ！　彼は椅子から少し身を乗りだした。

「もし世の中で事件がおきたら、その原因を探らなければならない。外に現われる徴候はいつでも容易に目につくが、しかしそれらは重要ではない、少なくとも委員長は——」彼はアルタマウント卿のほうに顎をしゃくった。「——そしてミスター・ロビンソンもミスター・ホーシャムもそう考えています。これはどんな場合でも当てはまった。たとえば自然の力、発電機を動かす大量の水の落下を考えてみてください。または瀝青《れきせい》ウラン鉱からのウラニウムの発見を例にとってもよい。それはやがて人類に、未知の、夢想だにしなかった核エネルギーを与えることになります。人類が石炭と鉱物資源を発見したとき、それらは輸送力、戦力、エネルギーを人類に与えた。このように人類に恩恵を与えるさまざまな力が常に働いているのです。しかしこの力の陰には、いつも、それをコントロールしている人間がいます。われわれはヨーロッパのほとんどすべての国で、さらにアジアの一部の国で、しだいに勢いを増しつつあるもろもろの力を、陰で操っているのはだれかということをつきとめなければならない。アフリカではまだそこまでいっていないが、南北アメリカの両大陸でもこの傾向は見られます。われわれはおこりつつある事柄の裏側に入りこんで、それを引きおこしている原動力をつきとめねばならない。そのひとつがマネーなのです」

彼はロビンスン氏のほうに顎をしゃくった。

「このミスター・ロビンスンは、おそらく世界じゅうのだれよりもマネーについてよく知っています」

「問題はいたって単純です」と、ロビンスン氏がいった。「大規模な動きがおこっています。その背後にはきっとマネーがある。われわれはそのマネーの出所をつきとめねばなりません。裏でマネーを操作しているのはだれか？　彼らはどこからマネーを手に入れているのか？　そのマネーをどこへ送っているのか？　なんのために？　まさにジェイムズのいうとおりです、わたしはマネーについて多くのことを知っている！　マネーに関する知識で、現在わたしの右に出る人間はいないでしょう。それから、いわゆる傾向というものがあります。この言葉は今日《こんにち》じつに数多く使われている！　傾向または趨勢——使われる言葉はかぞえきれないほどです。それらはかならずしも同じことを意味しないが、相互に関係はあります。たとえば反乱がおこりそうな傾向。歴史をふりかえってみるといい。一定のパターンを踏襲しながら、まるで元素周期表のように繰りかえしおこっていることがわかるでしょう。反乱の欲望。反乱への共感、反乱の手段、反乱の形態。それは特定の国に固有の問題ではないのです。あるひとつの国でそれが発生すれば、程度の差こそあれほかの国々でもおこります。こういうことですね？」彼はアルタマウント卿のほうになかば顔をふりむけた。「あなたからおっしゃっているのは」

「さよう、きみの説明はたいそう手際がよい」

「それはひとつのパターン、不可避的におこるように見えるひとつのパターンなのです」と、ジェイムズ・クリークがいった。「それは見ればわかります。かつて十字軍への憧れが諸国を風靡した時代がありました。ヨーロッパじゅうの人々が船に乗りこみ、聖地を解放するために出発したのです。すべては明々白々で、信念にもとづく行動の純粋なパターンでした。しかし、なぜ彼らは出発したのか？　そこが歴史の興味深いところです。なぜこのような欲求とパターンが生じるのか。かならずしも唯物論的な答は出てきません。あらゆることが反乱の原因になりえます、自由――言論の自由や信仰の自由への欲求、これまた密接なつながりを持つ一連のパターンなのです。それは人々に、外国への移民や、しばしば母国に残してきた宗教に劣らぬ圧制にみちた新しい宗教を受け入れさせました。しかしこれらすべての中に、注意深く観察すれば、充分な調査をおこなえば、これらやほかの多くの――また同じ言葉を使いますが――パターンを始動させたものが見てとれるはずです。見方によっては、これはウイルス病のようなものです。ウイルスはどこへでも運ばれてゆく――海を渡り、山を越えて、世界じゅうのどこへでも。それはあらゆるところで病気を引きおこします。ウイルス自体は動かなくても、明らかに蔓延します。しかしそれが常に正しかったかどうかは、いまだに断言できません。なにかしら原因があったのかもしれません。それらを引きおこした原因が。さらにもう一歩進めてみましょう。人間がいます。運動を始動させることのできる一人の、十人の、あるいは百人の人間。だから、注目しなければならないのは最終過程ではなく、運動を始動させた最初の人間なのです。十字軍戦士もいれば狂信者もいる、自由への欲求もあればほかの無数のパターンもある、だがわれわれはさらに遡って考えなければなりません。現象の背景《ヒンターランド》が問題なのです。物質的な結果の陰に思想があります。幻があり、夢があります。預言者ヨエルは、〝汝らの老いたる人は夢を見、汝らの少《わか》き人は幻を見ん〟と書いたとき、そのことをちゃんと知っていたのです。この二つのうち、どっちがより強力か？　夢は破壊力を持たない。しかし幻はわれわれに新しい世界を開くことができる――そしてまた、すでに存在している世界を破壊することもできるのです……」

ジェイムズ・クリークは突然アルタマウント卿のほうを向いた。「はたしてこれと関連があるかどうかわかりませんが」と、彼はいった。「いつかベルリンの大使館にいた人のことを話してくれましたね。ある婦人の話ですが」

「ああ、あれかね？　そうそう、当時は面白い話だと思ったものだ。なるほど、そういえばいま話していることに関連がなくもない。ある大使館員の妻で、頭もよく、教育もある女だった。彼女はみずから出かけて行って、直接総統《フユーラー》の演説を聞きたがっておった。もちろんこれは一九三九年の戦争が始まる直前の話だがね。雄弁になにができるかを知りたかったのだ。なぜ聴衆はこうも感銘を受けるのかというわけだ。そこで彼女は出かけて行った。そして帰ってきてからいうには、『実際驚くべきことですわ。とうてい信じられません。もちろんわたしはドイツ語があまりよくわからないけど、それでもすっかり感動してしまったんです。そしてなぜみんながああも感動するのかようやくわかりましたわ。つまり、彼の思想はすばらしいということ……それはあなたを興奮させるのです。彼が話したこと。あれ以外の考え方はありえない、彼に従いさえすればまったく新しい世界が出現する、と思いこまされるのです。ああ、わたしにはうまくいえませんわ。思いだせることを全部書いてみようと思います。それを読んでもらえば、彼の演説の効果をわたしが話すよりもよくわかってもらえるでしょうから』と、こうなのだ。

わしはそれはいい思いつきだと答えた。その翌日彼女がわしのところへやってきてこういうのだ。『こんなことをいっても信じていただけないでしょうね。わたしはきのう聞いたこと、ヒトラーが話したことを書きはじめたのです。彼が話した言葉の意味を――でも――驚いたことに――書くことがなにもないんです、心を奮い立たせるような文章をひとつとして思いだせそうもないんです。いくつかの言葉は思いだしたんですけど、文字で書いてしまうと意味が違ってしまうような気がするんです。それは要するに――ああ、まったく無意味なのです。いったいどういうことなのかしら？』

このことは人がかならずしもおぼえていない大きな危険のひとつを示している。その危険は現実に存在しているのだ。世の中には他人に熱狂を、ある種の生き方と出来事の幻を吹きこむ能力を持った人間がいる。彼らは口に出す言葉や、われわれが耳で聞く言葉や、文字で書かれた思想に頼らなくとも、そういうことをやってのける力を持っている、言葉や文字とは別のものがある。それはごく少数の人間にしかそなわっていない磁力、あることを始動させ、ひとつの幻を創りだす磁力のようなものだ。おそらく彼らの人間的魅力、声の響き、肉体からじかに発散するものがそうさせるのだろう。はっきりしたことはわからないが、ともかくそれは現実に存在しているのだ。

この種の人間には力がある。偉大な宗教上の師といわれる人々がこの力を持っていた、そして邪悪な精神の力もまたしかりだ。ある種の運動、ある種のなすべき事柄、新しい天と新しい地をもたらすような事柄の中には、信仰が生まれる可能性がある。そして人人はそれを信じ、そのために働き、戦い、そのために死ぬことさえ辞さないのだ」

彼は一段と声を低くしていった。「ヤン・スマッツがいっている。統率力は、偉大な創造力であると同時に、悪魔的な力にもなりうる……と」

スタフォード・ナイは椅子の上でもじもじした。

「おっしゃる意味はわかります。興味深いお話です。たぶんそれはほんとうでしょう」

「しかし、当然きみは誇張があると考えているのだろうね」

「それはどうかわかりません」と、スタフォード・ナイは答えた。「誇張されているようで、じつはぜんぜん誇張ではないということはよくあるものです。要するに、聞いたこともなければ考えたこともない話というだけのことです。したがって人々はただ黙ってそれを受け入れるほかになす術を知りません。ついでにひとつだけ質問を許していただけますか？　そういう場合はどうすればよいでしょう？」

「その種のことがおこなわれつつあるかもしれないという疑いを持ったら、真相を究明しなくてはならん」と、アルタマウント卿はいった。「キプリングのマングースと同じように、行って探しだす必要がある。金と思想がどこから出ているか、そして、こういういい方が許されるならば、からくりがどこにあるかをつきとめる。からくりを操っているのはだれか？　そこには最高司令官がいると同時に参謀長もいる。それがいまわれわれのやろうとしていることなのだ。どうだ、われわれの仕事を手伝ってくれるかね？」

　生まれてこの方めったになかったことだが、このときサー・スタフォード・ナイは不意をつかれてたじたじとなった。かつてこれと同じような場面でどう感じたにせよ、彼はいつもどうにか狼狽を隠しおおせてきた。だが今度だけは別だった。彼は部屋の中の顔ぶれをかわるがわる見まわした。大きな歯をむきだしたロビンスン氏の無感動な黄色い顔から、サー・ジェイムズ・クリークへ。いささか口のきき方が生意気だが、明らかにこの男はこの男で使い道があるらしい、とサー・スタフォード・ナイは思った。つまり猟犬だ、と心の中で呟いた。それからアルタマウント卿に視線を転じた。ポーターズ・チェアのフードが頭を額縁のように囲んでいる。部屋の照明はあまり強くなかった。

そのためどこかの寺院の壁龕《へきがん》に祀られた聖人の風貌を思わせた。十四世紀の苦行者。偉人。たしかにアルタマウント卿は過去の偉人の一人だった。その点はスタフォード・ナイも疑わないが、なにぶんにもいまはひじょうな高齢だった。おそらくサー・ジェイムズ・クリークを必要とするのは、アルタマウント卿が彼を頼りにしているのは、そのためだろう。彼は二人を通りこして、自分をここへ連れてきた冷ややかな謎の女性、レナータ・ゼルコウスキ女伯爵、またの名メアリ・アン、さらにまたの名ダフネ・テオドファヌスを見た。その顔はなにも語っていなかった。彼を見てさえいなかった。彼の視線は最後に、保安部のヘンリー・ホーシャム氏に向けられた。

ヘンリー・ホーシャムが自分にかすかに笑いかけているのがいささか意外だった。

「だけど」スタフォード・ナイはつい形式ばった物のいい方を忘れて、まるで十八歳の学生の昔にかえったような口調でいった。「ぼくがどんな役に立つんです？　このぼくがなにを知っているというんです？　正直なところ、ぼくはどう考えたって優秀な外交官じゃない。外務省の評価は低いですよ。入省以来ずっとね」

「知っている」と、アルタマウント卿がいった。

今度はサー・ジェイムズ・クリークが微笑をうかべる番だった。そして彼は事実微笑をうかべた。

「そのほうがかえっていいかもしれない」と彼はいい、アルタマウント卿が渋い顔をしたのに気がついて、いいわけがましくつけくわえた。「これは失礼」

「これは調査委員会です」と、ロビンスン氏がいった。「あなたが過去になにをしたか、ほかの人間があなたをどう評価しているかということは問題じゃない。われわれは調査の仕事に適した委員会のメンバーを補充しているところなのです。目下のところこの委員会のメンバーの数はあまり多くない。そこで調査に役立ついくつかの素質を持ったあなたを見こんで、委員会に参加してもらいたいとお願いしているわけですよ」

スタフォード・ナイはホーシャムのほうに顔を向けた。

「あなたはどう思います、ホーシャムさん？　おそらくあなたの意見は違うと思うが」

「どうしてです？」と、ヘンリー・ホーシャムが問いかえした。

「そうかなあ。あなたがたのいうわたしの〝素質〟っていったいなんですか？　正直いってわたしにそんな素質があるとは思えませんね」

「あなたは英雄崇拝者じゃない」と、ホーシャムがいった。「そこが気に入ったんですよ。あなたはペテン師を見破るだけの目を持っておられる。人間をその人の言い分や世間の評価で判断しない。自分の考えに従って評価なさるからです」

この男は真面目じゃない《ス・ネ・パ・ザン・ギャルソン・セリュー》。この言葉がサー・スタフォード・ナイの心にうかんできた。

困難なつらい任務にたずさわる人間を選ぶにしては、なんという奇妙な理由だろう。

「断わっておきますが」と、彼はいった。「わたしの最大の欠点は、人からもしばしば指摘されているし、そのために何度かいい仕事をふいにもしているのですが、だれでもよく知っています。おそらくわたしは、こんな重要な任務にふさわしい真面目な人間ではないと思います」

「まさかと思われるかもしれないが」と、ホーシャムがいった。「まさにその不真面目さこそ、あなたに白羽の矢を立てた理由のひとつなのです。そうでしたね？」と、彼はアルタマウント卿に同意を求めた。

「公務か！」と、アルタマウント卿が吐きすてるようにいった。「いいかね、きみ、社会生活における重大な不利益のひとつは、往々にして公的な立場にある人間があまりにもくそ真面目なことなのだよ。ところがきみはどうもそうじゃないらしい。とにかく」と、彼はいった。「メアリ・アンはきみをそういうふうに見ている」

サー・スタフォード・ナイは顔をふりむけた。そうか、彼女はもはや女伯爵ではないのだ。またメアリ・アンに逆戻りしたのだ。

「ひとつ質問させてください」と、彼はいった。「あなたはいったい何者です？　つまり、本物の女伯爵なんですか？」

「そうですとも。ドイツ人のいう〝生まれつきの《ゲボーレン》〟女伯爵ですわ。わたしの父は名門の血を引く優秀なスポーツマン、射撃の名手で、バイエルン地方にとてもロマンチックだけどかなり荒れはてた城をひとつ持っておりました。城はいまでも残っています。この城が残っているうちは、わたしはこと出生に関するかぎり、依然としてきわめてスノビッシュなヨーロッパ世界の大きな一部とかかわりを持ちつづけることになります。貧しくてみすぼらしい女伯爵は、待ちぼうけをくわされる莫大な財産持ちのアメリカ人を尻目に、最初にテーブルにつくことになるんですわ」

「ダフネ・テオドファヌスはどうなんです？　彼女はどこでどうつながるんですか？」

「パスポート用の名前です。母がギリシャ人でしたから」

「それからメアリ・アンという名前は？」

　彼女の顔に、スタフォード・ナイがほとんどはじめて見る微笑がうかんだ。彼女の視線がアルタマウント卿からロビンスン氏へと移動した。

「それはたぶん」と、彼女はいった。「わたしがあちこちへ行ったり、いろんな物を捜したり、ある国から別の国へ品物を運んだり、敷物の下を掃除したり、どんな仕事でもやり、どこへでも行き、汚れをきれいにして歩くという、いわばなんでも屋のメイドだからでしょう」彼女はふたたびアルタマウント卿のほうを見た。「そうですわね、ネッドおじさん？」

「そうとも。われわれにとってあんたはいつでもメアリ・アンなのだよ」

「するとあの飛行機でもなにかを運んでいたんですか？　つまり、なにか重要な品物をある国からほかの国へ運ぶところだったんですか？」

「そうです。わたしがその品物を運んでいることは知られていました。もしあなたが助けてくださらなかったら、毒が入っているかもしれないビールを飲んで——ときどき手ちがいはおこります——あの鮮やかな色のマントを貸してくださらなかったら、わたしはここまで辿りつけなかったはずですわ」

「なにを運んでいたんです——それとも訊いてはいけないのかな？　わたしが知ってはいけないこともあるんですか？」

「あなたには知らされないこともたくさんあります。それからあなたが質問してはならないことも。でもいまの質問にはわたしが答えますわ。事実だけを。それは許されると思うんですけど」

彼女はふたたびアルタマウント卿に目を向けた。

「あんたの判断を信頼するよ」と、アルタマウント卿はいった。「教えてあげなさい」

「教えてやるほうがいい」と、不遜なジェイムズ・クリークがいった。

ホーシャムがいった。「たぶんあなたも知っておくべきでしょう。わたしの口からはいえないが——なにしろわたしは保安部の人間ですからね。教えてあげなさい、メアリ・アン」

「簡単にいいます。わたしは出生証明書を運んでいた。それだけです。これ以上はなにもいえませんし、質問なさってもむだですわ」

スタフォード・ナイは一座をぐるりと見まわした。

「わかりました。わたしも参加しましょう。お誘いいただいて光栄です。で、これからどうするんですか？」

「あなたとわたしは」と、レナータがいった。「明日ここを出発します。そしてヨーロッパ大陸へ渡ります。バイエルンで音楽祭が開かれることをなにかでお読みになったかもしれないし、もしかしたらご存知じゃないかしら。それは二年前に始まったばかりのまったくの新しい音楽祭なのです。〈若き歌手たちの集い〉という意味のいかめしいドイツ語の名前がついていて、数ヵ国の政府が後援をしています。バイロイトの伝統的な音楽祭やだしものに対抗するための催しで、演奏される音楽の大部分は現代的なものです——若い作曲家たちに自作を演奏する機会が与えられるというわけですわ。この催しを高く評価する人々もいる反面、まったく認めずに無視する人たちもおります」

「ええ、そのことはどこかで読みましたよ。わたしたちはその音楽祭を聴きにゆくんですか？」

「二つの演奏の切符を予約してありますわ」

「この音楽祭がわれわれの調査になにか特別な意味を持っているんですか？」

「いいえ」と、レナータはいった。「音楽祭行きはむしろ隠れみのの性格を持っています。真の目的はほかにあって、やがてわたしたちはつぎの段階のためにその場をはなれるのです」

彼は周囲を見まわした。「指令は？　前進命令が出るんですか？　出発前に任務についての説明はあるんですか？」

「ふつうの意味でそういった手続きはありません。あなたは探検のための航海にでかけるんです。必要なことは途中で学ぶことになるでしょう。現在知っていることだけを念頭において、いまのサー・スタンフォード・ナイのまま出発します。つまり音楽愛好家として、またかつては本国でしかるべきポストを望んで得られなかった失意の外交官として。ほかのことはなにも知らされません。そのほうがかえって安全なのです」

「しかし目下のところ活動の舞台はそこだけなんですか？　ドイツのバイエルン地方、オーストリアのチロル地方——それだけですか？」

「そこも重要な拠点のひとつです」

「というと、ほかにもあるんですか？」

「ええもちろん、そこは主要な拠点でさえありませんわ。ほかにもさまざまな重要性を持つ場所があります。それぞれの拠点がどの程度の重要性を持っているかは、これからわたしたちがつきとめなくてはなりません」

「そしてわたしは、ほかの拠点についてはなにも知らないし、教えてももらえないというわけですね？」

「ざっとお話ししましょう。そのひとつは、わたしたちはそれをいちばん重要視しているけど、南米に本拠をおいています。それからアメリカ合衆国には、カリフォルニアとボルティモアに二つの本拠があります。スウェーデンにひとつとイタリアにひとつ。とくにイタリアでは過去六カ月間にたいそう動きが活発になっています。ポルトガルとスペインにも比較的小さな拠点があります。それから、もちろんパリにも。そのほか、いってみればいま生まれつつある興味深い拠点もいくつかあります。まだ充分に育ってはおりませんけど」

「マラヤとかヴェトナムあたりですか？」

「いいえ。それらはどちらかといえば過去に属しています。むしろ暴力や学生の怒りやその他さまざまなことを呼びさます恰好の叫び声でした。

いま進んでいるのは、いたるところで見られる若者たちの組織化、自国の政治形態や、父祖の代からの習慣や、しばしば自分たちがその中で育ってきた宗教にまで反対する組織化なのです。悪性の寛容の精神がはびこり、暴力礼讃のカルトが育っています。お金を得る手段としての暴力ではなしに、暴力を愛するがゆえの暴力。その点がとくに強調されて、その底にひそむ理由が、当事者にとってはもっとも重要な意味を持つことのひとつなのです」

「寛容の精神、それが重要なんですか？」

「それはひとつの生き方であり、それ以上ではありません。利用されることはあっても、過度の濫用は望ましくありません」

「麻薬はどうですか？」

「麻薬のカルトは意識的に後押しされ、煽動されたものです。それによって巨額の利益が生みだされてきました。しかし金儲けだけがその動機ではない、少なくともわたしたちはそう考えています」

一同の視線がロビンスン氏に向けられた。彼はゆっくり首を振っていった。

「そのとおり、動機は金儲けだと見せかけているだけのことです。逮捕されて裁判にかけられる人々がいます。麻薬の密売人は当局に追及されるでしょう。しかしその背後には単なる麻薬密売組織以上のものがひそんでいるのです。密売組織は金を儲けるための手段、それも不正な手段です。だがそれだけではありません」

「しかし、いったいだれが——」スタフォード・ナイはいいかけてやめた。

「だれが、なにを、なぜ、どこで？　四つのW。それを探りだすのがあなたの任務ですよ、サー・スタフォード」と、ロビンスン氏はいった。「あなたはそれをつきとめなければならない。メアリ・アンと二人で。それは生易しいことではないし、世の中で最も難しいことのひとつは、いいですかな、自分の秘密を守ることですよ」

スタフォード・ナイはロビンスン氏の黄色い顔を興味深く見守った。おそらく財界におけるロビンスン氏の君臨の秘密がちょうどそれに当たるのだろう。彼の秘密は、彼が自分の秘密を守っているということなのだ。ロビンスン氏の口もとにふたたび微笑がうかんだ。大きな歯が白く光った。

「あることを知っているとき」と、彼は続けた。「それを知っていることを見せつけたいという誘惑はひじょうに大きいものです。人に話したい誘惑といってもよいでしょう。それは情報を提供したいという気持とも違うし、情報を金で買いたいという申し入れを受けたからでもない。自分がいかに重要な人間であるかを見せつけたいから——たったそれだけの単純なことなのです。実際」ロビンスン氏はそういって、なかば目を閉じた。「この世のことはすべて単純きわまるものなんですよ。だが世間の人にはそこのところがわかっていないのです」

女伯爵が立ちあがったので、スタフォード・ナイもそれにならった。

「ゆっくりやすんでください」と、ロビンスン氏がいった。「この家は、まあ居心地は悪くないと思いますよ」

スタフォード・ナイは小声できっとそうでしょうと答えたが、まもなくその考えは正しかったことが証明された。彼は枕に頭を横たえるなり、すぐに寝入った。

第二部　ジークフリートへの旅

10　城に住む婦人

　彼らは青年音楽祭劇場からさわやかな夜気の中へ出た。眼下の広々とした土地には、明かりのついたレストランが一軒あった。山側にもう一軒、それよりも小さなレストランが目についた。二軒のレストランは値段に多少開きがあったが、どちらも高くはなかった。レナータは黒いヴェルヴェットのイヴニング・ドレス、スタフォード・ナイはホワイト・タイの正装だった。

「たいそう上品な聴衆だった」と、スタフォード・ナイが連れに耳打ちした。「金もかかっている。若い人たちが多い。彼らにそんな金があるとは思えないが」

「ああ！　その点なら後ろ楯がいればなんでもないわ――事実いるんだけど」

「エリート青年たちに対する補助金？　そんなものがあるのかね？」

「そうよ」

彼らは山側のレストランのほうへ歩いて行った。

「食事のための休憩時間は一時間だ。そうだったね？」

「決まりはそうだけど、実際には一時間と十五分あるわ」

「聴衆の大部分は」と、スタフォード・ナイはいった。「ほぼ全員が、本物の音楽愛好者らしいね」

「そうよ。そこが肝心なのよ」

「肝心って——どういうことかな？」

「つまり熱狂が本物でなければいけないってこと。なにをする場合でも」と、彼女はつけくわえた。

「具体的にはどういう意味？」

「暴力を実行し、組織する人間は、暴力を愛し、暴力を欲し、暴力にあこがれなければならないわ。切り裂き、傷つけ、破壊するすべての動きに狂喜の刻印をおさなければならない。同じことが音楽についてもいえるわ。耳はハーモニーと美を隅から隅まで理解しなければならない。このゲームでは見せかけは通用しないのよ」

「つまり一人二役を演じることができる——暴力と音楽または美術愛好心を結びつける

ことは可能だというのかね?」

「かならずしも容易じゃないけど、可能だと思うわ。それができる人間は大勢いるのよ。もっとも一人二役を演じなくてすむのなら、そのほうがずっと安全だけど」

「われわれの太った友人ミスター・ロビンスンのいうように、物事は単純にしておくほうがいいということかね? 音楽愛好者には音楽を愛させ、暴力の専門家には暴力を愛させておけ。きみはそういいたいのかい?」

「わたしはそう思うわ」

「ぼくは今度の旅行を大いに楽しんでいるよ。この土地に滞在した二日間、二晩にわたって聴いた音楽。どの音楽も楽しかったとはいわないが、それはたぶんぼくの音楽の好みがあまり現代的じゃないからだろう。衣裳はすごく面白かったがね」

「舞台衣裳のこと?」

「いやいや、聴衆の服装の話さ。きみとぼくは堅苦しい昔風の恰好をしていた。女伯爵はイヴニング・ガウン、ぼくはホワイト・タイに燕尾服ときている。どっちもくつろいだ服装じゃない。ところがほかの連中はどうだ、シルクにヴェルヴェット、男たちの襞飾りつきのシャツ、本物のレースを着ているのも何人かいた——それにアヴァンギャルドなフラシ天と髪型とぜいたくな服装、まるで十八世紀風、あるいはエリザベス朝かヴアンダイクの絵から抜けだしてきたといってもいいような恰好だったよ」

「そう、そのとおりよ」

「しかし、ぼくにはそれがなにを意味しているのかまったくわからない。ぼくはまだなにひとつ学びも発見もしていないんだ」

「焦ってはいけないわ。これはお金のかかったショーなのよ、後援者がいて、たぶん若者たちの要求に応えて準備された――」

「準備したのはだれかね？」

「それはまだわからないわ。いずれわかるでしょうけど」

「確信ありとはうれしいね」

彼らはレストランに入って腰をおろした。料理は見た目に美しくもなければぜいたくでもなかったが、味はなかなかのものだった。一、二度顔見知りや友人に話しかけられた。サー・スタフォード・ナイを知っている二人の人間が、ここで彼に会ったことに喜びと驚きを示した。レナータのほうが外国人をよく知っているだけに、顔見知りの人間も多かった――みなりに一分の隙もない女たち、一人か二人の、スタフォード・ナイの目にはドイツ人かオーストリア人とうつった男たち、それにアメリカ人も一人、二人いた。二言三言、おざなりな会話。どこからきてこれからどこへ行くのかといったような質問、それから音楽祭のだしものに対する批評や讃辞。食事のための休憩時間があまり長くないので、みなそこそこに話を切りあげた。

彼らは最後の二つの曲を聴くために座席に戻った。ソルコーノフという新進の若手作曲家による交響詩《喜びの中の崩壊》と、壮大な《マイスタージンガーの行進》だった。

彼らはふたたび夜の中へ足を踏みだした。貸切り自動車が、村の目抜き通りにある小さいが設備のととのったホテルまで彼らを送りとどけるために、劇場の前で待っていた。スタフォード・ナイはレナータにおやすみをいった。彼女は低い声で彼に耳打ちした。

「午前四時よ。遅れないようにね」

彼女はまっすぐ自分の部屋へ行き、ドアを閉めた。彼も自分の部屋に引きあげた。

翌朝四時三分前に、部屋のドアをかすかにノックする音が聞こえた。彼は身支度をすませてドアを開けた。

「車が待ってるわ」と、彼女はいった。「行きましょう」

彼らは山中の小さな宿で昼食をとった。天気がよく、山の景色が美しかった。ときおりぼくはいったいここでなにをしているのだろうか、という疑問がサー・スタフォード・ナイの心をよぎった。旅の道連れについては、考えれば考えるほどわからないことばかりだった。彼女はほとんど口をきかなかった。ふと、自分が彼女の横顔を見守っていることに気がついた。彼女はぼくをどこへ連れて行こうとしているのだろうか？　彼女の真の動機はなんだろうか？　ついに、ほとんど日暮れ近くになって、彼はいった。

「ぼくたちの行先は？　質問してもいいかね？」

「ええ、かまわないわ」

「しかし、答えてはくれないんだろう？」

「答えてもいいのよ。いろんなことを話してもあげられるけど、それでどうなるかしら？　あなたがわたしの説明を聞かずに（事の性質上、説明しても無意味だけど）目的地に到着するほうが、第一印象がより強烈でより意味もあると思うわ」

彼は考えこみながらふたたび彼女をみつめた。彼女は毛皮で縁どりしたツイード・コートを着ていた。外国仕立てのスマートな旅行着だった。

「メアリ・アン」と、彼は考えた末に呼びかけた。

そこにはかすかに問いかけるような響きがあった。

「いいえ」と、彼女は答えた。「いまはだめよ」

「そうか。きみはまだゼルコウスキ女伯爵なのか」

「ええ、いまはまだゼルコウスキ女伯爵よ」

「ここはきみの縄張りなのかい？」

「まあね、わたしは子供のころこの土地で育ったわ。毎年秋になると、わたしたちはここからいくらも離れていない城《シュロス》にやってきて、長期間滞在したものよ」

彼は微笑しながらいった。「美しい言葉だね。城《シュロス》か。どっしりした響きがある」

「このごろはお城もそれほどどっしりしていないのよ。ほとんどの城が崩れ落ちてしまっているわ」

「このあたりはヒトラーの土地なんだろう？　ベルヒテスガーデンからさほど遠くないと思うんだが」

「ベルヒテスガーデンは北東の方角よ」

「きみの親戚や友人たちは――ヒトラーを受け入れ、彼を信じたのかね？　こんな質問はすべきじゃないかもしれないが」

「彼らはヒトラーによって代表されるすべてのものを嫌悪したわ。でも彼らは〝ハイル・ヒトラー〟と叫んだの。自分の国でおこったことに不本意ながら屈服したのね。だってほかにどうすることができたかしら？　わたしの親戚や友人にかぎらず、あの当時それ以外になにかできた人がいたかしら？」

「ぼくらはいまドロミテ・アルプスに向かっているんじゃないかな？」

「わたしたちがどこにいるか、どこへ行こうとしているかがそれほど問題なの？」

「だって、これは探検旅行じゃなかったのかい？」

「そうよ、だけど地理学上の探検じゃないわ。わたしたちはある人物に会いに行くところよ」

「きみの話を聞いていると――」スタフォード・ナイは天を摩するような山塊の連なる風景を見あげた――「まるで有名な山の老人《オールド・マン・オブ・ザ・マウンテン》（十一世紀から十二世紀にかけて活躍したイスラム教の暗殺秘密結社の首領ハッサン・イブン・アル・サバーのこと）にでも会いに行くような気がする」

「手下たちに麻薬を服《の》ませて、彼らが自分のために喜んで命を投げだすように仕向けたあの暗殺秘密結社の首領のことね。彼らはやがて自分たちも殺されることを知りながら、死ねばすぐにも回教徒の天国へ行って、美女やハシシやエロティックな夢にあふれた完全無欠な永遠の幸せにありつけると信じて、暗殺に精を出したという話だわ」

　彼女はちょっと言葉を切ってからまた続けた。

「魔術的な力で人を惹きつける雄弁家たち！　たぶんそういう人たちはいつの時代にもいたんだわ。人々に自分を信じさせ、命を捧げてもかまわないという気持にさせるような人間。回教徒の暗殺者たちだけじゃなかった。キリスト教徒だってそうやって死んでいったのよ」

「聖なる殉教者たちかい？　アルタマウント卿かい？」

「なぜアルタマウント卿の名前を持ちだしたの？」

「あの晩――突然に――彼がそんな人物に見えはじめたんだ。石像に刻まれ――おそらく十三世紀の寺院に祀られている」

「わたしたちのだれか一人は死ななければならないかもしれない。いえ、もっとかもよ」

彼女は彼がいおうとしたことの機先を制した。

「ほかにもわたしがときどき考えることがあるのよ。新約聖書の、たしかルカ伝の一節だと思うけど、キリストが最後の晩餐の席で使徒たちに向かってこういうところがあるわ。〝あなた方はわたしの仲間であり友人である、しかしあなた方の一人は悪魔である〟と。だからわたしたちの中にも悪魔が一人いる可能性は充分にあるわ」

「そんなことがありうると思うかい？」

「ほぼ確実にいると思うわ。わたしたちが信頼し、よく知っているだれか、でもその人は夜眠っているときに、殉教の夢ではなく、銀三十枚の夢を見て、朝は掌にその感触をおぼえながら目覚めるのよ」

「金銭欲？」

「野心という言葉のほうが当たっていると思うわ。人はどうやって悪魔を見分けるのか？　どうしてその人が悪魔だとわかるのか？　悪魔は人ごみで目立ちやすいし、刺激的で――自分を売りこみ――リーダーシップを発揮するわ」

彼女は一瞬沈黙し、それから考えこむような口調でいった。

「以前外交畑に勤務していた友だちが一人いたけど、彼女はオーベルアメルガウのキリスト受難劇を観てすごく感動した経験をあるドイツ婦人に語ったことを、わたしに話してくれたことがあるわ。でもそのドイツ婦人はさも軽蔑したようにこういったんですって。『あなたにはわからないわ。わたしたちドイツ人はイエス・キリストを必要としないのです！　わたしたちにはアドルフ・ヒトラーがいますからね。彼はどんなイエスよりも偉大です』彼女はごくありふれた人のよい婦人だったそうよ。でも彼女はそんなふうに感じていたのね。多くの人々がそう感じていた。ヒトラーは雄弁家だった。彼は語り、国民は耳を傾けた――そしてサディズムや、ガス室や、ゲシュタポの拷問を受け入れたんだわ」

彼女は肩をすくめ、それからふだんの声に戻っていった。

「でも、やっぱり、あなたがさっきなぜあんなことをいったのか不思議だわ」

「ぼくがなにをいったっけ？」

「山の老人、暗殺秘密結社の首領のことよ」

「ここにもその山の老人がいるのかい？」

「いいえ。山の老人ではないけど、山の老女がいるかもしれないわ」

「山の老女か。いったいどんな女だい？」

「今夜わかるわ」

「ぼくらは今夜なにをするのかな？」

「社交界に顔を出すのよ」

「きみがメアリ・アンだったのはもうずいぶん昔のような気がするね」

「また飛行機で旅をするまで待ってよ」

「ひどく士気に影響するだろうね」と、スタフォード・ナイが考えこんでいった。「高いところに住むということは」

「社会的に高いところという意味？」

「いや。地理的にだよ。下界を見おろす山の頂きの城に住んだら、人はありきたりの人間を軽蔑するようになるんじゃないかな？　つまり、彼は最高の人間、偉大な人間なのだ。ヒトラーはベルヒテスガーデンでそう感じたし、おそらく山に登って下界の谷間の人間を見おろす多くの人々もそう感じるだろう」

「今夜は用心しなくてはだめよ」と、レナータがいった。「とてもやりにくいと思うわ」

「ぼくはどうすればいい？」

「あなたは不満を感じているのよ。既成社会や伝統的な世界に反感を抱いている。あなたは反逆者、しかも秘密の反逆者なのよ。この役割が演じられるかしら？」

「やってみるよ」

風景はしだいに荒涼としてきた。大型車は、ときおり川面に明かりがきらめき、遠くに教会の尖塔が見えている遠景を見おろしながら、曲がりくねった山道を登り、いくつもの山村を通過した。

「行先はどこなんだい、メアリ・アン？」

「鷲の巣よ」

道は最後のカーヴにさしかかった。それは森を縫って進んだ。スタフォード・ナイはときおり鹿やその他名の知れぬ動物の姿を見かけた。また、皮ジャケットを着て銃を持った男たちを見かけることもあった。狩猟監視人だろう、と彼は思った。やがて彼らは切り立った岩の上に立つ巨大な城の見えるところまでやってきた。城の一部は荒れはてているが、大部分は修復され再建されたものらしい。見るからに堂々たる威容を誇っているが、城自体にも、見る人に伝えるメッセージにも、新しいところはなにひとつなかった。それは過去の権力、過去の時代を通じて維持されてきた権力を代表していた。

「ここはもともとリヒテンシュトルツ大公国で、城は一七九〇年にルートヴィヒ大公によって建てられたものよ」と、レナータがいった。

「いまはだれが住んでいるの？　大公の子孫かい？」

「いいえ。大公の一族は絶えてしまったわ」

「じゃだれが住んでいるんだ？」

「現代の権力を握っているある人物よ」

「マネーか？」

「そう。ご名答」

「ぼくらより先に飛行機でやってきたミスター・ロビンスンあたりが迎えてくれるのかな？」

「まさか、ミスター・ロビンスンにここで会うことは絶対にありえないわ」

「残念だな」と、スタフォード・ナイはいった。「ぼくはミスター・ロビンスンが好きだよ。大した人物だと思わんかね？　いったい彼は何者なんだい——彼の国籍は？」

「だれも知ってる人はいないんじゃないかしら。人によっていうことがみな違うのよ。

トルコ人だという人も、アメリカ人だという人も、オランダ人だという人も、なかにはイギリス人だという人もいるわ。母親もソ連領のチェルケス人の奴隷、帝政ロシアの皇女、インドの王女といろんな説があって、ほんとのところはだれにもわからない。ある人はわたしに、母親はスコットランド出身のミス・マクレランという人だと教えてくれたわ。わたしはそのへんが真相じゃないかと思っているけど」

彼らは大きな柱廊玄関の下に入りこんでいた。制服姿の二人の男が階段を降りてきた。客を迎える彼らのお辞儀は見るからに大仰なものだった。車から荷物がおろされた。荷物はたいそう多かった。スタフォード・ナイは最初なぜそんな大荷物が必要なのだろうと訝《いぶか》ったが、やがてそれが必要になることもあるのだとわかった。たぶん今夜もそうだろう。ためしに質問してみると、レナータはそうだと答えた。

彼らは高々と響きわたる銅鑼《どら》の音に呼びだされて、夕食前にまた顔を合わせた。彼はホールで立ちどまって、階段を降りてくるレナータを待った。彼女は凝ったイヴニング・ドレスで盛装して、濃い赤のヴェルヴェットのガウンをまとい、ルビーの首飾りをつけて、ルビーの髪飾り《ティアラ》をいただいていた。一人の召使いが進み出て彼らを案内した。さっとドアを開けるや、召使いは声高らかに告げた。

「ゼルコウスキ女伯爵、サー・スタフォード・ナイのおでまし」

「さあおいでなすった、しっかりやれよ」と、スタフォード・ナイは自分にいいきかせた。

彼はシャツの胸のサファイアとダイヤモンドの飾りボタンを満足げに眺めた。その一瞬後、驚きのあまりはっと呼吸《いき》をのんだ。まったく予想だにしなかった光景が目の前に出現した。ロココ風の広大な部屋、椅子にソファ、美しいブロケードとヴェルヴェットのカーテン。壁には、即座に全部は識別しかねたが、ほとんど一目でそれとわかる――彼は絵が好きだった――まぎれもないセザンヌ、マチス、それにおそらくルノワールの絵。測り知れない値打ちを持つ名画の数々。

玉座を思わせる巨大な椅子に、小山のような婦人が坐っていた。まるで鯨のような大女だ、とスタフォード・ナイは思った。実際ほかには形容のしようがなかった。ものすごく大きな、チーズの塊のような、脂肪過多の大女。二重、三重、いや四重に近い顎。彼女はごわごわしたオレンジ色のサテンのドレスを着ていた。頭には宝石をちりばめた王冠のような凝ったティアラをつけている。ブロケードでおおわれた玉座の肘かけにのっている両手も、体に比例して巨大だった。大きく、太く、ぶよぶよした不恰好な指のついた、大きく、ぶよぶよ太った手。十本の指それぞれに、ひとつ石の指輪をはめていた。そしてそれぞれの指輪に、みごとな宝石が一個ずつ輝いている。ルビー、エメラルド、サファイア、ダイヤモンド、名も知らぬ薄緑色の石、たぶん緑玉髄というやつだろう、それからトパーズでなければイエロー・ダイヤモンドだろうと思われる黄色い石。ぞっとするような女だ、と彼は思った。ぶくぶくの脂肪ぶとり。顔は大きくて、白く、ひだの寄った、たるんだ脂肪の塊だ。その中に、大きくて丸い葡萄パンの干し葡萄のように、二つの小さな黒い目が埋めこまれている。世の中を眺め、値踏みしている抜目のない目。ぼくを値踏みしているが、レナータは値踏みの対象じゃないらしい、と彼は思った。彼女はレナータを知っているのだ。レナータは命令で、名指しでここへやってきたのだ。言い方はどうでもいい。レナータはぼくをここへ連れてくるようにいわれたのだ。なぜだろうか？　理由はわからないがそれは確かだった。大女の目は彼に向けられていた。彼を値踏みし、どんな人間かを割りだそうとしていた。ぼくは彼女の眼鏡に適ったろうか？　いってみれば客の注文どおりの品物だろうか？

この女の望みがなんであるかをつきとめなければならない、と彼は自分にいいきかせた。そのために全力を尽さなければならない、さもないと……彼女が指輪をはめたぶよぶよの指をあげて、長身で筋肉質の従僕の一人に、「この男を連れていって狭間胸壁から投げおろしなさい」と命令する光景が目にうかぶようだった。なにをばかな、とスタフォード・ナイは思った。いまどきそんなことがあるはずがないじゃないか。いったいここはどこなんだ？　いかなるパレード、仮面舞踏会、あるいは芝居に、ぼくは参加しているんだろうか？

「ぴったり時間どおりでしたよ」

それはしゃがれた、喘息もちのような声だった。おそらくかつては力強く、美しい声でさえあったのだろう。だがいまはその名残りもない。レナータが前に進みでて、軽く膝を折ってお辞儀をした。それから相手のぶよぶよした片手をとって、いんぎんに口づけした。

「サー・スタフォード・ナイをご紹介します。シャルロッテ・フォン・ヴァルトザウセン女伯爵です」

ぶよぶよした手が彼のほうにさしだされた。彼は大陸風に腰をかがめてその手に口づけした。やがて彼女は意外なことをいいだした。

「わたしはあなたの大おばさんを知っていますよ」

彼はびっくり仰天した。そしてすぐに相手がその反応を面白がっていることに気がついたが、同時に彼が驚くことを予期していたことにも気がついた。彼女は奇妙に耳ざわりな声をたてて笑った。魅力的な声ではなかった。

「昔知り合いだった、とでもいいましょうかね。もう彼女とは長い長いあいだ会っていません。娘時代にスイスのローザンヌで一緒だったのです。マチルダ。レディ・マチルダ・ボールドウェン＝ホワイトね」

「すばらしいみやげ話ができましたよ」と、スタフォード・ナイはいった。

「彼女はわたしよりも年上です。いまもお元気ですか？」

「あの年齢にしてはたいそう元気です。田舎で静かに暮らしております。関節炎とリューマチの持病はありますが」

「そう、みな年寄りの病気ですよ。プロカインの注射をするといいでしょう。この山の中では、医者たちはみなそうしています。とてもよく効きますよ。彼女はあなたがわたしを訪ねてきたことを知っていますか？」

「夢にも思っていないでしょうね」と、サー・スタフォード・ナイは答えた。「わたしがこの現代音楽のフェスティヴァルにきたことしか知りません」

「音楽祭は楽しかったですか？」

「ええ、とても。すばらしいフェスティヴァル・オペラ・ホールですね」

「最高のホールのひとつです。あれにくらべたらバイロイトのフェスティヴァル・ホールなど中学校程度にすぎません！　あのオペラ・ハウスの建築費がいくらかかったか知っていますか？」

彼女は何百万マルクという金額を口にした。スタフォード・ナイは度胆を抜かれたが、べつにその驚きを隠す必要はなかった。彼女はその数字が彼に与えた効果にご満悦らしかった。

「金さえあれば」と、彼女はいった。「あとは知識があり、能力があり、眼識があるかぎり、できないことはなにもありません。金で最上のものが手に入ります」

彼女は最上のものという言葉を、まるで舌なめずりでもするように、さも楽しそうにいった。その口もとの動きは不愉快でもあり、いささか不吉でもあった。

「そのことはこの部屋からもうかがえますね」と、彼は周囲の壁を見まわしながらいった。

「美術がお好きですか？　ええ、そのようですね。あそこの、東側の壁にかかっているのは、世界でもっともすばらしいセザンヌです。人によっては、例の――ちょっと名前を忘れてしまいましたけど、ニューヨークのメトロポリタン美術館にある絵です――そのほうがもっとすばらしいといいますけど、それは嘘です。最上のマチス、最上のセザンヌ、あの流派の最高傑作がここに集まっています。ここに、わたしの山頂の城に」

「すばらしいですね」と、サー・スタフォードはいった。「まったくすばらしい」

飲物が運ばれた。山の老女がなにも飲まないことにサー・スタフォード・ナイは気がついた。この体重では、血圧が上がるのを警戒してなにも口にしないのも無理はない。

「で、この子とはどこでお会いになりました？」と、山のお目付役《ドラゴン》が訊ねた。

これは罠だろうか？　答が出ないままに、ともかく決心した。

「ロンドンのアメリカ大使館です」

「そうそう、そう聞いていました。ところで――おやまあ、名前を忘れてしまいましたわ――そうそう、ミリー・ジーン、あの南部の女相続人はどうしてます？　美人でしょう、彼女は」

「最高に魅力的です。彼女はロンドンで人気の的ですよ」

「それからあの退屈で気の毒なサム・コートマン、アメリカ大使は？」

「とても堅実な人ですよ」と、スタフォード・ナイは如才なくいった。

「まあ、お上手ね。でも、たしかに彼はよくやってますよ。優秀な政治家らしく、いいつけどおりによくやっています。それにロンドン駐在大使という地位は悪くありませんもの。それが手に入ったのもミリー・ジーンのおかげです。彼女ならお金のいっぱい詰まった財布にものをいわせて、彼に世界じゅうのどこの大使館でも手に入れてやることができるでしょう。彼女の父親はテキサスの石油の半分を持っているし、そのほか土地でも、金鉱でも、なんでも持っています。粗野で、異様なまでに醜い男――しかし、娘のほうはどうです？　上品な小貴族というところね。出しゃばりでもないし、金持でもない。それがあの人の頭のいいところだと思いませんか？」

「お金がなくてもぜんぜん困らないこともありますからね」と、サー・スタフォード・ナイは答えた。

「ところであなたは？　お金持ですか？」

「そうなりたいと思います」

「当節の外務省勤めは、その、あまり報われないんでしょう？」

「ああ、そのことなら、わたしはこういいたいですね……なんだかだいっても、いろんなところへ行けるし、面白い人たちにも会えるし、世界やそこでおこっていることをある程度見る機会もあります」

「そう、ある程度はね。でも全部じゃありません」

「それはきわめて難しいでしょう」

「あなたはこれまで――どういったらよいか――現実の舞台裏でおこっていることを見たいと思ったことがありますか？」

「ときおりあれこれ考えることはあります」どうでもとれるような口調で、彼はいった。

「あなたはそんな方だと、つまりときおりいろんなことを考えだす方だと聞いています。

たぶん月並みな思いつきではないんでしょうね？」

「自分が一家のもてあまし者だと感じさせられたことは何度もあります」スタフォード・ナイはそう答えて笑った。

老女伯爵も釣られて笑った。

「あなたはときどき平気でほんとのことをいうんですね？」

「とりつくろってどうなります？　どうせ隠したってばれるに決まってますよ」

彼女は彼をまじまじとみつめた。

「あなたは人生になにを望んでいるのですか？」

彼は肩をすくめた。またしても即興演奏でいかなければならない。

「べつになにも」と、彼は答えた。

「さあ、ほんとのことをおっしゃい、わたしがそんな答を信じると思っているんですか？」

「ええ、信じていただいて結構ですよ。わたしは野心家じゃない。それとも野心家に見えますか？」

「たしかにそうは見えませんね」

「わたしの望みはただ、楽しみ、気持よく生き、ほどほどに飲みかつ食い、わたしを楽しませてくれる友人を持つことだけですよ」

老婦人は身を乗りだした。目が三度か四度まばたきを繰りかえした。やがて彼女はそれまでとかなり違う声で話しだした。笛の鳴るような声だった。

「あなたは憎むことができますか？」

「憎むことは時間の浪費です」

「なるほど。あなたの顔には不平不満の皺が見当たりません。それは事実です。しかし、あなたには自分をある場所へ導いてくれるある道を歩むつもりがあると見受けます。あなたはどうでもいいような顔をして、笑いながらその道を進むでしょう、でも結局は、適切な助言者や援助者がいれば、あなたに望む心があるかぎり、望むものを手に入れることになるのです」

「その点に関しては」と、サー・スタフォード・ナイはいった。「だれだってそうじゃないでしょうか？」彼は彼女に向かってかすかに首を振った。「あなたはなにもかもお見通しです。あまりに見えすぎますよ」

従僕たちがさっとドアを開けた。

「食卓の準備がととのいました」

晩餐の段どりは一分の隙もなく形式にのっとっていた。それは王者の晩餐にもふさわしい威厳をそなえていた。部屋の奥にあるドアが左右に開かれると、天井に壁画が描かれ、三つの巨大なシャンデリアが吊るされた、煌々と明かりのともった正餐室が眼前に現われた。二人の中年婦人が、左右から女伯爵に近づいた。二人ともイヴニング・ドレスを着て、白髪まじりの髪を丹念に結いあげ、ダイヤモンドのブローチをつけていた。しかしながら、スタフォード・ナイの目には、どことなく女看守めいてうつった。おそらくこの女たちは、護衛役というよりは、シャルロッテ女伯爵の健康に気を配り、身のまわりの世話を焼く高級看護婦兼付添女というところなのだろう。うやうやしく一礼すると、二人は坐っている婦人の腋の下に左右から片腕を滑りこませた。明らかに限度いっぱいの努力に助けられた長年の訓練のたまもので、二人の女たちは威厳をそこなわずにやすやすと女伯爵を立たせることができた。

「では食事にしましょう」と、シャルロッテがいった。

彼女は付添いと一緒に先に立って進んでいった。立ちあがると前にもまして不安定なゼリーの塊だったが、依然として侮りがたい威圧感を漂わせていた。彼女をただの肥満した老女としてかたづけてしまうことはできない。彼女は大人物であり、自分が大人物であることを知っており、意識的に大人物たらんとしていた。彼とレナータは三人のあとに続いた。

食堂の入口を通りすぎながら、彼はここは食堂というよりはむしろ宴会場だと感じた。そこには護衛隊がいた。長身で金髪のハンサムな青年たち。彼らは制服のようなものを着ていた。シャルロッテが部屋に入ると同時に、彼らがいっせいに剣を抜く音がおこった。彼らは頭上で剣を交叉させてアーチを形作り、付添いの手からはなれたシャルロッテが、しっかりと足を踏みしめながら独力でその下を通って、長いテーブルの上座にある、黄金飾りつきの、金色のブロケードを張った巨大な彫刻椅子に向かって歩を進めた。まるで結婚式の行列だ、とスタフォード・ナイは内心思った。海軍か陸軍の結婚式。この場合は、疑いもなく陸軍のほうだ——しかし花婿がいない。

彼らはみな堂々たる体軀の青年ばかりだった。三十歳を越えた者は一人もいないように思えた。どの青年も眉目秀麗で、見るからに健康そうだった。彼らは笑顔を見せず、生真面目そのものの表情で、いわば——スタフォード・ナイは適当な言葉を探した——そう、献身的だった。おそらく軍隊の行進よりは宗教的な行進により近いだろう。従者たちが現われたのだ、おそらくは城《シュロス》の過去に、一九三九年の戦争よりも前の時代に属していた従者たちが。それはよくできた歴史劇の舞台のようだった。そしてテーブルの上座に据えられた椅子だか王座だかに坐って君臨しているのは、女王や女帝ではなく、主としてその桁はずれな体重と並はずれた醜悪さによって人目を惹きつける一人の老婦人であった。いったいこの女は何者なのか？　彼女はここでなにをしているのだろうか？　なんの目的で？

　この仮装行列や親衛隊はなにを意味しているのか？　ほかの客たちが食卓に近づいた。彼らは上座の奇怪な老婦人に一礼してそれぞれの席についた。服装はありきたりのイヴニング・ドレスだった。服装については特別な指示はなかったのだ。

　スタフォード・ナイは長い時間をかけて彼らを観察したのち、彼なりに評価を定めた。タイプはさまざまだった。いく種類もの違うタイプがいた。法律家がいることはたしかだった。法律家が数人。それからたぶん会計士か銀行家、平服姿の将校が一人か二人。彼らはこの城の一族でもあるが、同時に昔風の封建的な言葉でいえば、〝塩壺の下手《しもて》に坐る人々〟（臣下の意味）でもあるのだろう、と彼は想像した。

　料理が運ばれてきた。肉ゼリーに漬けた巨大な雄豚の頭部、鹿肉、よく冷えたさわやかなレモン・シャーベット、目を奪う大ケーキ――信じがたいほどの贅を凝らしたミルフィーユ。

　小山のような女伯爵は、料理に舌鼓を打ちながら、貪欲に詰めこんだ。外から新しい物音が聞こえてきた。高級スポーツ・カーの強力なエンジンの音だった。それは白い閃光となって窓の外を通過した。室内の親衛隊から、〝ハイル！　ハイル！　ハイル・フランッ！〟という高らかな叫びが湧きおこった。

護衛の青年たちは心にそらんじている軍隊の演習のように、よどみのない動きを示した。全員が椅子から立ちあがっていた。老婦人だけは上座に坐ったまま動かず、毅然として顔を持ちあげていた。そして、新しい興奮が室内にみちはじめていることに、スタフォード・ナイは気がついた。

ほかの客は、あるいはこの城に住む一族の人々は、目立たないように姿を消した。その消え方から、スタフォードは壁の割れ目に逃げこむ蜥蜴《とかげ》を連想した。金髪の青年たちは新しい列を作り、剣を抜きはなって女主人に敬礼した。彼女がうなずいて応えると、彼らは剣を鞘におさめ、退出の許しを得て、くるりとまわれ右をし、歩調をとって部屋の外へ出て行った。彼らのあとを追っていた女主人の視線がまずレナータに、つづいてスタフォード・ナイに向けられた。

「彼らをどう思いますか？」と、彼女はいった。「わたしの青年団、わたしの子供たちを。そう、あれはわたしの子供たちです。彼らを評する言葉をお持ちですか？」

「そうですね」と、サー・スタフォード・ナイが答えた。「すばらしい。まったくすばらしいの一語に尽きます、女伯爵」それはあたかも女王に対するような口ぶりだった。

「まあ！」彼女は軽く頭をさげた。にっこり笑うと、顔じゅう皺だらけになった。そのせいで鰐そっくりに見えた。

なんていやな女だ、ぞっとする、芝居がかった、我慢のならない女だ、と彼は思った。いまおこりつつあることは現実なのだろうか？　そうとは信じられなかった。これがもうひとつのフェスティヴァル・ホールで上演されている別のだしものでなかったら、いったいなんだというのだ？

ふたたびさっとドアが開いた。さきほどと同じように、金髪の若きスーパーマンの一団が歩調を揃えてそこを通り抜けた。今度は剣を抜いていないかわりに歌を歌っていた。まれにみる美声が、美しいメロディを歌っていた。

長年ポップ・ミュージックに親しんだスタフォード・ナイの耳に、そのメロディは信じられないほど快い響きを伝えた。訓練された声。耳ざわりな絶叫とは違う。名歌手たちに指導された歌い方。声帯を極端に緊張させたり、調子はずれの音をだしたりは許されない。彼らは新世界の新しい英雄たちかもしれないが、歌っているのは新しい音楽ではなかった。前にも聞いたことのある音楽だった。「優勝の歌」の編曲、部屋の天井を囲む桟敷《ギャラリー》のどこかに、オーケストラが隠れているのにちがいない、と彼は思った。それはさまざまなワグナーの主題の編曲であり改作であった。それは「優勝の歌」からはじまってライン音楽の遠い響きにいたっていた。

精鋭部隊はふたたびだれかの入場を迎えるために二列に並んだ。今度は老女帝ではなかった。彼女は上座に坐ったまま、だれかわからぬがこれから現われる人物を待っていた。

そしてついにその人物がやってきた。彼の出現と同時に音楽が変わった。スタフォード・ナイがいまではそらでおぼえているあのモチーフが演奏されはじめた。若きジークフリートの旋律。ジークフリート牧歌の調べが、若さと勝利の中で、若きジークフリートが征服しにやってきた新世界の支配の中で、高らかに鳴りわたった。

戸口を通り、明らかに彼の家来と思われる若者たちの列のあいだを通って、スタフォード・ナイがいまだかつて見たことがないほどハンサムな青年が姿を現わした。金髪碧眼、完璧に均斉のとれた体軀、あたかも魔法使いの杖のひとふりによって作りあげられたようなその青年は、神話の世界から生まれた存在だった。神話、英雄、復活、再生、それらすべてがそこにあった。彼の美、彼の力、そして彼の信じがたいほどの自信と尊大さ。

彼は親衛隊の二列のあいだを通って大股に進み、やがて玉座で待ちうける小山のような恐るべき女性の前に立った。彼は床に片膝ついて、彼女の片手を唇に持っていき、やがて立ちあがると、右手をさっとあげて、スタフォード・ナイがさきほど耳にした〝ハイル！〃という あいさつの叫びを発した。青年のドイツ語はあまり明晰ではなかったが、スタフォード・ナイは、「偉大なる母万歳！」という言葉を聞いたような気がした。

それから若き英雄は左右を見まわした。レナータに視線が向いたときは、無関心ながらかすかな認識の表情が顔をかすめたが、やがてスタフォード・ナイに目を転じると、かぎりない興味をもって彼を値踏みする表情に変わった。用心しろ、とスタフォード・ナイは自分にいいきかせた。用心しろ！　いまこそお前の役割を上手に演じなければならない。お前に期待されている役割を。ただ——それはいったいどんな役割なのか？　ぼくはここでなにをしているのか？　ぼくは、あるいはレナータは、ここでなにをしなければならないのか？　われわれはなぜここへきたのだろう？

英雄が口をきいた。

「やあ」と、彼はいった。「お客さんですね！」そして自分が世の中のだれよりもはるかにすぐれていることを自覚した若者らしい尊大な微笑をうかべながら、こうつけくわえた。「お二人とも、大いに歓迎しますよ」

城の奥のどこかで、殷々たる鐘の音がとどろきはじめた。それは葬式を思わせる鐘の音でこそなかったが、戒律厳しい響きがあった。聖所への集合を合図する修道院の鐘のような感じだった。

「もう就寝の時間です」と、老いたシャルロッテがいった。「行っておやすみなさい。明朝十一時にまた会いましょう」

彼女はレナータとサー・スタフォード・ナイに視線を向けた。

「お部屋へ案内させます。ぐっすりおやすみなさい」

それはさがってよろしいという女王のお許しだった。

スタフォード・ナイは、レナータがファシスト流にさっと腕をさしあげて敬礼するのを見た。だがそれはシャルロッテにではなく、金髪の青年に向けられたものだった。レナータが「ハイル、フランツ・ヨーゼフ」というのを聞いたような気がした。彼もそのしぐさを真似しながら、「ハイル！」といった。

シャルロッテが彼らに話しかけた。

「明朝はまず馬で森へ出かけてみてはいかが？」

「乗馬は大好きです」と、スタフォード・ナイが答えた。

「あなたは？」

「ええ、わたしもですわ」

「結構です。馬の用意をさせておきましょう。二人ともおやすみなさい。あなた方をここにお迎えできてこんなうれしいことはありません。フランツ・ヨーゼフ――わたしに腕を貸しなさい。中国の間へ行きましょう。相談しなければならないことがたくさんあるし、あなたは明朝じきに出発しなければなりませんからね」

二人の召使いがレナータとスタフォード・ナイをそれぞれの部屋まで案内した。ナイは一瞬入口でためらった。いま彼女と言葉をかわすことが許されるだろうか？ 結局やめることにした。城の中にいるかぎり、用心するに越したことはない。どうせわかったものではない——それぞれの部屋に盗聴マイクが仕掛けられているかもしれないのだ。

だが、いずれは質問しなければならなかった。いくつかの事柄が彼の心の中に新しい不吉な懸念を呼びさました。彼は説得され、あることに誘いこまれつつあった。しかしそれはどんなことだろう？ そして誘いこんだのはだれの仕業だろう？

寝室は美しいけれども息づまるようだった。サテンとヴェルヴェットの高価なカーテンは、相当に古いものらしく、香料でやわらげられてはいるがかすかに黴《かび》の匂いがした。いったいレナータがこの城に泊まるのは何度目だろうか、と彼は考えた。

11 青年と美女

翌朝階下の小さな朝食室で食事をしたあと、彼は待っていたレナータと顔を合わせた。玄関には馬の用意ができていた。

二人とも乗馬服を持参していた。やがて必要になりそうな品物が、すべて前もってわかっていたかのようだった。

彼らは馬に跨って城の車まわしを歩きだした。レナータが馬丁とかなり長いあいだ話をした。

「馬丁がお伴しましょうかというから、わたしはこなくてもいいっていったのよ。このあたりの道はよく知っているから」

「なるほど。じゃ前にもここへきたことがあるんだね？」

「この数年はあまりきてないけど。若いころはこのあたりの地理に詳しかったのよ」

彼はレナータに鋭い一瞥をくれた。彼女はそしらぬ顔をしていた。並んで馬を進めながら、彼女の横顔を観察した——細い鷲鼻、ほっそりした首の上にのっている気位の高い顔。彼女はあざやかな手綱さばきを見せていた。

だが、けさの彼はなんとなく気持が落ち着かなかった。なぜだかわからないが……

彼の心は空港のラウンジに舞い戻った。隣りに近づいてきた女。テーブルの上のピルゼン・ビール……そのときも、それからのちも、不都合はなにもなかった。彼はみずから進んで危険を引きうけた。なぜ、それがはるか前のことになってしまったいまになって、妙に胸騒ぎをおぼえさせるのだろうか？

彼らは森を通り抜けてからしばらく跑足《だくあし》で走った。美しい領地、美しい森。遠くのほうに角の生えた動物が見えた。スポーツマンの楽園、昔風の生活の楽園、だがその楽園にひそむのは——なんだろう？　蛇か？　そもそもの初めから——楽園に蛇はつきものだった。彼が手綱を引きしぼったので、馬は並足になった。いまは彼とレナータだけだ——マイクもなければ立ち聞きする壁もない。質問のチャンスだった。

「彼女はいったいだれなんだ？」彼はあわただしく訊ねた。「何者なんだ？」

「その答は簡単よ。あんまり簡単すぎてほんとうとは思えないくらいだわ」

「じゃ答えてくれ」

「彼女は石油よ。銅よ。アフリカの金鉱、スウェーデンの兵器産業、北方のウラニウム鉱、核開発、無尽蔵のコバルト鉱床よ。そういったものすべてが彼女なのよ」

「しかし、ぼくは彼女の噂を聞いたことがなかったし、名前も知らなかった――」

「彼女は人に知られることを好まないのよ」

「そんなことを秘密にしておけると思うかい？」

「簡単だわ、銅と石油と核貯蔵庫と軍備さえ充分にあれば。金の力で宣伝することもできるけど、逆に秘密を保持し、噂をもみ消すこともできるわ」

「しかし、具体的にはどういう女なんだ？」

「彼女の祖父はアメリカ人よ。主として鉄道で財をなした人だったと思うわ。もしかしたらシカゴの食用豚だったかもしれない。歴史を遡って発見するようなもんだわ。彼はドイツ女と結婚した。その女性のことなら聞いたことがあるんじゃないかしら。ビッグ・ベリンダと呼ばれていた人よ。兵器産業、海運業、ヨーロッパの産業の富をひとりじめにしていた。彼女は父親の財産の相続人だったのよ」

「その二人が結婚して、天文学的な財産ができた」と、サー・スタフォード・ナイがいった。「その結果――権力も。きみはそういいたいんだろう？」

「そうよ。彼女はただ遺産を相続しただけじゃなかった。彼女自身もまたお金を生みだしたのよ。両親から頭脳を受けついで、彼女自身すぐれた投資家になった。彼女が手を触れたものはなんでも殖えていった。それが信じられないほどの金を生みだし、しかも彼女はその金を投資した。他人の助言を受け入れ、他人の判断に頼ったものの、最後はいつも自分の判断でやってのけた。そして一度も失敗しなかった。常に財産を殖やしつづけたので、とうとう天文学的な数字になってしまった。お金がお金を生んだわけよ」

「なるほど、それはぼくにもわかる。富は豊富にあればほっといても殖えてゆくものだ。しかし、彼女はいったいなにを望んで、なにを手に入れたんだ？」

「それはたったいまあなたがいったわ。権力よ」

「そして彼女はここに住んでいるのか？　それとも――？」

「アメリカとスウェーデンへ行くわ。そう、彼女はいろんなところへ出かけてゆく、でもそうひんぱんにじゃないわ。彼女はここが好きなのよ、巨大な蜘蛛のように蜘蛛の巣の中心に腰を据えて、糸を操っているのが。経済の糸を。それにほかの糸もよ」

「ほかの糸って――」

「芸術よ。音楽、絵画、作家たち。それから人間――若い人たちよ」

「なるほど、それは想像がつく。ゆうべ見たあの絵、すばらしいコレクションだ」

「城の階上には名画のギャラリーがいくつもあるわ。レンブラントにジョットーにラファエロ、それから宝石――世界最高の宝石コレクションよ」

「それが全部一人のぶくぶく太った醜悪なばあさんの持物というわけか。彼女はそれで満足しているのかな？」

「まだだけど、もうそろそろ満足するころよ」

「彼女はどこへ行こうとしているんだ。なにを望んでいるのかね？」

「彼女は若者たちを愛している。それが彼女流の権力の形なのよ。若者たちを支配することが。いま世界には反抗的な若者たちが溢れているわ。それは陰で煽った者がいるからよ。現代哲学、現代思想、彼女が金を与えて牛耳っている作家や思想家たちの仕業だわ」

「しかし、いったいどうやって——？」といいかけて、彼は絶句した。

「それはわたしにもわからない。ただ、ものすごく多岐にわたっていることだけはたしかよ。ある意味で彼女はその背後に隠れていて、かなり風変わりな慈善事業や、熱心な博愛主義者とか理想主義者に援助を与えたり、学生や芸術家や作家たちに測り知れないほど多額の補助金を出したりしているわ」

「しかし、きみにいわせれば、それでもまだ——」

「ええ、まだ終わりじゃないのよ。いま計画されているのは大規模な社会変動なの。人々はそれを信じ、新天地がひらけると思っている。それは何千年もの昔から指導者たちによって約束されてきたことだわ。宗教によって、救世主を支持する人々によって、仏陀のように法を説くために戻ってきた人々によって約束されたこと。政治家によって約束されたこと。暗殺秘密結社の人々が信じていたような、いとも簡単に到達できるお粗末な天国、秘密結社の首領は手下どもにその天国を約束し、そして彼らの観点からすれば、約束どおりそれを与えたんだわ」

「彼女は麻薬も手がけているのか？」

「そうよ。もちろん罪を自覚してはいないけど。麻薬は人々を彼女の意思に従わせる手段でしかないのね。それは同時に人間を滅ぼす方法でもあるわ。弱い人間、かつては見込みがあったけど、いまはもう役に立たないと彼女が思っている人間を。彼女自身は絶対に麻薬を使用しない――それは彼女が強い人間だからよ。でも麻薬は弱い人間をほかのどんな手段よりも簡単に、そして自然に、死に追いやるわ」

「それから軍事力は？　その点はどうなんだ？　宣伝だけでは万能じゃないと思うが」

「それはもちろんよ。宣伝は第一段階で、その背後に莫大な軍備が蓄えられているわ。貧しい国々をはじめいたるところに兵器が送りこまれている。アフリカや南太平洋や南米には戦車や大砲や核兵器が、南米では随所で軍備の増強がおこなわれて、若い男女の集団が軍事教練を受けているわ。巨大な兵器集積場――化学兵器――」

「恐ろしい悪夢だ！　きみはどうしてそんなによく知っているんだい、レナータ？」

「ひとつには入手した情報からそのことを教えられたため、ひとつにはわたし自身がその一部を立証する手段だったからよ」

「しかしきみは、いったいきみと彼女は……？」

「どんな壮大な計画の裏にも、かならずばかばかしい要素がひそんでいるものよ」彼女は急に声をたてて笑った。「昔彼女はわたしの祖父に恋をしたの。ばかげた話だわ。祖父はこのあたりに住んでいた。ここから一マイルか二マイルはなれたところに城を持っていたのよ」

「彼は天才だったのか？」

「とんでもない。スポーツマンとしてすぐれていただけの人よ。ハンサムで、身持ちが悪くて、女性から見れば魅力があったらしいわ。そのおかげで、彼女はいってみればわたしの保護者というわけなの。そしてわたしは彼女を信仰する人間、あるいは奴隷の一人というわけよ！　わたしは彼女のために働き、彼女のために人を捜し、世界各地で彼女の命令を実行して歩いているわ」

「それはほんとうか？」

「どういう意味？」

「信じられなかったんだよ」と、サー・スタフォード・ナイはいった。

事実信じられなかった。彼はレナータをみつめ、また空港のことを考えた。彼はレナータのために働き、レナータと一緒に働いている。彼女がこの城に彼を連れてきた。彼を連れてこいと命じたのはだれだろうか？　蜘蛛の巣の中央に腰を据えた醜悪なシャルロッテか！　外交畑の一部には、彼はあまり信用できない人間だという風評が流れていた。たぶん彼はこれらの人々にとって利用価値のある人間だと思われたのかもしれない、ただし利用価値があるといってもせいぜい走り使い程度だろうが。突然彼は、疑問符の霧の中で考えた。レナータが？？？　ぼくはフランクフルト空港で彼女を相手に危険を冒した。だが無事だった。それは成功した。ぼくの身には何事もおこらなかった。しかし、いったい彼女はだれなのだ？　何者なのだ？　ぼくはそれを知らない。信用もできない。いまの世の中に信用できる人間なんているだろうか？　だれ一人信用できない。たぶん彼女はぼくを仲間に引き入れるように指示されたのだろう。ぼくを自分の掌のくぼみに掬いあげるように、だとするとフランクフルトの一件は巧妙に計画されていたことだったかもしれない。たまたまそれがぼくの冒険好きにぴったりきた。ぼくが彼女を信用することは、最初からちゃんと計算されていたのだ。

「また走りましょうよ」と、彼女がいった。「ちょっと馬を歩かせすぎたわ」

「ぼくはこのことにおけるきみの立場をまだ訊いていなかったね」

「わたしは命令を受ける立場よ」

「だれから？」

「ひとつの反対勢力があるの。反対勢力はいつだって存在するわ。現在おこりつつあること、世界がどのように変えられつつあるか、金や、富や、軍備や、理想主義や、これからおこることを強力に宣伝する言葉によってどのように変えられつつあるかということを、疑いの目で見る人たちがいる。そういうことがあってはならないと反対する人たちがいるのよ」

「で、きみはその人たちの味方なのか？」

「わたしはそういってるわ」

「それはどういう意味なんだ、レナータ？」

「わたしはそういってるでしょ」

彼は話題を変えた。「ゆうべのあの青年だが――」

「フランツ・ヨーゼフのこと？」

「それが彼の名前なのか？」

「そう呼ばれているわ」

「しかし、ほかにも名前があるんだろう？」

「そう思う？」

「彼が若きジークフリート、なんだろう？」

「彼をそんなふうに見たの？　彼が何者であり、なにを象徴しているかということに気がついたのね？」

「たぶんね。若者。英雄的な若者。アーリア人種の若者、このあたりではアーリア人種の若者でなければ話にならない。いまだにそういう考え方が残っている。優秀民族、超人というわけだ。彼らはアーリア人種の血を引いていなければならない」

「ええ、その考え方はヒトラー時代から続いているわ。それはいつも社会の表面に現われているわけじゃないし、世界じゅうのほかの場所ではあまり強調されもしないけど。前にもいったように、南米がその拠点のひとつよ。それからペルーと南アフリカも」

「あの若きジークフリートはなにをしているんだ？　おめかしをして、女保護者の手に接吻する以外には、どんなことをやってるんだい？」

「彼はたいへんな雄弁家なのよ。彼が話せば信奉者たちは地獄の底までもついてゆくわ」

「ほんとうか？」

「少なくとも彼はそう信じているのよ」

「きみは？」

「わたしだって信じるかもしれないわ」そして彼女はつけくわえた。「雄弁の力って驚くべきものよ。声が、言葉が、どれだけのことをやってのけるか、しかもとくに説得力を持った言葉でなくたっていいのよ。問題はその言葉をどのように話すかということ。彼の声は鐘のように鳴り響き、女たちは彼に話しかけられると泣き叫び、失神するわ——いまに自分の目で確かめられると思うけど。

ゆうべ美しく着飾ったシャルロッテの親衛隊を見たでしょう——いまの人たちは美しく着飾ることが好きなのよ。世界じゅうのいたるところで、自分好みの服装をした人たちにお目にかかれるわ。場所によって恰好もさまざまで、ある者は長髪にひげをはやし、女の子たちは真っ白なナイト・ガウンを着て、平和や美について、古い世界を破壊し終わったときに自分たちのものになるすばらしい若者の世界について話し合っているわ。本来の若者の国はアイリッシュ海の西にあるんじゃなかったかしら？　とても素朴な土地で、わたしたちがいま計画しているそれとはまったく違った若者の国——そこには銀砂と、陽光と、波の音が……

ところがわたしたちの望んでいるものはアナーキー、それに破壊と殺戮なのよ。アナーキーだけがうしろから進んでくる人たちの利益になるのよ。それは恐ろしいと同時にすばらしくもある——なぜならそれには暴力が伴うから、それは苦痛と苦悩によって購われるものだから——」

「きみは今日の世界をそんなふうに見ているんだね？」

「ときどきは」

「で、ぼくはこれからどうすればいいんだ？」

「ガイドについてらっしゃい。わたしがあなたの道案内よ。ダンテを導いたウェルギリウスのように、わたしはあなたを地獄へ案内して、旧ナチ親衛隊から一部コピーされたサディスティックなフィルムを、残酷と苦痛と暴力崇拝をごらんにいれるわ。それから平和と美の楽園の夢をお見せするわ。あなたにはたぶんどっちがどっちか区別がつかないと思う。でもいずれか一方を選ばなければならないのよ」

「ぼくはきみを信用していいのか、レナータ？」

「それはあなた自身が決めることだわ。お望みならわたしから逃げだしたってかまわないし、わたしと一緒にとどまって新しい世界を見ることもできるのよ。いま作られつつある新しい世界を」

「トランプの札だ」と、サー・スタフォード・ナイが語気鋭くいった。

彼女は不審げに彼をみつめた。

「不思議の国のアリスだよ。空中を飛びまわるトランプの札。キングにクイーンにジャック。そんなところさ」

「つまり――あなたはいったいなにがいいたいの？」

「そんなのは現実じゃないってことさ。見せかけだよ。なにもかも見せかけだ」

「ある意味では、そうよ」

「みんな衣裳をつけて、舞台でそれぞれの役を演じている。どうだい、ぼくは問題の核心に近づいたと思わないか？」

「考えようによっては、イエスでもあり、ノーでもある――」

「ひとつだけどうしてもわからないことがあるんだ、その質問に答えてくれないか。ビッグ・シャルロッテはきみにぼくを連れてこいと命令した――なぜなんだ？　彼女はぼくについてなにを知っているんだ？　ぼくにどんな利用価値があると思っているのかね？」

「わたしにもはっきりはわからないけど――表看板の陰で働く黒幕というところじゃないかしら。その役目ならあなたにぴったりよ」

「しかし彼女はぼくのことをなにも知らないじゃないか！」

「ああ、そのことなら！」突然レナータが大声で笑いだした。「ひどく滑稽なのよ――またもやあのばかばかしい発想の繰りかえしよ」

「わからないな、レナータ」

「そうでしょうとも――あまり単純すぎてかえってわからないのよ。ミスター・ロビンスンなら理解できると思うけど」

「頼むから、どういうことか説明してくれないか」

「また例のばかげた発想なのよ――〝あなたが何者かは問題ではありません。あなたがだれを知っているかが重要なのです〟あなたのマチルダ大おばさんとビッグ・シャルロッテは学校時代の友だちだったのよ――」

「すると――」

「娘時代のお友だちというわけよ」

彼はぽかんとした表情で彼女をみつめた。やがて、顔をのけぞらせて哄笑した。

12 お抱え道化師

彼らは城主に別れを告げて、正午に城を出発した。それから城を背にして曲がりくねった道をくだり、何時間も車を走らせたあとで、ようやくドロミテ・アルプスの拠点に到達した――そこはさまざまな青年グループの合同集会やコンサートが開かれている山中の古代円形劇場だった。

ガイド役のレナータが彼をここへ連れてきたのだった。彼はむきだしの岩の観客席から目の前でおこなわれていることを眺め、耳を傾けた。その朝レナータが話してくれたことよりも、いまではもう少し多くのことを知っていた。この大集会は、ニューヨークのマディソン・スクエアで福音伝道者によって開かれる集会や、ウェールズの教会の集会や、サッカー競技場の観客や、大使館、警察、大学などを襲撃する大規模なデモ行進なみに活気に溢れていた。

彼女は例の〝若きジークフリート〟という言葉の意味を示すために、わざわざ彼をここまで案内してきたのだった。

フランツ・ヨーゼフが——それが彼の本名だとして——大群集に話しかけていた。その声は、独特の奇妙に刺激的な、感情に訴えかけるような調子をおびて、あるいは高くあるいは低く語りかけ、興奮のあまり呻き声さえ洩らしかねない若い男女の心を完全にとらえてしまっていた。彼の発する一語一語には深い意味があり、強く訴えかける力を持っているように思われた。聴衆はオーケストラのように彼の言葉に反応した。彼の声は指揮者の指揮棒だった。しかし、この青年はいったいなにを話したのか？　話し終わったときに記憶に残っている言葉はただの一語もなかった。それでいてスタフォード・ナイは、自分が感動し、いろんな公約を真に受け、熱狂的な興奮に駆りたてられていたことを知っていた。ようやく彼の演説が終わった。聴衆は彼の名を呼び、大声で叫びながら岩の演壇に押し寄せていた。興奮して泣き叫んでいる女の子たちもいた。失神した者もいた。なんという世界だろう、と彼は思った。あらゆるものが興奮を煽りたてるために時間を使っている。規律は？　抑制は？　そういったものはもはやどうでもよくなってしまったのだ。いまや感覚だけが重要だった。

こんな中からいったいどんな世界が生まれてくるというのだろうか？

案内役が彼の腕に手を触れた。彼らは人ごみから抜けだした。運転手つきの車が、いつも通いなれているらしい道を通って、二人分の部屋を予約してある山の中腹の宿まで彼らを運んでいった。

彼らはまもなく宿を出て、踏み固められた山中の道を登り、ベンチが置かれている場所までやってきた。しばらく無言でそこに坐っていた。やがてスタフォード・ナイが、「トランプの札さ」と、ふたたびここで繰りかえした。

五分間かそこら、彼らは谷間を見おろしながら坐っていたが、やがてレナータが、「どうなの？」と彼をうながした。

「どうって、なにが？」

「わたしの案内でごらんになったことを、いまのところどう思っているかということよ」

「まだ納得はしてないさ」と、スタフォード・ナイは答えた。

彼女は思いがけず深い溜息をついた。

「たぶんそうだろうと思っていたわ」

「みんな嘘なんだろう？　あれはとてつもなく大規模なショーだ。一人のプロデューサ――あるいはプロデューサーのグループによって上演されたショーなんだ。

あの化物じみた女が金を払ってプロデューサーを雇っているんだ。われわれはまだプロデューサーを見ていない。きょう見たのは花形役者のほうだ」

「彼をどう思う？」

「彼も現実の人間じゃない」と、スタフォード・ナイはいった。「ただの役者だ。みごとに演出された第一級の役者だよ」

ある音が彼を驚かせた。レナータの笑い声だった。彼女はベンチから立ちあがった。急にうれしそうなはしゃいだ顔になり、同時にかすかな皮肉を漂わせていた。

「わたしにはわかっていたのよ」と、彼女はいった。「あなたがいずれそれを見抜くことが。あなたの足はちゃんと地についていた。あなたはこれまでの人生で出会ったことを、なにもかも見通していたんでしょう？　いかさまはちゃんと見抜いていたし、どんな物事や人間も真の姿を見通していたんだわ。

あなたに与えられたのがどんな役かを知るためなら、なにもストラトフォードまで行ってシェークスピアの芝居を観る必要はないわ――王者や偉人はお抱え道化師を持つことが必要なのよ――王に真実を教え、良識を語り、ほかの人々を欺くもろもろの事柄を茶化す役目の宮廷お抱え道化師を」

「なるほど、それがぼくの役目というわけか。お抱え道化師が」

「自分でもそう感じないかしら？　それがわたしたちの望んでいるもの――わたしたち

の必要としているものなのよ。『トランプの札さ』とあなたはいったわ。巧みに演出された壮大なごまかしよ！　まさにあなたのいうとおりだわ。でも人々は騙されるわ。彼らはこれはすばらしいことだとか、恐しいことだとか、とても重大なことだとか考える。でも、もちろんそれは違う──ただ、どうやって人々に示すか、それがどこからどこまでばかげたことだということを人々に示す方法を探しださなければいけないのよ。あなたとわたしがしようとしているのはそれなのよ」

「結局われわれはこの陰謀をすっぱぬくことができる、ときみは考えているのかい？」

「たしかにそれはとても難しいことだと思うわ。でもいったん人々の目に、あることが現実じゃないことが示されたら、それが大がかりな悪ふざけだということがわかったら──」

「良識の福音を説けっていうのかい？」

「もちろんそうじゃないわ」と、レナータがいった。「そんなものにはだれも耳を貸さないに決まっているわ」

「いまのところはね」

「ええ。わたしたちは証拠を見せなければいけないわ──事実を──真実を──」

「そんなものがあるかな？」

「あるわ。わたしがフランクフルト経由で運んできたもの――無事にイギリスに持ちこむのをあなたが手伝ってくれたものがそうよ――」

「いったいそれは――」

「いまはまだだめ――いずれあなたにもわかるわ。いまはそれよりも役を演じるほうが大切よ。わたしたちはすっかり用意ができて、教え導かれるのを待っている。わたしたちは若者を尊敬している。若きジークフリートの信奉者というわけよ」

「きみならきっとうまくやれるだろう。しかしぼくは自信が持てないね。なにしろこれまでなにかの崇拝者になれた経験が一度もない。お抱え道化師もそうさ。彼は人をけなす名人だからね。いまのところそういう性格はだれからも高く評価されないだろう？」

「もちろんよ。あなたのそういう一面を見せてはいけないわ。もちろんあなたの上司や先輩、政治家や外交官、外務省、上流社会などの噂をするときはそのかぎりじゃないけど。そんなときは辛辣で、意地が悪く、機知に富んだ、いささかサディスティックな口のきき方をしてもかまわないわ」

「それにしても世界十字軍の騎士というのはやっぱりぼくの役柄じゃないな」

「それは大昔からある役柄だから、だれもが理解し、評価するわよ。あなたに向いているわ。過去のあなたの評価は低かった、でも若きジークフリートと彼の世界は、あなたに報酬にありつくチャンスをさしだすと思うわ。なぜならあなたは、彼が望んでいるあなたの国の内部情報を提供するからよ。彼はいずれその国で、あなたを権力の座につけてくれるわ」

「きみはこれが世界的な運動だといいたいらしいが、それはほんとうなのかね？」

「もちろんそうよ。ほら、女性の名前のついたハリケーン、あれみたいなもんだわ。フローラとかリトル・アニーとか。ハリケーンは東西南北どこからでも発生するけど、どこからともなくやってきてすべてを破壊してしまう。それがみんなの望んでいることなのよ。ヨーロッパでも、アジアでも、アメリカでも。それからたぶんアフリカでも。もっともアフリカは、まだ権力やら汚職やらが珍しい段階だから、運動はそれほど盛りあがらないだろうけど。ええ、これはまちがいなく世界的な運動なのよ。若者たちと彼らのヴァイタリティによって進められる運動。彼らには知識も経験もないけど、ヴィジョンとヴァイタリティがあるし、資金の援助がある。川の水が注ぐように金が流れこんでいるわ。唯物論があまりにもはびこったために、わたしたちはほかのなにかを求め、それを手に入れた。でもそのなにかは憎しみに基盤をおいているから、結局は行き詰まるわ。それはいつまでたっても離陸できない。一九一九年にはだれもが有頂天になって、コミュニズムこそすべての問題への答だといっていたことをおぼえているでしょう。マルクス学説が新しい地上に新しい天国を出現させるだろうといいあったことを。多くのすばらしいアイディアが生みだされたわ。でも、それらのアイディアを実践する人間はどうだったかしら？　結局あいもかわらぬ同じ人類でしょう。いよいよ第三の世界を創りだすことができる、とだれもが考えるけれど、そこに住む人間は第一の世界、あるいは第二の世界の人間とぜんぜん変わりばえがしないのよ。その同じ人類のやることなんだから、どうせやること自体も変わりばえしないに決まってるわ。歴史を見ればすぐにわかることよ」

「いまどき歴史を眺めてみようなんて人間がいるだろうか？」

「いいえ。それよりも予測できない未来を眺めようとする人間ばかりよ。かつては科学がすべての問題を解決するかに見えた。フロイト学説と解放されたセックスが人類を不幸から救うつぎの答えとなった。精神障害に悩む人間はもういなくなるだろうというわけよ。抑圧を閉めだした結果、精神病院はいま以上に満員になるだろうという人がいても、だれも信じなかったと思うわ」

スタフォード・ナイが彼女をさえぎった。

「ひとつ訊きたいことがあるんだ」

「どんなこと？」

「ぼくたちはこれからどこへ行くんだ?」

「南米よ。途中パキスタンかインドへ寄るかもしれないわ。それからきっとアメリカ合衆国へも行かなければならないわ。あの国ではとても興味深いことがたくさんおこっているの。とくにカリフォルニアでは!」

「大学かい?」サー・スタフォードは溜息をついた。「大学問題にはうんざりするね。いつまでたっても同じことの繰りかえしだ」

彼らは数分間無言で坐っていた。あたりは暗くなりはじめたが、山頂は柔らかい赤に染まっていた。

スタフォード・ナイがしみじみとした口調でいった。

「いま、この瞬間、また音楽を聴くとしたら、ぼくがどんな曲をリクエストすると思う?」

「やっぱりワグナーかしら? それともワグナーはもう卒業した?」

「いや——ご名答だ——またワグナーをリクエストするだろう。ハンス・ザックスがニワトコの木の下に坐って、『狂ってる、狂ってる、みんな狂ってる』と世の中を慨嘆する場面が聴きたいね」

「そうね——ぴったりだわ。それに美しい曲だし。でもわたしたちは狂っていないわ。

わたしたちは正気よ」

「これ以上の正気はないくらいさ」と、スタフォード・ナイはいった。「それがかえって邪魔になるだろう。もうひとつ訊きたいことがある」

「どうぞ」

「たぶんきみは答えてくれないだろう。だがどうしても知る必要がある。ぼくらがこれからやろうとしているこの無謀な仕事から、なにかしら楽しみが得られるのかい？」

「もちろんよ。楽しんではいけない理由があるかしら？」

「狂ってる、狂ってる、みんな狂ってる――だがせいぜい楽しくやろう。ぼくらは長生きできるかな、メアリ・アン？」

「たぶんできないでしょうね」と、レナータが答えた。

「それでこそ元気も出ようというもんだ。ぼくはどこまでもきみと一緒に行くよ、わが同志、わがガイド君。ぼくらの努力の結果、よりよい世界が生まれるかな？」

「そうは思わないわ、でももっと思いやりのある世界になるんじゃないかしら。いまの世界は信条ばかりあって思いやりが皆無でしょう」

「それだけで充分さ」と、スタフォード・ナイはいった。「いざ進まん！」

第三部　国内で、そして国外で

13 パリ会議

パリ市内のある一室に、五人の男が坐っていた。そこは歴史的な会議をかぞえきれないほど見てきた部屋だった。いまそこでおこなわれている会議は、多くの点でそれらと性質を異にしていたが、歴史に名をとどめる点ではいずれ劣らぬ重要な会議になるはずであった。

司会役はムシュー・グロジャンだった。心労に押しひしがれたこの男は、過去においてしばしば自分を助けてくれた器用さと魅力的な物腰で、数々の難問題を解決せんものと腐心していた。しかしそれらの武器も今日はあまり助けにならないと感じていた。一時間前にイタリアのシニョール・ヴィテルリが飛行機で到着していた。彼のゼスチュアは熱気をおび、その態度は妙にバランスを欠いていた。

りますいます」

「事態はいまや」と、彼はいっていた。「夢想だにできなかったところまで悪化しております」

「この学生たちには」と、ムシュー・グロジャンが応じた。「どの国もみな手を焼いているのではありませんか？」

「学生だけではありません。もはや学生問題の域を超えております。これをなににたとえるべきか？　まるで蜂の大群です。猛威をふるう自然の災厄とでもいうか、まさに想像を絶するすさまじさです。彼らは進軍しています。機関銃を持って。あるところでは飛行機まで手に入れました。彼らは北イタリア全土の引渡しを要求しております。しかしこれは狂気の沙汰です！　連中は子供にすぎません。だがしかし、彼らは爆弾を持っている。ミラノ市だけを見ても、数のうえで警察をしのいでおります。われわれはどうすればよいのでしょうか？　軍隊を出動させる？　残念ながら軍隊もまた――反乱に加わっているのです。彼らは若者《レ・ジュヌ》の味方だといっております。世界はアナーキーに陥るしか望みはないといっているのです。彼らは第三世界とかいう言葉を口にしておりますが、そんなものの出現を許すわけにはいきません」

ムシュー・グロジャンは溜息をついた。「若者たちのあいだの流行なのですよ」と、彼はいった。「そのアナーキーというのか。アナーキー信仰とでもいうか。われわれはアルジェリア時代から、わが国とわが植民地帝国がもろもろのトラブルに悩まされた時代からそれを知っておりました。しかしわれわれになにができます？　軍隊に頼りますか？　結局彼らも学生を支持しているんですよ」

「学生のやつら、ああ、学生のやつら」と、ムシュー・ポワソニエがいった。

フランス内閣の閣僚である彼にとって、〝学生〟という言葉は禁句《アナセマ》だった。もし人に質問されたとしたら、彼はアジア風邪か腺ペストのほうがまだしもだと答えたことだろう。そのいずれにせよ、彼の考えでは学生運動よりましだった。学生の一人もいない世界！　ムシュー・ポワソニエがときおり夢に見るのはそれだった。それは快い夢だった。ただ残念なことに、そんな夢はめったに見られなかった。

「治安判事についていえば」と、ムシュー・グロジャンがいった。「わが国の司法当局には、いったいなにがおこったのか？　警察は――そう、これはまだ忠誠を保っています。しかし裁判官は、国有財産や私有財産――あらゆる種類の財産を破壊して法廷に引きだされた若者たちに対して、いっこうに刑の宣告をおこなおうとしません。なぜそうなのか、知りたくないですか？　わたしは最近その点の調査をおこなってきました。パリ警視庁がわたしにあることを提案してきました。司法関係者、とくに地方の司法関係者の生活水準を引きあげる必要があるというのです」

「ちょっと、ちょっと」と、ムシュー・ポワソニエが横から口を出した。「めったなことをいってはなりませんよ」

「どうしてですかな？　隠しだては無用です。これまでにも大がかりな詐欺があったし、いまは金が動きまわっている。われわれにはその金の出所が判然としないが、警視庁の話では——わたしもそれを信じているが——その金がどこに流れこんでいるかわかりかけているそうです。どこか国外の資金源から援助を受けている腐敗した国家を想像してよいものでしょうかな？」

「イタリアでも」と、シニョール・ヴィテルリがいった。「ああ、疑わしいことはたくさんあります。そうですとも、われわれはあることを疑っております。だがしかし、われわれの世界を腐敗させているのはいったい何者ですかな？　実業家のグループ、大実業家のグループですかな？　そんなことがありうるでしょうか」

「この運動はなんとしてでも阻止しなければなりません」と、ムシュー・グロジャンがいった。「ただちに行動をおこす必要があります。軍事行動、空軍の出動を要請します。このアナーキスト連中、略奪者どもはあらゆる階層から出ています。力ずくでも鎮圧しなければなりません」

「催涙ガスの使用が従来はたいそう効果的でしたな」と、ポワソニエが疑わしげにいった。

「催涙ガス程度では追いつかない」と、ムシュー・グロジャンがいった。「それなら学生たちに玉葱《たまねぎ》の皮をむかせても同じ効果が得られるでしょう。それでも涙は流れます。それ以上の措置が必要ですよ」

ムシュー・ポワソニエはショックを受けた口ぶりでいった。

「まさか核兵器の使用をほのめかしておられるんではないでしょうな？」

「核兵器ですと？　冗談《ケル・プラーーツ》じゃない！　核兵器でなにができます？　核兵器など使ったら、フランスの大地、フランスの空はいったいどうなります？　なるほどソ連を滅ぼすことはできます。同時にソ連もわれわれを滅ぼしてしまうでしょう」

「まさかデモ学生のグループがわが警察力を全滅させる力を持っている、とおっしゃるんじゃないでしょうな？」

「それそれ、わたしのいいたいのはまさにそのことです。わたしはそういった事態の警告を受けているのです。武器の備蓄や、さまざまな化学戦の方法などについての警告を。わが国一流の科学者たちの何人かから報告を受けとっております。秘密が洩れているのです。秘密裡に備蓄されていた大量の兵器が盗まれました。つぎはどうなることか？このつぎはなにがおこると思いますか？」

この質問に対する答は、ムシュー・グロジャンが計算したよりも早く、思いがけない形でやってきた。部屋のドアが開いて、ただならぬ不安の表情をうかべた主任秘書が近づいてきた。ムシュー・グロジャンは不快の色をうかべて秘書のほうを見た。

「会議中に邪魔をするなといわなかったかね？」

「たしかにそうおっしゃいました、大統領閣下、しかしこれは異例の事態でして――」

彼は大統領の耳に口を近づけた。「元帥が見えております。この部屋に入れろと――」

「元帥が？　ほんとうか――」

秘書はほんとうだというしるしに、数回強くうなずいた。ムシュー・ポワソニエが当惑して同僚の顔を眺めた。

「どうしても入れろとおっしゃっています。いくら断わっても引きさがりません」

ほかの二人はまずグロジャンの、つづいて苛立ったイタリア人の顔色をうかがった。

「どうでしょう」と、内相のムシュー・コアンがいいかけた。「よかったら――」

そこまでいったとき、ふたたびドアが開いて一人の男がずかずかっと部屋の中に入ってきた。だれ知らぬもののない人物。フランスでは長年にわたって、彼の言葉が法律であったばかりか、法律以上でもあった人物。いまこの人物が突然闖入してきたことは、会議の出席者にとってははなはだ迷惑な突発事態だった。

「やあ、お目にかかれてうれしいですな、同僚諸君」と、元帥はいった。「諸君を助けにきましたぞ。わが国はいまや危機に瀕しております。即刻行動をおこさねばなりません！　わたしはみなさんのお役に立つつもりでやってきました。この難局に行動をおこす責任はわが一身に負うつもりです。危険はあるかもしれぬ。それは重々承知している、だが名誉は危険にはかえられません。フランスの救済は危険にはかえられません。彼らはわれわれに迫りつつあります。学生と、牢獄から解きはなたれた犯罪者どもの大群、その中には殺人の罪を犯した者さえ含まれております。それから放火犯人、彼らは口々に名前を呼ばわり、歌を歌っている。彼らの師や、哲学者や、彼らを教唆してこの暴動をおこさせた人間の名を呼ばわっております。なんらかの手を打たないかぎり、彼らがフランスの破滅をもたらすことは必定ですぞ。ところが諸君はここに坐していたずらに評定を重ね、事態を嘆き悲しんでおられる。それではいけません。わたしは二個連隊を召集した。空軍にも待機姿勢をとらせ、隣接する同盟国、すなわちドイツのわが友人たちに特別暗号電報を発信した。なぜならいまやこの危機においては、ドイツもわれわれの同盟国ですからな！

暴動は鎮圧せねばなりません！　これは反乱です！　暴動です！　男、女、子供、財産に危険が迫っておる。わたしは暴動を鎮圧するために出発し、彼らの父親として、指導者として、暴徒に語りかけるつもりです。これら学生たちは、あの犯罪者たちでさえ、みなわたしの子供たちなのです。彼らはフランスの若者たちなのです。わたしは彼らにそのことを説いてきかせる。きっと彼らに耳を傾けさせてみせます。内閣は改造され、大学の講義は学生の手で自主的に再開されるでしょう。彼らの奨学金は不充分だったし、彼らの生活には美と指導性が欠けていた。わたしはそれらを学生に約束する。わたし自身の名において彼らに語りかけます。また同時にあなた方の、政府の名においても語りかけます。あなた方は最善の努力を傾け、可能なかぎりりっぱに振舞った。しかしより高度な指導力が必要なのです。すなわちわたしの指導力が。わたしはいよいよ出馬します。わたしは送信すべき暗号電報をまだほかにも用意しておる。人口過疎地帯でならば使用できるような核抑止力を、暴徒に恐怖感を与えはするが、実際上の危険はないとわかっている方法で使うこともできます。わたしはすべてを熟考した。わたしの計画はかならず成功します。さあ、あなた方も行動してください」

「しかし元帥、われわれは――あなたの身に危険が及ぶような行動は慎んでください。われわれとしては――」

「あなた方の言葉を聞く耳は持たない。わたしはおのれの運命を抱擁するのみです」

元帥はドアのほうへ歩いて行った。

「部下が外で待っています。精選された護衛隊です。では、わたしはこれからあの若い叛徒たち、美とテロリズムの若い花に会いに行って、彼らの義務がなにかということを説き聞かせます」

彼は十八番の役を演ずる千両役者のように、堂々と胸を張ってドアの外へ出て行った。

「いかん、元帥《ボン・デイユー》は本気ですぞ！」と、ムシュー・ポワソニエがいった。

「彼は命を賭けるつもりなのでしょう」と、シニョール・ヴィテルリがいった。「なんともいえませんな。彼は勇敢な人物です。英雄的な行為であることはたしかだが、いったい彼の身はどうなることやら。若者《レ・ジュヌ》たちのいまの空気では、彼を殺すかもしれませんな」

ムシュー・ポワソニエの唇からもっともらしく溜息が洩れた。そうかもしれぬ、と彼は思った。たしかにそうなるかもしれぬ。

「大いにありうることですな」と、彼はいった。「そう、彼らは元帥を殺すかもしれません」

「もちろん、そんなことになっては困るが」と、ムシュー・グロジャンの口ぶりは慎重だった。

しかし、彼もまた内心ではそうなることを望んでいた。すぐに物事はめったに思いどおりには運ばないものだという悲観論にとらわれはしたものの、一時はその可能性に希望をかけた。それよりも、はるかに恐ろしいひとつの可能性が彼の前に立ちふさがった。元帥がなんらかの方法で、興奮し血に飢えた学生たちの大群を説得して、話に耳を傾けさせ、約束を信じさせ、かつてみずから占めていた権力の座に返り咲くことを、学生たちに要求させる可能性は、大いにありえたし、元帥の過去のやり口にも適っていた。現にそういうことが一度か二度あった。元帥の個人的魅力は、これまで多くの政治家たちがまるで予想もしなかったときに敗北をこうむるはめになったほど、強烈なものだった。

「なんとかして彼を引きとめねばならん」と、彼は叫んだ。

「さよう、さよう」と、シニョール・ヴィテルリが相槌を打った。「彼の死は世界的損失です」

「心配なのは」と、ムシュー・ポワソニエ。「元帥がドイツに多くの友人やコネクションを持っていすぎることとです。なにしろ軍事上の問題になると、ドイツ人は迅速に立ちまわりますからな。彼らはチャンス到来とばかり奮い立つかもしれません」

「やれやれ《ボン・ディユー》、困ったぞ《ボン・ディユー》」と、ムシュー・グロジャンがいった。「われわれはどうすればよいのか？　なにができますかな？　おや、あの音は？　ライフルの音だ、違いますか？」

「いやいや」ムシュー・ポワソニエがなだめるようにいった。「あれはコーヒーの盆のぶつかりあう音ですぞ」

「こんなときにぴったりの言葉がある」と、演劇ファンのムシュー・グロジャンがいった。「記憶は定かではないが、シェークスピアからの引用です。〝だれ一人としてこの厄介者の大司教から――〟」

「〝――余を救ってはくれぬのか〟」と、ムシュー・ポワソニエがあとを引きとった。「『ベケット』（カンタベリーの大司教の悲劇を描いたテニスンの戯曲）の一節です」

「元帥のような狂人は大司教よりもたちが悪い。かりにも大司教ともあろうものが、害をなすはずはないですからな。もっともきのうはローマ法王までが学生の代表団と会見したばかりだが。しかも法王は学生に祝福さえ与えた。そしてわが子らよ、などと呼びかけています」

「しかし、それはキリスト教的慈愛のゼスチュアでしょうな」と、ムシュー・コアンが疑わしそうにいった。

「いくらキリスト教的慈愛のゼスチュアとはいえ、行きすぎの感がありますな」と、ムシュー・グロジャンはいった。

14 ロンドン会議

ダウニング・ストート十番地（英首相官邸）の閣議室、首相のセドリック・レーゼンビー氏が、テーブルの上座に腰をおろして、どう見てもはればれとしない表情で集まった閣僚たちの顔を眺めまわした。その表情は文句なしに憂鬱なものだったが、ある意味で彼にほっと一息つかせる効果があった。なぜなら、だれにも気兼ねせずに不快の念をあらわにできるのは、そして常々世間に向けているあの聡明で自信にみちた楽観的な表情――それは政治生活のさまざまな危機において大いに役立ってきた――をさらりと脱ぎ捨てることができるのは、国民の目の届かない閣議の場においてだけだと、そろそろ思いはじめていたからである。

彼は眉をひそめたゴードン・チェトウィンドや、例によって明らかに心配し、考え、思い迷っているサー・ジョージ・パッカムや、マンロー大佐の軍人らしい冷静沈着な顔や、政治家に対する根強い不信を隠そうともしない無口な男ケンウッド空軍中将などを、順ぐりに見まわした。それから指先でテーブルをこつこつ叩きながら、自分の出番がまわってくるまで時間つぶしをしている大男のブラント提督の顔もあった。

「情勢はあまり芳しくありませんな」と、空軍中将がいっていた。「そう認めざるを得ません。先週だけで四機の飛行機がハイ・ジャックされています。まずミラノへ飛び、そこで乗客を降ろして、またどこかへ飛び立ちました。実際にはアフリカへ飛んでおります。パイロットたちはそこで軟禁されているのです。黒人たちの仕業ですよ」

「ブラック・パワーですな」と、マンロー大佐が思慮深くいった。

「あるいはレッド・パワーかな?」と、レーゼンビーが口をだした。「じつをいうと、すべての問題はソ連の教唆によって引きおこされたものではないかと、わたしは感じている。そこで、トップ・レヴェルの個人的訪問によって――」

「あなたはここでじっとしていることですな、総理」と、ブラント提督がいった。「またロシア人とかかわりを持つのはおよしなさい。目下のところ彼らの望みはこの騒ぎに巻きこまれないようにすることだけです。ソ連はまだ西欧の大部分の国ほど学生問題でてこずっていませんからね。いまのところ彼らの最大の関心事は、中国人が今度はなにを企むか見張っていることですよ」

「わたしが思うには、個人的影響力が――」

「あなたはここでじっとして、自分の国のことを心配していればいいんですよ」と、ブラント提督《ブラントリー》はいった。その名にたがわず、いつものことながら無遠慮なもののいい方だった。

「どうでしょう、ここらで報告を聞いてみては――いま現在おこりつつあることに関しての正確な報告は手もとにあるかね？」と、ゴードン・チェトウィンドがマンロー大佐に問いかけた。

「事実をお望みですか？　よろしい。どれもこれもきわめて不愉快な事実ばかりです。ここでおこっている具体的な事実よりは、むしろ一般的な世界情勢をお知りになりたいのではないですか？」

「そのとおり」

「では、フランスでは元帥がいまだに入院中です。腕に二発の弾丸をくらって。フランス政界はてんやわんやの大騒ぎです。国土の大部分はいわゆるヤング・パワー部隊なるものに占領されてしまいました」

「彼らは武器を持っているということかね？」と、ゴードン・チェトウィンドが恐ろしげに訊いた。

「大量の武器を持っています」と、大佐が答えた。「どこから手に入れたのかはわかりません。その点に関しては諸説あります。大量の荷物がスウェーデンから西アフリカに向けて送りだされました」

「それとこれとなんの関係があるのかね？」と、レーゼンビー氏がいった。「われわれの知ったことじゃない。西アフリカの連中が武器を欲しがるのなら、好きなだけ持たせておけばよい。彼らが仲間同士で殺し合いをするのは勝手だよ」

「わが情報部の報告によれば、いささか腑に落ちない点があります。ここで興味深いのは、武器がいったん西アフリカへ送られたあとで、またどこかへ送りだされていることです。積荷が受け入れられ、引渡しが確認され、支払いは済んだのかどうかわかりませんが、それから五日と経たぬうちにまた国外へ運びだされているのです。それは別のルートで、どこかへ送られたもようです」

「しかし、それはどういうことかね？」

「それは本来西アフリカ向けの武器ではなかった、ということになると思います」と、マンローがいった。「支払いが済んでから、どこかほかの国へ送られた。つぎの送り先は近東ではないかと思われます。ペルシャ湾からギリシャを通ってトルコへ。さらにまたエジプトに向けて飛行機が送られております。それはエジプトからインド経由でソ連へ送られました」

「ほう、わたしはソ連から送られてきたのかと思ったが」

「――さらにソ連からプラハへ送られています。実際なにがなんだかわけがわかりませんね」

「わからんね」と、サー・ジョージがいった。「不思議なことがあればあるものだ――」

「さまざまな物資の供給を指揮している中心組織がどこかにあるような気がします。飛行機、兵器、通常爆弾および細菌爆弾。こういった積荷がまったく予想のつかない方向に動いているのです。さまざまな国境越えのルートを通って紛争地点に運ばれ、ヤング・パワー部隊――とでもいうべきものやその指導者たちに使われております。武器の大半は青年たちのゲリラ活動の指導者たちや、アナーキーを説いて、最新兵器を受けとっている――はたして金を払っているかどうかわかりませんが――職業的なアナーキストたちの手に渡っているのです」

「つまりわれわれは世界的規模の戦争の危機に直面しているというのかね?」セドリック・レーゼンビーはショックを受けて質問した。

テーブルの下手のほうに坐っていて、それまで一言も口をきかなかった、アジア的な顔だちの温厚そうな男が、モンゴリアン風の微笑をうかべながら顔をあげた。

「いまやそう信じざるをえません。われわれの観測によれば——」

レーゼンビーがさえぎった。

「諸君はもはや観測などしていられる段階ではありませんぞ。国連機構はそれ自体武器をとってこれを鎮圧しなければならん」

物静かな男は少しも動じなかった。

「それはわれわれの信条に反します」と、彼は答えた。

マンロー大佐が一段と声を張りあげて、要約を続けた。

「あらゆる国のどこかで戦闘がおこっております。東南アジアはずっと前に独立を主張したし、南米ではキューバ、ペルー、グァテマラなど、四ないし五の勢力が分立しております。アメリカ合衆国に関していえば、ワシントンは事実上焼き払われてしまったも同然だし、西部はヤング・パワーの軍隊によって蹂躪され——シカゴには戒厳令が布かれました。サム・コートマンをごぞんじでしょうな？　ゆうべここのアメリカ大使館の玄関で射殺されました」

「大使は今日ここに出席することになっていた」と、レーゼンビーがいった。「われわれに現状分析を語ってくれる予定だったのだが」

「どうせ大して役には立たなかったでしょうな」と、マンロー大佐がいった。「いい男だったが、精力的な活動家とはお世辞にもいえなかった」

「いったい背後で操っているのはだれなのだ?」レーゼンビーの声が苛立ちをおびて高まった。

「もちろん、ロシア人ということも考えられますが――」レーゼンビーの顔が明るくなった。依然としてモスクワへ飛ぶことを考えているようだった。

マンロー大佐が首を振っていった。「それはどうですかな」

「個人的なアピール」と、レーゼンビー。その顔は希望に輝いていた。「あるいはまったく新しい勢力範囲。ひょっとして中国人が……」

「中国人とも違うでしょうな」と、マンロー大佐がいった。「ごぞんじのようにドイツでネオ・ファシズムが大々的に復活しております」

「まさかドイツ人が……」

「かならずしもドイツ人が背後にいるとは申しません。しかしその可能性は充分あります。ドイツ人には前科がありますからね。何年がかりで準備して、計画を練り、万全の態勢をととのえてゴー・サインを待った前歴がある。プランナーもきわめて優秀です。組織力にもすぐれています。わたしはドイツ人を高く買っていますよ。そうせざるを得ません」

「しかしドイツは平和そのもので、政治もうまくいっているように見えるが」

「むろん、ある程度はそうです。しかしいいですか、南米は事実上ドイツ人や若いネオ・ファシストたちで活気づいているんですよ。あそこには大規模な青年同盟があります。スーパー＝アーリアンズとかなんとか称してね。鉤十字とかナチ式敬礼といった昔ののが残っていて、それを動かしている人物は若きヴォータンとか若きジークフリートとか呼ばれているのです。アーリア人種がどうのこうのというナンセンスが横行しているんですよ」

ドアをノックする音がして、さきほどの秘書が入ってきた。

「エクスタイン教授がお見えになっております」

「すぐにお通ししてくれ」と、セドリック・レーゼンビーがいった。「結局のところ、わが国の最新兵器について話を聞くとしたら、教授をおいてほかに人はいませんからな。このばかげた騒ぎに終止符を打つような切札が開発されているかもしれません」レーゼンビー氏は、調停者の役割で諸外国へでかけてゆく職業的旅行者であると同時に、底知れぬ楽天家でもあったが、その楽天主義が結果的に正しかったためしはほとんどなかった。

「すぐれた秘密兵器ひとつで問題は解決ですよ」と、空軍中将が楽天的にいってのけた。

衆目の認めるところイギリス最高の科学者であるエクスタイン教授は、まったく風采のあがらぬ人物という第一印象を人に与える。時代おくれの末広がりの頬ひげをはやし、喘息病みのように咳きこんでいる小男。まるでこの世に生まれてきたことが申し訳ないとでもいったような物腰。彼は出席者に紹介されるあいだしきりに奇妙な声を連発し、鼻をかみ、苦しそうに咳きこんでは遠慮がちに首を振った。出席者の大半はすでに知った顔であり、彼は神経質にうなずいてあいさつした。それからすすめられた椅子に腰をおろして、ぼんやり周囲を見まわした。やがて片手を口に持っていって爪を嚙みはじめた。

「陸海空三軍の長官がここに集まっております」と、サー・ジョージ・パッカムがいった。「そこで、われわれになにができるかについて、あなたのご意見をお訊きしたいのです」

「おお」と、エクスタイン教授はいった。「なにができるか、なるほど、どんな手段があるか、ですな？」

沈黙が流れた。

「世界は急速にアナーキー状態に陥りつつあります」と、サー・ジョージがいった。

「そのようですな。少なくとも新聞で読んだところではそうらしい。しかしわたしは信じませんね。そんなことはジャーナリストのでっちあげにすぎません。彼らの記事は正確だったためしがないですからな」

「あなたは最近ある重要な発見をなさったそうですな、教授」と、セドリック・レーゼンビーが水を向けた。

「さよう、おっしゃるとおりです」エクスタイン教授はやや元気づいた。「破壊的な化学兵器を完成しました。細菌兵器、生物兵器、都市ガスのガス管を通して送りこむ毒ガス、大気汚染、飲料水の汚染、といったものですよ。お望みなら三日間でイングランドの全人口の半数を殺せるでしょう」彼は揉手をしていった。「それをお望みですかな?」

「いやいや、とんでもない。もちろん違います」レーゼンビー氏は恐慌をきたした。

「そうでしょうとも。致命的な兵器が不足なのではなく、多すぎることが問題なのです。われわれの兵器はどれもあまりに危険すぎるのですよ。こうなるとわれわれ自身も含めて、人間を生かしておくことのほうが難しくなってしまいます。違いますかな? トップ・クラスの人々、たとえばわれわれですが――」教授は喉をぜいぜい鳴らして、うれしそうに小さな笑い声をたてた。

「しかし、われわれが望むのはそのことではありません」と、レーゼンビー氏が重ねていった。

「あなた方がなにを望むかではなく、われわれがなにを持っているかが問題なのです。われわれが持っているものはどれも恐ろしいまでに致命的です。三十歳以下の人間を一人残らず地球上から抹殺しようと思えば、それもできないことはないでしょう。しかし、同時に三十歳以上の人間も多数殺すことになります。若者と年配者を分離するのは難しいということですよ。わたし個人は、それには反対です。若手の研究者の中にはひじょうに優秀なのがいます。残忍だが頭のよいのがね」

「世界はどうなってしまったのですかね?」と、だしぬけにケンウッドが質問した。

「そこが問題ですよ」と、エクスタイン教授は答えた。「われわれにもわからないのです。われわれのような立場にいる人間はなんでも知っているにもかかわらず、そのことがわからない。むしろ月や生物学のことをよく知っています。心臓や肝臓の移植もできるし、結果がどうなるかはわからないにしても、脳の移植さえおそらく不可能ではないでしょう。そのくせしてわれわれはこの騒ぎの黒幕が何者であるかを知らない。だれかが陰で操っていることはまちがいありません。強力な背後組織があるのです。そうですとも、それはいろんな形で表われていました。犯罪組織、麻薬組織といったものがそれです。表面に姿を見せない少数の優秀で抜目のない頭脳に操られた強力な組織。それはこの国でもあの国でも、ときにはヨーロッパ的な規模で活動していました。ところがいまや活動の範囲が拡がって、地球の反対側——南半球まで及んだのです。おそらくそれはわれわれの手でかたづける前に南極圏にまで達していることでしょう」彼は自分の診断を楽しんでいるかのようだった。

「悪意にみちた人々が——」

「なるほど、そういういい方もあるでしょうな。悪意のための悪意、金と権力のための悪意。まったく理解に苦しみます。彼ら自身にもわかっていません。彼らは暴力を欲し、暴力を好む。彼らはこの世界を好まず、われわれの物質主義的な態度を好まない。彼らはわれわれのさまざまな汚い金儲けの方法や、不正なやり口を好まない。彼らは貧乏を見たがらない。彼らはよりよい世界を望んでいる。さよう、じっくり時間さえかけて考えれば、おそらくよりよい世界を創りだすことは可能でしょう。しかし問題は、なにかを取りのぞくことを主張した場合、なにかでその穴埋めをしなければならないということです。自然は真空を嫌う——古い言葉ですがこれは真実です。残念ながらこれは心臓移植と同じです。ひとつの心臓を取りのぞいたら、そこへほかの心臓を植えなければならない。物の役に立つ心臓。しかも現在だれかが持っているぐあいの悪い心臓を取りのぞくのに先立って、そこに移値する心臓の準備をしておかねばなりません。じつをいえば、こういったもろもろの事柄はそっとしておくに限るとわたしは思うのですが、だれもわたしの意見になど耳を貸さないでしょうな。ま、いずれにしても心臓移植はわたしの専門ではありませんが」

「ご専門はガスでしたな」と、マンロー大佐がいった。

　エクスタイン教授は顔を輝かせた。

「さよう、われわれはあらゆる種類のガスを持っております。そのうちのいくつかは比較的無害なもので、穏やかな抑止力とでもいいますかな。ガスだったらよりどりみどりですよ」彼は自信満々の金物商人のように微笑んだ。

「核兵器はどうですかな？」と、レーゼンビー氏が水を向けた。

「冗談はいけませんよ！　まさか放射能に汚染されたイングランド、あるいはヨーロッパ大陸をお望みではないでしょうな？」

「つまりあなたはわれわれを助けることができない」と、マンロー大佐がいった。

「だれかがこの騒ぎについてもう少し詳しい情報を入手するまでは、そういうことになりますかな。いや、まことに残念です。ただこれだけは銘記しておいていただきたい、現在われわれが研究しているものの大部分は、危険なものばかりです」彼はその言葉を重ねて強調した。「きわめて危険なものばかりです」

彼は一同の顔を心配そうに眺めた。マッチ箱を持って遊んでいる子供たち、火遊びで家を灰にしてしまいかねない子供たちを見守る苦労性のおじさん、といったところだった。

「いや、どうもありがとうございました、エクスタイン教授」と、レーゼンビー氏がいった。だがそれほど感謝しているようではなかった。

教授はこれで自分が解放されたのだということを見てとると、一同に愛想よく笑いかけて、小走りに部屋から出て行った。

レーゼンビー氏はドアが閉まるのを待ちきれずに憤懣をぶちまけた。

「みな同じだな、ああいう科学者連中というのは」と、彼は苦々しげにいった。「実際の物の役に立ったためしがない。分別ある意見などこれっぽっちも持ちあわせておらん。彼らにできることといえば、原子を分裂させておいて——われわれに余計な口だしはするなというくらいのものですよ！」

「たしかに口だしなどせぬほうがいいでしょう」と、ブラント提督がふたたび無遠慮《ブラントリー》にいった。「われわれが欲しいのはなにかこう家庭的な、たとえば雑草だけに効く除草剤のようなもの——」彼は急に言葉を切った。「ところであれはいったい——」

「なんですかな、提督？」と、首相が丁重に促した。

「いや、なんでもありません――あることを思いだしたのです。それがなんだったか――」

首相は溜息をついた。

「まだほかに科学者を呼んであるのですか？」と、ゴードン・チェトウィンドが、早く終わってくれといわんばかりに腕の時計を見ながらいった。

「たぶんパイカウェイがきていると思う」と、レーゼンビーが答えた。「絵だったか、スケッチだったか、あるいは地図だったかをわれわれに見せたいといって――」

「いったいなんのことです？」

「わたしにもわからん。どうせ他愛のない《オール・バブルズ》ものだと思うが」と、レーゼンビーはあいまいな口調でいった。

「あぶく《バブルズ》？　あぶくがなぜ？」

「わたしにもわからんのですよ。とにかく」彼は溜息をついた。「実物を見てみましょう」

「ホーシャムもきております――」

「あの男ならなにかニュースを持っているかもしれませんな」と、チェトウィンドがいった。

パイカウェイ大佐が足音高く入ってきた。彼は筒に巻いた荷物を、ホーシャムの手を借りて拡げ、いささか苦労してテーブルに坐っている連中に見えるように立てかけた。

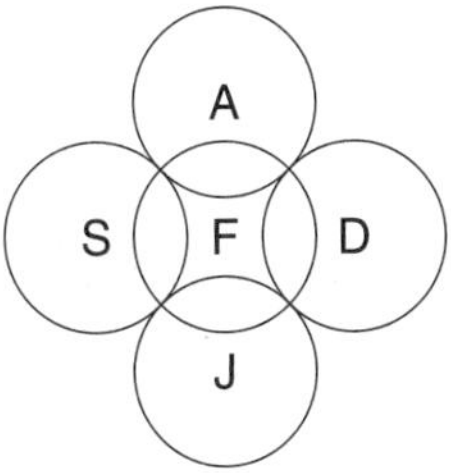

「まだ正確ではないですが、おおよその感じはこれでつかめると思います」と、パイカウェイ大佐がいった。
「これはいったいなにかね？」
「あぶく《バブルズ》か」と、サー・ジョージが呟いた。ふと、彼の心にある考えがうかんだ。「そうか、これはガスかね？　新しいガスかね？」
「きみから説明してもらうほうがよさそうだな、ホーシャム」と、パイカウェイがいった。「きみは全体像を把握しているからな」

「いや、わたしも話に聞いたことしか知りません。これは世界支配をもくろむ連合の略図です」

「だれによる世界支配かね？」

「権力の源——権力の原料を所有し、または管理するいくつかのグループです」

「で、アルファベットは？」

「ある人間、または特定グループの暗号名を表わしています。これらはいまや全世界をおおう興味ある輪なのです。

Aの輪は兵器《アーマメンツ》を表わしています。ある人物またはグループが兵器を管理しているのです。あらゆる種類の兵器、爆薬、大砲、ライフルなど。世界じゅういたるところで計画に従って兵器が生産され、表面上は低開発国、後進国、戦争をしている国などに向けて送りだされております。しかしこれらの武器は送りつけられた先にとどまらず、ほとんどすぐに別のルートでほかへ送られています。南米大陸のゲリラ戦のさなかへ——アメリカ合衆国の暴動や闘争へ——ブラック・パワーの武器庫へ——ヨーロッパのさまざまな国へ。

Dの輪は麻薬《ドラッグズ》を表わしています——供給者のネットワークが、各地の集積所から麻薬を管理しています。比較的無害なものから命にかかわるものまで、あらゆる種類の麻薬を扱っています。本部はレヴァント地方（シリア、レバノン、パレスチナなどを含む東部地中海沿岸諸国）にあって、トルコ、パキスタン、インド、中央アジア経由で品物が流れだしていると思われます」

「組織はそれで金を稼いでいるのかね？」

「巨額の利益をあげております。しかしこれは単なる密売人連合の域にとどまらず、もっと悪質な一面を持っております。いわば若者たちを完全に奴隷化するために、弱い者を淘汰する目的を持っているのです。麻薬がなければ生きていけないし、雇主のために働くこともできないような奴隷を作ることが彼らの狙いなのです」

ケンウッドがひゅうと口笛を吹いた。

「恐るべきことだ。きみはこの麻薬密売人たちがどんな連中か知らないのかね？」

「何人かは知っております。しかしほんの下っ端にすぎません。大物の正体はわからないのです。麻薬本部は、われわれの推測では、中央アジアとレヴァント地方にあります。そこから自動車のタイヤや、セメントや、コンクリートや、各種の機械および工業製品の中に隠して運びだされ、世界じゅうに運ばれて、ありきたりの輸出品と見せかけて、予定した相手に引き渡されているのです。

Fの輪は財政《ファイナンス》を表わしています。つまり金です！　鬼蜘蛛《マネー・スパイダー》の巣が全体の中心をなしているのです。金のことならミスター・ロビンスンが教えてくれるでしょう。手もとのメモによれば、金は主としてアメリカから流れてきているのですが、バイエルンにも本部があります。南アフリカには金《きん》とダイヤモンドによる莫大な準備金があります。そして金の大部分は南米へ流れこんでおります。主だった財政管理者の一人は、ひじょうに有力で才能のある婦人です。彼女はもう老齢で、恐らく死期が近いはずです。しかしいまだに元気で活動しています。名はシャルロッテ・クラップといいます。彼女の父親はドイツでクラップの大工場を所有していました。彼女自身が財政の天才で、ウォール・ストリートの株を操作していました。世界じゅうに投資して、巨万の富をたくわえてきました。輸送事業や機械工業など、数多くの事業を所有しております。彼女はバイエルンの広大な城に住んで、そこから世界各地への金の流れを指図しているのです。

Sの輪は科学《サイエンス》を意味しています。すなわち化学兵器戦争と生物兵器戦争の新知識です。多くの若い科学者たちが現社会体制に背を向けた——アメリカ合衆国にはアナーキズムに献身する誓いをたてた科学者たちの核ができているものと思われます」

「アナーキズムのための戦いかね？　それは言葉の矛盾というものだよ。そんなものがありうるのかね？」

「若いうちならアナーキズムも信奉しますよ。新しい世界を創りだそうとするときは、まず古い世界をぶちこわさなければなりません——ちょうど新しい家を建てるには古い家をこわさなければならないのと同じことです。しかし自分がどこへ行こうとしているか、どこへ誘導され、あるいは力ずくで連れていかれようとしているかということを知らなければ、新しい世界はどうなるでしょうか、そして新しい世界に辿りついた信奉者たちの立場はどうなるでしょうか？　ある者は奴隷と化し、ある者は憎しみで盲目となり、ある者は繰りかえし頭に吹きこまれ、習慣となった暴力とサディズムによって盲目になります。またある者は――気の毒に――依然として理想を追いつづけ、フランス革命当時のフランス人のように、革命が人民に繁栄と平和と幸福と満足をもたらすものと信じつづけるでしょう」

「で、われわれはそれに対してどうすればよいのかね？」こう質問したのはブラント提督だった。

「われわれはどうすればよいのか？　できるかぎり努力をします。いいですか、われわれここにいる人間は、自分にできるあらゆることをやるのです。われわれのために働いている人々が各国にいます。情報部員、調査員、情報を集める人々、その情報をここへ持ち帰る人々――」

「それは大いに必要なことです」と、パイカウェイ大佐がいった。「まずわれわれは知らなければならない――だれがだれなのか、だれが味方でだれが敵なのかを知る必要があります。どんな手を打つべきかということは、それからさきの問題ですよ」

「われわれはこの図表をザ・リングと名付けました。ここにザ・リングの指導者たちに関してこれまでにわかっていることの一覧表があります。疑問符がついているのは、通称しかわかっていない——あるいはわれわれの求める人物かどうか確証がないことを示しています」

ザ・リング

F　ビッグ・シャルロッテ　——バイエルン

A　エリック・オラーフソン　——スウェーデン、実業家、兵器担当

D　通称デメトリオス　——スミルナ、麻薬担当

S　サロレンスキー博士　——アメリカ合衆国コロラド州、物理、化学者。疑惑のみ

J　——女性。暗号名ジュアニータ。危険人物の噂。本名不詳

15 マチルダおばの温泉治療

1

「湯治なんかどうかしら?」と、レディ・マチルダは思いきっていってみた。

「湯治ですって?」と、ドナルドスン医師が問いかえした。彼は医学に関してなら知らないことはないといった自信にみちた態度を失って、一瞬いささか戸惑ったような表情をうかべた。いうまでもなくこの自信が、長年にわたって親しんできた年寄りの医者ではなく、若い医者にかかった場合の厄介なところなんだわ、とレディ・マチルダは内心思った。

「昔はそういったもんですよ」と、レディ・マチルダは説明した。「わたしの若いころは、みんな温泉治療にでかけたものです。マリエンバートや、カールスバートや、バーデン＝バーデンなんかにね。つい先日新聞でこの新しい湯治場のことを読んだんです。

ごく最近ひらけたとても現代的な湯治場らしいわ。新しいアイディアがたくさん盛られているんですって。わたしは新しいアイディアと聞くとすぐに夢中になるほうじゃないけど、かといってとくに毛嫌いするほうでもありませんわ。つまり、結局は同じことの繰りかえしかもしれませんものね。腐った卵のような匂いのする水やら、最新の食餌療法やら、朝の迷惑な時間に散歩がてらでかけてゆく温浴やら、それにたぶんマッサージなどもするんでしょうね。昔は海藻を使ったものですけど、そこはバイエルンだかオーストリアだかの山の中らしいから、たぶん海藻は使わないでしょうね。もじゃもじゃの苔でも使うのかしら——まるで犬みたいだけど。それから硫黄くさいお湯だけじゃなしに、おいしいミネラル・ウォーターも飲むんでしょう。建物だってきっとすばらしいと思いますわ。ひとつだけ心配なのは、このごろの現代建築には手摺というものがないことです。大理石の階段やなにかにも、つかまるところがぜんぜんありませんからね」

「そこならたしかわたしも知っていますよ」と、ドナルドスン医師はいった。「新聞で大々的に書きたてていましたからね」

「人間もわたしくらいの年齢になるとどうなるかごぞんじでしょう。いろいろと新しいことを試してみたくなるものですわ。ほんとをいうと、いくらか楽しい思いをさせてくれるだけで、多少とも健康によいだろうとは思いません。でも、これは悪い思いつきじゃないと思うんですけど、どうでしょうね、先生？」

ドナルドスン医師は彼女をじっと見た。彼はレディ・マチルダが考えているほど若くなかった。もうすぐ四十歳に手が届くというところで、なかなか如才のない親切な男だったし、それが望ましいことであり、相手が明らかに不穏なことを企てる危険がないかぎりは、年寄りの患者たちの希望をかなえてやるのにやぶさかではなかった。

「まあ、体に悪いということはないでしょうな」と、彼はいった。「たしかにとてもいい思いつきかもしれません。最近は飛行機でさっと楽に飛べるとはいっても、もちろん旅行は少々体にこたえはしますがね」

「さっと飛べるのは事実ですけど、それほど楽じゃありませんよ」と、レディ・マチルダはいった。「移動タラップだとかエスカレーターだとか、空港から飛行機、飛行機から別の空港へのバスの乗り降り。おまけに空港を出たらまた別のバスに乗らなきゃいけませんからね。でも空港には車椅子があるという話ですわ」

「もちろんあります。それはいい考えですよ。どこでも自分の足で歩くことなど考えずに、車椅子を使うと約束してくださるんなら……」

「ええ、ええ、わかりましたよ」患者は医師をさえぎっていった。「あなたは物わかりのよい方ですからね。とても話のわかる方ですわ。人それぞれプライドというものがありますから、まだ杖にすがったり人の肩を借りたりしてどうにか歩けるうちは、おいぼれの寝たきりの病人と見られたくないのが人情というものですよ。その点、男の人は羨ましいわね」彼女はしみじみといった。「だって、痛風病みに見せかけて、脚を包帯でぐるぐる巻きにしたり、詰め物を当てたりできるでしょう。殿方の痛風なんて少しも恥じゃないんですものね。だれも痛風以外の病気だなんて考える人はいませんわ。昔なじみの友だちは、ポートワインの飲みすぎのせいだと思うでしょうよ。わたしはそんなの嘘だと思うけど、昔はポートワインが痛風のもとだと思われていましたからね。ポートワインを飲みすぎると痛風になるなんて、あれは根も葉もない迷信ですよ。ええ、車椅子さえあれば、ミュンヘンでもどこへでも飛べますわ。飛行機から降りたら車を雇えばいいことだし」

「もちろんミス・レザランをお伴に連れてゆくんでしょうね」

「エミーを？　ええ、もちろんですよ。あの子がいなければどうにもなりません。いずれにせよ体に悪いことはないんでしょうね？」

「むしろいいことばかりかもしれませんよ」

「あなたはほんとにいい方ですわ」

レディ・マチルダはいつもやるように彼に向かってウィンクをしてみせた。

「あなたはどこか新しい土地へ行って新しい顔でも見れば、気分転換になってわたしが元気になるだろうとお考えなんでしょう。もちろんそれはそうにちがいないけど、わたしは気晴らしだけでなく温泉治療を受けに行くつもりなんですよ。もっともどこも悪いところなんかないと思いますけど。そうでしょう、先生？　そりゃあ、年齢《とし》は別ですよ。でも悲しいことに、老齢に効く薬はない、人は年々年齢をとる一方ですものね」

「問題はあなたがこの旅行を楽しめるかどうかということですよ。あなたならきっと楽しめるでしょうとも。ただひとつだけお願いしておきます、なにかをすることに疲れたら、すぐにやめてくださいよ」

「もし鉱泉の水が腐った卵の匂いがするようでも、やっぱりわたしはその水を飲みますわ。そんな水が好きだからでも、体によいと思うからでもありません。いわば苦行めいた感じがあるからですわ。この村の年とった女たちが昔からそうでした。薬というと黒や紫や濃いピンク色の、ペパーミントの香りのする強い薬を好んだものです。そういう薬のほうが甘い小粒の丸薬や、毒々しい色もついていないただの水みたいな水薬よりもよく効くと思っていたのね」

「あなたは人間の性質をじつによくごぞんじですな」と、ドナルドスン医師がいった。

「あなたはとても親切な方ね」と、レディ・マチルダはいった。「ほんとにありがたいと思っています。エミー！」

「はい、なんでしょうか」

「地図帳を持ってきてくださいな。バイエルン近辺の地理をすっかり忘れてしまったわ」

「ちょっとお待ちください。地図帳ですね。たぶん書斎に一冊あると思いますわ。一九二〇年ごろの地図帳が」

「もう少し新しいのはないかしら？」

「地図帳のですか」エミーはじっと考えこんだ。

「もしなかったら、一冊買って明日の朝持ってきてちょうだい。ところの名前は変わるし、いろんな国も昔とは変わってしまっているから、どこがどこやらさっぱりわからないと思うの。だからあなたに助けてもらわなくちゃ。それから大きな虫めがねをひとつ探しておいてくださいね。先日ベッドの中で本を読んでいたときに、ベッドと壁のあいだに落としてしまったらしいの」

彼女の要求をみたすには少しばかり時間がかかったが、やがて新しい地図帳と、虫めがねと、照合用の古い地図帳がとりそろえられ、エミーは助手としてとても役に立つ、とレディ・マチルダは思った。

「これこれ、ここにあるわ。いまもモンブリュッゲとか呼ばれているようね。チロルかバイエルン地方のどっかだと思うけど。どこもかしこも名前が変わってしまったらしくて——」

2

レディ・マチルダはホテルの寝室を見まわした。設備は申し分なかった。そのかわり料金も高かった。それは居心地のよさと、部屋の住人を運動、食餌療法、それにおそらく苦痛にみちたマッサージなどの苦行になじませるための厳格な印象を、適度に兼ねそなえていた。この部屋の造作はなかなか興味深い、とレディ・マチルダは思った。それはどんな好みにも向くようにできていた。壁には大きな額縁に入ったゴシック体の手書き文書が飾られていた。レディ・マチルダのドイツ語は娘時代にくらべればだいぶ錆びついていたが、そこには青春への回帰という輝かしく魅惑的な思想が述べられているようだった。青年が未来をその手に握っているだけでなく、老年もまた二度目の輝かしい開花を迎えるかもしれぬと思わせる、巧みな文章だった。

さまざまの異なる階層の人々を惹きつける人生の多様な道の中から、人それぞれ気に入った道を選んでその教えを追求することを可能にするような、親切な手助けがそこにはあった（もっとも、人々にそれとひきかえに払う金があるという条件つきだが）。ベッドのかたわらには、レディ・マチルダが合衆国を旅行したときにしばしば枕もとに見いだした一冊のギデオン聖書が置かれていた。彼女はうなずいてそれを手にとり、行きあたりばったりにあるページを開いて、目についた詩句を指先でなぞった。それを読んでわが意を得たりというようにうなずき、ベッドサイド・テーブルにのっているメモ用紙にその文句を書きとった。レディ・マチルダはこれまでにしばしばそうしてきた――それは手軽に神の導きを得る彼女なりの方法だった。

〈われむかし年わかくして今おいたれど義《ただしきもの》者のすてられたるを見しことなし〉
（詩篇第三十七篇二十五）

彼女はなおも部屋の中を観察した。ベッドサイド・テーブルの下段という手近だが目立たない場所に、『ゴータ貴族名鑑』が慎しくのっていた。数百年前まで遡って貴族社会に精通したいと願う者にとってはきわめて貴重な本であり、貴族の血統をつぐ人間やそういったことに関心のある人間は、いまもなおこの本をひもとき、メモをとり、照合している。これは役に立ちそうだわ、と彼女は思った。これがあればいくらでも調べられる。

書物机の近く、年代ものの陶製ストーヴのそばに、現代の預言者たちによるさまざまな説教や教義の紙装本が積まれていた。現在またはごく最近まで荒野で叫んでいたこれらの預言者たちは、いまや後光のように髪を長くのばし、奇妙な服装をした、熱狂的な若い信者たちの研究と尊敬の対象にされていた。マルクーゼ、ゲバラ、レヴィ＝ストロース、ファノン等々。

輝かしい青年たちと話し合う機会に恵まれたときにそなえて、これらの本にもざっと目を通しておくほうがよさそうだった。

そのとき軽くドアをノックする音が聞こえた。ドアが細目に開いて、忠実なエミーの顔がのぞいた。これから十年先のエミーは羊そっくりになるだろう、という考えがだしぬけにレディ・マチルダの心にうかんだ。忠実で、心優しい羊。いまのところは、うれしいことに、まだ丸々と太った感じのよい仔羊に似ていて、巻毛の髪は美しく、目は思慮深く思いやりがあって、メェーという鳴き声にも優しい響きがある。

「ぐっすりおやすみになれましまして？」

「ええ、とてもよく眠れたわ。あれを持ってきてくれたかしら？」

エミーはいつもたちどころに主人の望みを察した。それを主人に手渡した。

「ああ、わたしの献立表ね」レディ・マチルダはそれを熟読してからいった。「なんて魅力のない献立なんでしょう。わたしが飲まされるこの水はどんな味なの？」

「あまりいい味ではありませんわ」

「そうでしょうとも。三十分したら戻ってちょうだい。手紙を出しに行ってもらうから」

彼女は朝食のトレイを押しのけると、机に近づいた。数分間考えてから手紙を書いた。

「これできっとうまくゆくわ」と、彼女はひとりごとをいった。

「え、なにかおっしゃいました？」

「ほら、あなたに話した昔のお友だちに手紙を書いたところですよ」

「五十年か六十年会ってないというお友だちのことですの？」

レディ・マチルダはうなずいた。

「ほんとに大丈夫かしら——つまりその——なにしろずいぶん昔のことですものね。このごろはみんな忘れっぽくなってしまって。その方、奥さまのことやなにかをちゃんと覚えていてくださるといいんですけどね」

「もちろん覚えていますとも」と、レディ・マチルダはいった。「十歳から二十歳のあいだに知り合った人のことは決して忘れないものですよ。そういうお友だちはいつまでも心に残るものです。どんな帽子をかぶっていたか、どんな笑い方をしたか、その人の欠点や長所までちゃんとおぼえているものです。そりゃあたしかに、二十年前に会った人のことはなにひとつ思いだせません。名前をいわれても、顔を見ても、だれだったか思いだせませんよ。でも彼女ならわたしのことをきっとおぼえていますよ。それからローザンヌのことも。あなた、忘れずにこの手紙を出しておいてね。わたしはちょっと予習をしておかなくちゃなりませんから」

彼女は『ゴータ貴族名鑑』を手にとってベッドに戻り、役に立ちそうな項目を一所懸命に勉強した。さまざまな家族関係や親戚関係。だれがだれと結婚したか、だれがどこに住んでいたか、だれがどんな不幸に見舞われたかといったこと。彼女が心に抱いている人物のことが、『ゴータ貴族名鑑』にのっていると思われるからではなかった。しかしその婦人は、もともと貴族の所有物だった城に住むためにわざわざこの土地にやってきて、とりわけ名門の人々に向けられる土地の人々の尊敬と追従を一身に集めていた。彼女には由緒ある家柄の出と呼ばれる資格がないことを、レディ・マチルダはよく知っていた。彼女は金だけで我慢しなければならなかった。莫大な金。信じられないほど多額の金。

レディ・マチルダ・クレックヒートンは、八代続いた公爵の娘として、自分がある程度の歓待を受けるだろうことを信じて疑わなかった。たぶんコーヒーと、それにおいしいクリーミイなケーキくらいは出るだろう。

3

レディ・マチルダ・クレックヒートンは城の大応接間のひとつに入った。城までは十五マイルのドライヴだった。出発前に注意深くみなりをととのえた。もっともエミーはその服装にあまり賛成ではなかった。彼女は主人のすることにめったに口出しをしなかったが、今日ばかりは主人の計画の成功を願うあまり、思いきって控えめな忠告を口にしたのだった。

「先礼ですけど、その赤いドレスは少しくたびれていますわ。両脇が少し、それから二、三カ所てかてか光っているところが——」

「わかってますよ、エミー。たしかにこのドレスはぼろだけど、これでもパトゥ・モデルなんですからね。古くなってしまったけど買うときはずいぶん高かったんですよ。わたしは金持らしく見せようなんて気は毛頭ありません。生まれは貴族だけどいまは貧乏なんですから。五十歳以下の人ならきっとわたしを軽蔑するでしょう。でもわたしのホステスは、ぼろは着ていても由緒正しい家柄の老婦人をもてなすあいだ、金持には食事を待たせておくような土地柄に、何年も住んでいる人なんですよ。一家の伝統というのは、そう簡単にはすたれないものよ。人は新しい土地に移っても、そういう伝統をとりいれるものです。ついでにいっときますけど、わたしのトランクには羽毛の襟巻が入っていますからね」

「羽毛の襟巻をするんですか？」

「ええ、そのつもりよ。駝鳥の羽毛のをね」

「まあ、あれはとても古いものでしょう？」

「そうですよ、でも大事に使ってきました。まあ見ててごらん、シャルロッテならわかってくれます。イギリスでも有数の名門の人間が、長年大事にしてきた古い衣裳を着なければならないほど困っていると、彼女なら考えるでしょう。それからアザラシのコートも着ますよ。あれも少しくたびれているけど、買った当時はとてもすてきなコートでしたからね」

こうして身支度をすませ、彼女は出発したのだった。エミーは目立たないがスマートなみなりをした付添人として、彼女に同行した。

マチルダ・クレックヒートンは目の前の光景を予期していた。まるで鯨だと、スタフォードから前もって聞かされていたからである。ぶよぶよに脂肪のついた鯨、醜悪そのものの老女が、一財産の値打のある絵に囲まれた部屋の中に坐っている。彼女は苦心の末玉座のような椅子から立ちあがったが、その椅子は中世以降ならどの時代の宮殿を模した舞台でも使えそうな代物だった。

「マチルダ！」

「シャルロッテ！」

「まあ！　ずいぶんお久しぶりね。なんだか夢でも見ているみたいだわ！」

二人の老女はドイツ語と英語をちゃんぽんに使って、喜びのこもったあいさつの言葉を交わした。レディ・マチルダのドイツ語は少しばかり怪しいものだった。シャルロッテのほうはよどみのないドイツ語と、喉にかかる強いアクセントはあるけれどもよどみのない英語を話し、ときおりアメリカ風のアクセントをちらつかせた。なるほどぞっとするほど醜悪だわ、とレディ・マチルダは思った。一瞬彼女の心にはるか昔の親愛感がよみがえった。もっとも考えてみれば、シャルロッテは昔からひどくいやな女の子だった。彼女に好感を持つ人は一人もいなかったし、レディ・マチルダ自身もたしかに嫌いだった。しかし昔の学校時代の記憶には、なんというか、断ちがたい絆のようなものがあった。彼女はシャルロッテが自分を好いていたかどうかを知らなかった。しかしシャルロッテが――当時よく使われた言葉で――自分におべっかを使った《サックト・アップ・トゥー》ことが記憶にあった。たぶんイングランドの公爵家の城に招待されて滞在したいと思っていたのだろう。レディ・マチルダの父親は、イギリスでも有数の家柄でありながら、いちばんの貧乏公爵の一人だった。彼の地所が人手に渡らずにすんだのは、ひとえに彼が結婚した裕福な妻のおかげだった。彼はその妻を壊れものにでもふれるように扱い、妻のほうは機会あるごとに夫をいじめては楽しんだ。レディ・マチルダはさいわいなことに公爵の二度目の結婚で生まれた娘だった。彼女の母親はたいそう感じのよい女性だったし、女優としてもひじょうに成功した人で、本物の公爵夫人よりもはるかに公爵夫人らしく見える役を演じることができた。

　二人は昔の思い出話に花を咲かせた。気にくわない教師たちをいじめたこと、同級生のだれかれを見舞った幸福な結婚や不幸な結婚のこと。マチルダは『ゴータ貴族名鑑』から仕入れておいたいくつかの縁組のことを持ちだした――「だけど、もちろんエルザにとっては不幸な結婚だったにちがいありませんわ。相手はパルマのブルボン家の一人じゃなかったかしら？　たしかにそうでしたよ、でもあの結婚は先が見えていましたわ。とても不幸な結末でしたよ」

コーヒーが運ばれた。すばらしくおいしいコーヒーにミルフィーユとクリーミイなケーキだった。

「残念だけどこのごちそうはいただけないわ」と、レディ・マチルダは恨めしげにいった。「医者がとてもうるさいの。ここにいるあいだは食餌療法をきちんと守らなければいけないっていうんですよ。でも、今日はお祭りみたいなものね。青春の復活のお祭り。じつはそのことに大いに興味があるんですけど。ついさきごろあなたを訪問したわたしの兄弟の孫が——彼をここへ連れてきた人はなんていう名前だったかしら、女伯爵で——たしかZで始まる名前だったと思うけど、どうしても思いだせませんわ」

「レナータ・ゼルコウスキ女伯爵——」

「そうそう、ゼルコウスキ女伯爵でしたわ。とても魅力的な若い女性なんでしょうね。その方が彼をあなたのところへ連れてきたんですってね。たいそう親切な方ですわ。彼はとても感激していました。それからあなたのすばらしい美術品にも。あなたの生き方や、あなたに関して耳にしたいろんなすばらしい噂から、とても強い印象を受けたようですわ。あなたのその運動——それをどう呼べばよいのかわかりませんけど。きらびやかな青年たち。黄金の美青年たち。彼らはあなたのまわりに群れ集まって、あなたを崇拝しているんだそうですね。さぞすばらしい生活にちがいないわ。わたしなんかそんな生活はとても無理ですわ。ひっそりとおとなしく暮らしていなければなりませんもの。なにしろリューマチ性の喘息でしょう。それに経済的な問題もあります。先祖代々の邸を維持してゆくのも難しいくらいですもの。イギリスの生活がどんなものか、あなたもごぞんじでしょう――ひどい重税に苦しめられていますよ」

「ええ、あなたのご兄弟のお孫さんいう人ならおぼえていますよ。とても感じのよい人でした。たしか外交官でしたね？」

「そうです。でも――あなたにはおわかりでしょうけど、彼の才能が正しく認められているとは思いませんわ。本人はなにもいいません。べつに不平もいわないけど、内心では自分が――つまりその、正当に評価されていないと感じています。いま政権の座にある人々は、いったいどういう人間なのでしょうね？」

「俗物《カナーユ》ですよ！」と、ビッグ・シャルロッテはいった。

「生活の手腕を持たないインテリたち。これが五十年前ならもっと違っていたでしょうけど」と、レディ・マチルダはいった。「いまの世の中では、彼は実力どおりに出世しているとはいえませんわ。もちろんこれは内緒ですけど、彼は不信の目で見られてさえいるんです。ほら、例の反体制的、革命的傾向とでもいうのかしら、あれを支持しているんじゃないかと疑われているくらいなんですよ」

「それじゃ彼は、いわゆる現体制に不満を抱いているというわけなの？」

「しっ、そんなことは大きな声ではいえませんわ。少なくともわたしは」と、レディ・マチルダがいった。

「面白いお話ね」

マチルダ・クレックヒートンは溜息をついた。

「まあ身内の老人のひいき目と考えてくださってもいいんですけどね。スタッフィは昔からわたしのお気に入りだったんです。あの子は魅力的でウィットに富んでいますからね。それにアイディアも豊富なんですよ。彼の頭の中には未来が、現在の世の中とはまったく違う未来が思い描かれているんです。わたしの国は、政治的に見てとても悲しむべき状態にあります。スタフォードはあなたのおっしゃったこと、あなたに見せていただいたものから深い感銘を受けたようでしたわ。あなたは音楽のために大いに尽力していらっしゃるんですってね。わたしたちに必要なのは優秀民族の理想だとわたしは思いますわ」

「優秀民族は存在しなければならないし、また存在することが可能です。アドルフ・ヒトラーは正しい思想の持主でした」と、シャルロッテはいった。「ヒトフー自身は取るに足らない人間でしたけど、その性格の中に芸術家的素質を持っていました。それに疑いもなく指導者としての力を持っていたのです」

「そうね。指導力、わたしたちに必要なのはそれですわ」

「あなたの国はこの前の戦争で同盟を結ぶ国をまちがえたのですよ。イギリスとドイツが手をたずさえていたら、この二つの国が、正しい理想を持った二つのアーリア人種の国が、同じ青年の理想、力の理想を共有していたら、今日わたしたちの国はどうなっていたと思います？　でも、それさえ視野が狭すぎるというものかもしれません。ある意味で共産主義者やその他の人々がわたしたちに教訓を与えたのです。全世界の労働者よ団結せよ？　しかしこれではあまりに視点が低すぎます。労働者はわたしたちの素材にしかすぎません。〝全世界の指導者よ団結せよ！〟こうでなくてはいけません。指導者としての天分と、純粋な血を持つ若者たち。そしてわたしたちは出発しなければなりません。途中で止まって、針のひっかかった蓄音機のように同じことばかり繰りかえしている中年男は置き去りにして。わたしたちは勇敢な心と高い思想を持ち、喜んで前進し、喜んで命を投げだすかわりに人を殺しもする学生や若者たちを探し求めなければなりません。平然として人を殺せる人間——なぜなら攻撃精神と暴力を抜きにして勝利はありえないからです。あなたに見せたいものがあります——」

彼女は相当な苦心の末ようやく立ちあがることに成功した。レディ・マチルダも彼女を見ならって、ちょっと不自由そうに立ちあがった。

「あれは一九四〇年の五月」と、シャルロッテがいった。「ヒトラー・ユーゲントが第二段階に入ったときのことです。ヒムラーがヒトラーから有名な親衛隊《エス・エス》創設の許可をもらったときのことでした。ＳＳは東方民族、すなわち世界の奴隷と定められた人間の殺戮を目的として設立されたものでした。それによってドイツ支配民族に土地が明け渡されるはずだったのです。ＳＳの死刑執行機関が生まれました」彼女の声がちょっと低くなった。それは束の間、宗教的な畏敬の念を内に秘めていた。

レディ・マチルダはあやうく十字を切りそうになった。

「すなわちＳＳ髑髏部隊です」と、ビッグ・シャルロッテはいった。

彼女はゆっくりと、大儀そうに部屋のはずれまで歩いて行き、壁に飾ってある黄金の額縁入りの、上にしゃれこうべをあしらった髑髏部隊の記章を指さした。

「ごらんなさい、これはわたしのもっとも大切な財産です。こうして壁にかけておいて、わたしの輝かしい青年部隊がこの部屋に入ってきたら、これに敬礼させるのです。それからこの城の書庫には、髑髏部隊の記録がたくさん保管されております。その中には気の弱い人は読むに耐えないようなものもあるけど、わたしたちはそういったものを受け入れることを学ばなければなりません。ガス室の死、拷問室、ニュールンベルク裁判はこういった事柄を悪意をこめて語っています。でもそれはひとつの偉大な伝統でした。苦痛を通しての力。彼らはひるんだり、敵にうしろを見せたり、臆病風にとりつかれたりしないように、若いうちからみっちり訓練されています。マルキシズムの教義を説くレーニンでさえ、〝弱気を追っぱらえ！〟といっています。それは完全な国家を作るための、彼の主要なルールのひとつでした。でもわたしたちはあまりに視野が狭すぎたのです。わたしたちは偉大な夢をドイツ支配民族だけに限ってしまった。しかしほかにも民族があるのです。彼らもまた、苦痛と暴力と充分に考慮されたアナーキーの実行を通じて、支配者の域に達することができるのです。わたしたちはすべての弱々しい制度を打倒しなければなりません。より屈辱的な信仰形態を引きずりおろさなければならない。力の信仰、ヴァイキングたちの古い信仰があります。それからわたしたちには、まだ若いけれども、日ごとに力をつけつつある指導者がいます。ある大人物はかつてどういったか？　道具さえ与えてくれれば、仕事はわれわれの手でかたづけます。（大戦中にチャーチルがルーズヴェルトに向かってラジオで呼びかけた言葉）たしかこうだったと思います。ところがわたしたちの指導者はすでに道具を持っています。彼はもっと多くの道具を手に入れるでしょう。飛行機や、爆弾や、化学兵器などを。彼は部下を戦わせるでしょう。輸送手段も手に入れるでしょう。船舶や石油も手に入れるでしょう。彼はアラジンの魔神を手に入れるのです。彼がランプをこすると魔神が姿を現わすのです。欲しいものはなんでも手に入ります。生産手段も、富を入手する手段も、わたしたちの若い指導者、生まれながらの素質をそなえた指導者も。彼はすべてを手に入れるのです」

彼女は喉をぜいぜい鳴らして咳きこんだ。

「ほら、わたしにつかまって」

レディ・マチルダは彼女を支えて椅子に連れ戻した。シャルロッテはかすかにあえぎながら腰をおろした。

「年をとるということは悲しいものです。でもわたしは死にませんよ。新しい世界と新しい創造の勝利をこの目で見るまでは決して死にません。あなたがご兄弟のお孫さんのために望んでいるのはそれでしょう？　わたしがちゃんと面倒を見てあげます。彼自身の国で権力を握ること、彼が望んでいるのはそれでしょう？　あなたはそこで人々の先に立つ者を応援する覚悟がありますか？」

「昔はわたしにも影響力があったけど、いまは——」レディ・マチルダは悲しげに首を振った。「それもすっかり失くなってしまいましたわ」

「その力はまたよみがえってきますよ、マチルダ」と、彼女の友だちはいった。「あなたがわたしに会いにきたのは正しかった。わたしはある程度の影響力を持っています」

「偉大な運動ですわ」と、レディ・マチルダはいった。それから溜息とともに呟いた。

「若きジークフリート」

「昔のお友だちに会えてさぞ楽しかったでしょうね」と、ホテルへ帰る車の中でエミーが話しかけた。

「わたしがあそこで話したばかばかしいたわごとを聞いていたら、あなたはきっと耳を疑ったでしょうね」と、レディ・マチルダ・クレックヒートンは答えた。

16　パイカウェイは語る

「フランスからのニュースは最悪だ」パイカウェイ大佐は上着から葉巻の灰をぱっぱっと払いのけながらいった。「そういえばこの前の戦争のときにウィンストン・チャーチルもそういったっけ。わかりやすい言葉で、しかも必要以外のことはいっさいいわずに話せる人間が、あのころ少なくとも一人はいたわけだ。あれはじつに印象的な言葉だった。もうずいぶん昔のことになってしまったが、わたしは今日、もう一度その言葉を繰りかえすつもりだ。フランスからのニュースは最悪だ」

彼は咳きこみ、喉をぜいぜいいわせながら、また葉巻の灰を払った。

「イタリアからのニュースも最悪だ」と、彼は続けた。「ソ連からのニュースも、もし彼らがニュースを公表するとしたら、おそらく最悪だろう。あの国でもいろいろ問題がおこっている。学生の街頭デモ行進、商店のウィンドーの破壊、各国大使館の襲撃など。エジプトからのニュースも最悪、イェルサレム、シリアからのニュースも最悪だ。ま、程度の差こそあれ、それがふつうなんだから、われわれもあまり心配する必要はないだろう。アルゼンチンからのニュースは一風変わっている。大いに変わっているというべきだろうな。アルゼンチン、ブラジル、キューバ、この三国は協力関係を結んだ。そして黄金青年連邦とかなんとか自称している。連邦軍もちゃんとあってね。訓練がゆきとどき、武器も豊富で、優秀な指揮官のいる軍隊だ。飛行機もあれば爆弾もある。しかも困ったことには、飛行機や爆弾でなにをするかということを、彼らの大部分が知っているらしいのだ。それから音楽部隊もあるらしい。ポップ・ソングや、地方の古い民謡や、昔の軍歌などを歌うやつだ。彼らは昔の救世軍のように行進するらしい――といっても救世軍を冒瀆する気は毛頭ないがね、わたしは。救世軍はいつもすばらしい奉仕活動をしてきた。それから女子部隊も――かわいいボンネットなんかかぶってね」

彼はなおも続けた。

「わが国をはじめとして、文明諸国でもなにかそのようなことがおこりつつあると聞いた。たしかにいくつかの国はまだ文明国と呼ばれるにふさわしいと思うのだが、どうかね？　先日わが国の政治家がつぎのように語ったのをわたしはおぼえている。われわれイギリス人はすばらしい国民だ、なぜならわれわれは寛大だったからであり、ほかになにかもっとましなことがないときにかぎって、デモをやったり物を壊したり人を殴ったたりしたからであり、暴力を誇示することによって勇敢さを除き、衣服の大部分を脱ぐことによって道徳的純潔を除いたからであると。わたしにはいったい彼がなにをいわんとしたのかさっぱりわかりかねるが——政治家というのはわれわれに理解できるようなことはめったにいわんからな——しかし一応はもっともらしく聞こえる。だからこそ彼らは政治家なんだろうが」

彼は言葉を切って、それまで話しかけていた相手の顔をみつめた。

「悲しむべきことだ——いやはや嘆かわしい」と、サー・ジョージ・パッカムはいった。

「まさかほんとうとは信じられん——心配だ——せめて——きみのニュースはそれだけかね？」

「まだ足らんかね？　きみを納得させるのはひと仕事だな。世界的なアナーキーが進行しつつある——これが現状だよ。まだ少し揺れ動いていて、その状態がすっかり固まったとはいえないが、ひじょうに近いのだ」

「しかし打つ手はあるんだろう？」

「きみが考えているほど簡単ではないね。催涙ガスを使えば一時的に暴動を食いとめて、警察にチャンスを与えることはできるだろう。それからもちろん、われわれには細菌兵器や核爆弾や、その他もろもろの新兵器がある。しかしわれわれがこういったものを使いはじめたらどうなると思う？　デモ行進をする青年男女や、買物にでかけた主婦の群や、家にこもっている年金生活者の老人たちや、もったいぶった政治家たちの大多数や、それにきみやわたしをも含めて、大量殺戮ということになってしまうんだよ——ハハ！

それはともかく」と、パイカウェイ大佐はつけくわえた。「きみの求めているのがニュースだけだとしたら、そちらにはきょう届いたばかりのホット・ニュースがあると思うんだがね。ドイツからの極秘ニュース、ハインリヒ・シュピース氏みずからのロンドン入りという重大ニュースが」

「いったいどこでそのことを聞きつけたのかね？　これは極秘も極秘の——」

「ここの人間はなんでも知っているよ」パイカウェイはお気に入りのせりふをつけくわえた——「われわれはそれで飯を食っているんだからね。たしか御用学者を一人お伴に連れて——」

「そう、ライヒャルト博士といって、トップ・クラスの科学者とかいう話だが——」

「いや。医者だよ——精神病院の——」

「やれやれ——心理学者かね？」

「おそらくね。精神病院を経営している医者というのはたいてい心理学者だ。うまくいけば彼を連れてきて、わが国の若い煽動家たちの頭を調べさせることができる。なにしろ彼らの頭にはドイツ哲学や、ブラック・パワー哲学や、死んだフランス作家たちの哲学がいっぱい詰まっているからな。もしかしたら、わが国の法廷の責任者でありながら、若者も生計を立てなければならないだろうから、若者の自我を傷つけるおそれのあることをしないように気をつけなければならないなどといっている法律の大家たちの頭も、その医者に調べてもらうつもりかもしれんよ。いっそ学生たち全部に国民救助法の適用を受けさせてやれば、彼らも教室へ戻って、なにもせずに好きな哲学書を読んで楽しくやれるというもんだ。もっともわたしは時代遅れの人間だからな。わかっているよ、きみにそういわれなくたって」

「新しい物の考え方も考慮に入れておかなければいかんさ」と、サー・ジョージ・パッカムはいった。「人は感じる、つまり希望を持つ——どうもうまくいえないが——」

「さぞ気が揉めるだろうね」と、パイカウェイ大佐がいった。「うまくいえないことがたくさん見つかると」

電話が鳴った。彼は受話器をとって用件を聞き、サー・ジョージとかわった。

「もしもし」と、サー・ジョージがいった。「そうですが？ ああ、それでいいでしょう。たぶん——いやいや、内務省はまずい。内密にやらんと。そうですな、わたしの考えでは——その——」サー・ジョージは用心深く周囲を見まわした。

「この家は盗聴されておらんよ」と、パイカウェイ大佐が愛想よくいった。

「暗号名はブルー・ダニューブです」サー・ジョージはしゃがれ声で囁いた。「ええ、パイカウェイを一緒に連れて行きます。もちろんそうです。彼と話してください。そう、彼にぜひきてもらいたい、ただしこの会議は極秘だというんですな」

「それじゃわたしの車は使えんな」と、パイカウェイがいった。「人に知られすぎている」

「ヘンリー・ホーシャムがフォルクスワーゲンで迎えにきてくれる」

「結構」と、パイカウェイ大佐はいった。「興味津々だな、これは」

「まさかきみは――」といいかけて、サー・ジョージはためらった。

「まさか、なんだね？」

「なにね――ちょっとその、わたしは――よかったらその――服ブラシをかけたらどうかね？」

「ああ、これか」パイカウェイ大佐は自分の肩をぽんと叩いた。すると葉巻の灰がもうもうと舞いあがって、サー・ジョージを窒息させた。

「おい、ナニー」と、パイカウェイ大佐が叫んだ。彼は机の上のブザーを乱暴に押した。

服ブラシを持った中年の婦人が、アラジンのランプで呼びだされた魔神のようにだしぬけに姿を現わした。

「呼吸《いき》を止めてください、サー・ジョージ」と、彼女はいった。「喉がひりひりするかもしれませんよ」

彼女がサー・ジョージのためにドアを開けてやると、彼は部屋の外へ出た。中では彼女にブラシをかけてもらいながら、パイカウェイ大佐が咳きこんでぶつぶついっていた。

「まったくこうるさい連中だな。いつも人に床屋のモデル人形みたいにきちんとした恰好をさせておきたがるんだから」

「それでも床屋のモデル人形のつもりかね、パイカウェイ大佐？　そろそろわたしがきみの服装をうるさくいうのに慣れてもらう必要がある。内相は喘息もちだからね」

「しかし、それは自業自得というもんだろう。ロンドンの街から大気汚染をなくすためにしかるべき手を打たないからだよ。

さあ、わがドイツの友人がなにをいいにきたのか聞きに行こうじゃないか、サー・ジョージ。なにか重大な話がありそうだな」

17　ヘル・ハインリヒ・シュピース

ヘル・ハインリヒ・シュピースは悩める男だった。彼はその事実を隠そうともしなかった。五人の男が一堂に会しこれから検討しようとしているテーマが、きわめて憂慮すべきテーマであることを、彼は公然と認めていた。それと同時に、彼は一種の安心感を胸に秘めてロンドンにやってきたのだが、この楽天主義は最近のドイツにおける困難な政治生活を無難に切り抜けるうえで、大いに役に立った資質でもあった。彼は堅実な、思慮深い男であり、自分が出席したいかなる会議にも良識を持ちこむことのできる人物であった。決して才気煥発の政治家ではなかったが、そのことがかえってたのもしい印象を与えた。どこの国を例にとっても、国家的危機のおよそ三分の二は才気煥発の政治家に責任があった。残る三分の一は、民主政治によってしかるべく手続きを踏んで選出されたにもかかわらず、判断力、良識、頭脳の貧しさをごまかせなかったという事実を、国民の目からおおい隠すことのできなかった政治家たちによって引きおこされたものだった。

「これはいかなる意味でも公式の訪問ではないことを、まずご了承いただきたいのです」と、ドイツ首相はいった。

「もちろんわかっております」

「あなた方にもぜひお知らせしなければならない事実が明らかになりました。それはわれわれを苦しめ悩ましてきた一連の事件に、はなはだ興味深い光を投げかけるような事実なのです。ライヒャルト博士をご紹介します」

紹介がおこなわれた。ライヒャルト博士はときおり、「ああ、そう《アッハ・ゾー》」という言葉をはさむ癖のある、感じのよい大男だった。

「ライヒャルト博士はカールスルーエの近くで大きな病院を経営しております。そこで精神病患者の治療に当たっているのです。たしか患者数は五百人から六百人のあいだといいましたな、博士？」

「そうです《アッハ・ゾー》」

「そこでは精神障害のさまざまな形態が見られるのでしょうな？」

「そうです《アッハ・ゾー》。症例はいろいろあります、しかしわたしはある特定の精神障害に特別な関心を抱き、それのみの治療に専念しております」彼は途中からドイツ語で話しはじめたので、イギリス側の出席者の中にドイツ語を解さぬ人がいるのではないかと懸念したドイツ首相が、やがて話の内容を簡単に通訳しはじめた。これは必要であると同時に如才ない配慮でもあった。五人のうち一人は部分的に理解できたが、一人はまったくドイツ語を解さず、あとの二人も途方に暮れていたからである。

「ライヒャルト博士は」と、ヘル・シュピースは説明した。「われわれ門外漢が誇大妄想狂と呼んでいる病気の治療で、輝かしい成果をあげております。つまり自分を自分以外のだれか、もっと重要な人間だと思いこんでいる患者です。もし被害妄想狂を――」

「違《アッハ・ノー》います！」と、ライヒャルト博士がさえぎった。「被害妄想狂、ノー、わたしはその患者を扱いません。わたしの病院には被害妄想狂はおりません。わたしがとくに関心を持っている患者グループの中にはいないのです。むしろこの患者たちが妄想を抱くのは、幸福になりたいからなのです。事実彼らは幸福だし、わたしは彼らを幸福なままにしておいてやることができます。しかしわたしが彼らの病気を治してやると、彼らは幸福ではなくなってしまうのです。ですから彼らが正気を回復しながら、なおかつそれまでと同じように幸福でいられるような治療法を発見しなければなりません。われわれはこのような精神状態を称して――」

彼は少なくとも八音節からなる長ったらしい、すさまじい響きを持つドイツ語の単語を口にした。

「しかしイギリスの友人たちのために、わたしはあえて誇大妄想狂という言葉を使うことにします、もちろん」と、ヘル・シュピースは急いでつけくわえた。「あなたが現在この言葉を使っていないことは承知のうえでですよ、ライヒャルト博士。それで、あなたの病院には六百人の患者がいるわけですな」

「そして過去のある時期、これからお話しする時期には、八百人の患者がいました」

「八百人も！」

「さよう、じつに興味深かったですな」

「たとえばどんな患者がいますか？」

「全能の神がいます」と、ライヒャルト博士が説明した。「おわかりですか？」

レーゼンビー氏はいささか不意をつかれた恰好だった。

「ああ――なるほど、なるほど。いや、面白い話ですな」

「もちろん、若い患者で一人か二人、自分がイエス・キリストだと思いこんでいるのがいます。しかしこれは全能の神ほど数が多くありません。わたしがこれからお話ししようとする時期には、二十四人のアドルフ・ヒトラーがいました。断わっておきますが、これはヒトラーが生きていた時代のことです。そう、二十四人か二十五人のアドルフ・

ヒトラーたち――」彼はポケットからとりだした小さなノートを調べた――「ここにメモがあります。ナポレオンが十五人。ナポレオンはいつの時代でも人気がありますな。それからムッソリーニが十人、ジュリアス・シーザーの生まれかわりが五人、ほかにも興味深い患者がたくさんおります。しかし、さしあたりそれは省略しましょう。専門的な知識をお持ちにならないみなさんには、さして面白くもないでしょうから。それより問題の事件に話を進めましょう」

　ライヒャルト博士がやや短めに話にひと区切りつけると、ヘル・シュピースがそれを通訳した。

「ある日博士のところへ、一人の政府の役人がやってきました。当時――いいですか、これは戦争中の話ですよ――政府内でひじょうに重きをなしていた人物です。さしあたりこの人物をマルチン・Bと呼ぶことにしましょう。といえばだれのことかおわかりだと思いますが。彼は自分の上司を一緒に連れてきました。じつをいうと――そうですな、もってまわったいい方はよしましょう――彼は総統その人を一緒に連れてきたのです」

「そうです《アッハ・ゾー》」と、ライヒャルト博士が相槌を打った。

「総統が病院へ視察にくるということは、たいへんな名誉だったのです」と、博士はつづけた。「総統閣下《マイン・フュラー》はいたって愛想がよく、わたしの業績を高く評価する報告を聞いているといってくれました。それからじつは最近困ったことがおきている、といいだしたのです。つまり軍部に頭のおかしな人間が続出しているというのです。一度ならず自分をナポレオンだと思いこんだり、あるいはナポレオン麾下《きか》の元帥だと思いこんでいる人間が現われ、そういった連中が勝手に命令を発して、その結果軍事上のさまざまの困難を引きおこしているという話でした。わたしは自分の専門的知識でなにかのお役に立てるならうれしいと答えたのですが、一緒にきたマルチン・Bがその必要はないといいました。われらの偉大な総統は」そこでライヒャルト博士は、いささか不安げにヘル・シュピースの顔色をうかがった。「そのような専門的な解説を聞くことを望まなかったのです。それよりも神経科医としてある程度の経験を積んだ専門家にきてもらって、診察してもらうほうがよいだろうと彼はいいました。彼がわざわざわたしの病院にやってきたのは、自分の目で病院内を見て回りたいためでしたが、彼がいちばん見たがっていたものがなんであるかが、わたしにはすぐにわかりました。驚くには当たりませんでした。なぜなら、われわれの目から見れば、それも徴候のひとつだったからです。生活の緊張はすでに総統の健康に影響しはじめていたのです」

「そのころ彼は自分が全能の神であると思いはじめていたのでしょうな」と、思いもかけずパイカウェイ大佐が口を出し、くすっと笑った。

ライヒャルト博士は驚いたような表情をうかべた。

「彼はわたしにいくつか訊きたいことがあるといいました。マルチン・Bから聞いたところによると、この病院には、ありのままにいえば、自分をアドルフ・ヒトラーと考えている患者が大勢いるそうだが、と彼はいうのです。そこでわたしは、それは少しも異常なことではなく、彼らがヒトラーに対して抱いている敬意と崇拝の念を考えれば、ヒトラーのような人間になりたいという熱望が、やがてヒトラーと自分を同一視するところまでゆくのは少しも不思議ではないと答えました。じつをいうとそう答えたときわたしは少々心配だったのですが、彼がひじょうに満足そうな表情をうかべるのを見てほっとしました。ありがたいことに彼は、彼と同一化したいというこの渇望を、一種の讃辞と受けとってくれたのです。つぎに、彼はこの妄想にとりつかれた患者たちの代表に会わせてもらえないかとたずねました。われわれはそのことについてちょっと相談をしました。マルチン・Bはあまり気が進まないようすでしたが、わたしを脇のほうへ呼んで、ヒトラーは本気でそれを望んでいるのだといいました。彼が心配していたのは、ヒトラーが危険な目にあいはしないかということでした。もしこの自称ヒトラーたちが、自分がヒトラーなのだと熱狂的に信じこむあまり、多少暴力的な、あるいは危険なことをやりかねないとしたら……わたしはその心配はないと断言しました。自称総統たちの中からいちばん愉快な連中を何人か選びだし、ひとつの部屋に集めておいて本物の総統に会わせてはどうかという案を出しました。マルチン・Bは、総統はわたしを抜きにして彼らと親しく語り合うことを強く望んでいるのだといいました。病院長がそばにいたら患者たちは自然に振舞わないだろうし、どのみち危険はないというのなら……わたしは絶対に危険はないと保証しました。ただしマルチン・Bにはそばにいてもらいたいと。その点は別に問題はありません。こうして手筈は決まりました。病院の総統たちに、ある重要人物がきみたちと意見を交換したいといって訪ねてきているから、病院の一室に集まるようにという連絡が伝えられました。

こうしてマルチン・Bと総統は患者たちに紹介されたのです。わたしは部屋の外へ出てドアを閉め、彼らに随行してきた二人の副官たちとおしゃべりをしておりました。総統はひじょうに気がかりな状態にあるようだ、とわたしは副官たちにいいました。そのころ彼は疑いもなくさまざまな問題を抱えていたのです。それはたぶん終戦の直前、率直にいって情勢が悪化の一途を辿っていたころのことだったでしょう。総統自身もこのところ深く心を痛めているが、しかし彼が常々参謀本部に示している作戦がただちに受け入れられるならば、この戦争を勝利に導くことができると確信している、と彼らはわたしにいいました」

「総統は、おそらく」と、サー・ジョージ・パッカムがいった。「その当時——つまりその——疑いもなく——」

「あらためて強調するまでもありません」と、ヘル・シュピースがいった。「彼は完全に常軌を逸しておりました。しかしそれはあなた方がわたしの国でおこなった調査をごらんになればわかることです」

「そういえばニュールンベルク裁判のときに——」

「ニュールンベルク裁判を持ちだす必要はないでしょう」と、レーゼンビー氏が断を下した。「それははるか昔のことです。われわれはお国の政府に助けられて、それからムシュー・グロジャンの政府やほかのヨーロッパ諸国の政府の援助を受けて、共同市場の輝かしい未来に期待をかけているのです。過去は過去として、そっとしておきましょう」

「ごもっともですが」と、ヘル・シュピースはいった。「われわれがいま話しているのは過去についてです。マルチン・Bとヘル・ヒトラーはその部屋にごく短時間しかいませんでした。彼らは七分後に部屋から出てきたのです。マルチン・Bはライヒャルト博士に向かって、たいへん有意義な経験だったといいました。車が待っているので、すぐにつぎの約束の場所へ行かなければならないといって、彼らは急いで病院を立ち去ったのです」

一瞬沈黙が流れた。

「それから？」と、パイカウェイ大佐が質問した。「なにかがおこったのですか？　それともすでにおこったあとだったのですか？」

「ヒトラー病患者の一人が不審な挙動を示すようになりました」と、ライヒャルト博士がいった。「彼はなかでもヒトラーによく似た男だったので、総統としての言動には確固たる自信を持っていました。その男が前にもまして自分は総統だと強く主張し、すぐにベルリンへ行って、参謀本部会議の議長を務めなければならないなどといいだすようになったのです。事実それまでかすかながら認められていた病状の好転がすっかり影をひそめてしまったのです。まるで人がちがったようになってしまい、わたしにはなぜ急にこのような変化がおこったのかさっぱりのみこめませんでした。じつをいうと、その二日後、彼の親戚が今後は自宅療養に切りかえたいからといって本人を引きとりにきたときは、正直なところわたしもほっとしたくらいです」

「で、彼の退院を許可したわけですな」と、ヘル・シュピースがいった。

「もちろん退院させました。親戚の人たちは信頼のおける医者を連れてきてましたし、彼は認定患者ではなく自発的な入院患者でしたから、当然自分の意思で退院することもできたわけです。こうして彼は病院から出て行きました」

「どうもわかりませんな――」と、サー・ジョージ・パッカムがいった。

「ヘル・シュピースがひとつの推理を――」

「これは推理ではありません」と、シュピースはいった。「わたしがこれからお話しすることは事実なのです。ロシア人はその事実を隠し、われわれもそれを隠してきました。多くの証拠が手に入りました。ヒトラーは、われわれの総統は、その日みずからの意思で精神病院にとどまり、本物のヒトラーにいちばんよく似た患者がマルチン・Bとともに病院から出て行ったのです。その後総統官邸の地下壕から発見された死体は、その患者の死体なのです。遠まわしないい方はよしましょう。これ以上詳しく述べる必要はありますまい」

「われわれはみな真相を知らなければなりません」と、レーゼンビーがいった。

「本物の総統は前もって準備された秘密ルートで、アルゼンチンへ密入国し、そこで数年間暮らしました。そのあいだに名門の出であるアーリア人種の美しい女性に、息子を一人生ませております。一説によれば彼女はイギリス人だったそうです。ヒトラーの精神異常はますます悪化し、ついには完全な狂人となって、戦場で軍隊の指揮をとっているものと思いこみながら死にました。彼がドイツから脱出する方法はおそらくそれしかなかったと思われます。だから彼はこの方法を受け入れたのです」

「しかし、その秘密がこれまで全然洩れなかったとおっしゃるのですか？」

「いろいろ噂は流れましたよ、噂というものはいつでもついてまわりますからね。おぼえておいででしょうが、ロシア皇帝の娘の一人は、皇室全員の殺戮を免れて生き残ったとされております」

「しかしそれは――」ジョージ・パッカムがいった。「嘘ですよ――まったくの嘘です」

「その噂は一部の人々によって嘘だということが証明されました。また別の人々はその噂を信じて受け入れましたが、どちらも彼女をよく知っていた人たちでした。すなわちそのアナスタシアは本物だという説と、皇女アナスタシアと名乗る女は、じつはただの農民の娘にすぎないという説が対立したのです。いったいどちらがほんとうだったのでしょうか？　それが噂というものです！　噂が長続きすればするほど、ロマンチックな心情の持主は別として、世間はしだいにそれを信じなくなるものです。ヒトラーは死んだのではなく、まだ生きているという噂がしばしば流れました。ヒトラーの死体を確認したと断言している人間は一人もいません。ロシア人が死体を確認したと公表しております。しかし、彼らは証拠を示しておりません」

「あなたはほんとに——ライヒャルト博士、この驚くべき説を支持なさるのですか？」

「その質問ですが、わたしはもう自分の役割を話しおえました。わたしの病院へやってきたのはまぎれもなくマルチン・Bでした。総統を連れてきたのもマルチン・Bでした。彼を総統として扱い、総統にふさわしい敬意をこめて彼に話しかけたのもマルチン・Bでした。わたしはすでに数百人のヒトラーや、ナポレオンや、ジュリアス・シーザーたちとともに暮らしてきました。わたしの病院にいたヒトラーたちは、どれもみな本物によく似ていた、ほぼ全員がアドルフ・ヒトラーとして通用しただろうという点に留意していただかねばなりません。彼らがあれほどの情熱をこめて自分がヒトラーであると固く信じることができたのは、メーキャップや、服装や、不断の演技などで、基本的にヒトラーと似ていたという事実があったればこそです。わたしはそれまでヘル・ヒトラーと直接会ったことが一度もありませんでした。われわれは新聞で彼の写真を見て、偉大な天才がどんな顔をしているのかだいたいは知っていますが、それは彼が見せようとした写真を知っているというだけのことです。そこへ彼がやってきた、彼は総統だった、その点に関してはいちばん信用がおけるはずのマルチン・Bが、彼を総統だといったのです。だからわたしは露ほども疑いませんでした。わたしは命令に従ったまでです。ヘル・ヒトラーはひとりで部屋に入って行って、自分の——なんといったらよいか——石膏コピーたちに会うことを望んだ。彼は部屋へ入って行き、そして出てきました。衣服を交換したということは充分考えられます、いずれにしろそれほど差のない服装でしたから。部屋から出てきたのは彼自身だったのか、それとも自称ヒトラーたちの一人だったのか？　マルチン・Bに急きたてられて車で立ち去るあいだ、本物の総統があとに残って、自分の役を楽しんで演じ、そしてこの方法によってのみ降伏を目前にした国から脱出できることを知っていたということは充分考えられます。彼はすでに怒りで精神の均衡を欠いていたので、彼が与える命令、幕僚にあてて発するめちゃくちゃな通達、彼らはなにをなし、なにをいうべきかという連絡、不可能なことをやれという指示は、昔のように即座には実行されなくなっていたのです。彼は自分がもはや最高指揮権を掌握していないことを感じていたはずです。しかし少数の忠実な側近がいて、その連中が彼をこの国から、ヨーロッパから、ほかの大陸でナチズムの信奉者たちを、彼を熱狂的に信じていた若者たちを自分のまわりに集結させることのできる場所へ、脱出させる計画を立てたのです。鉤十字の旗はそこでふたたび空にひるがえるだろう。彼は自分の役を演じた。そして疑いもなくそのことを楽しんでいたのです。そう、それはすでに理性を失いかけていた男にぴったりだった。彼は自分がほかのヒトラー病患者たちよりも上手にアドルフ・ヒトラーの役を演じられることを、彼らに見せつけたかったのです。彼はときどきひとり笑いをしました。わたしの病院の医者や看護婦たちは、彼の部屋をのぞいてみて、かすかな変化に気づいていたかもしれません。おそらく一人の患者の病状がいつになく悪化したくらいに思っていたことでしょう。それはとりたてて問題にするほどのことではありません。よくあることなのです。ナポレオンたちにも、ジュリアス・シーザーたちにも。彼らは日によってふだんよりもよけいに狂うことがあるのです。わたしにはそうとしかいえません。あとはヘル・シュピースからお聞きください」

「信じられん！」と内相がいった。

「さよう」と、ヘル・シュピースは辛抱強くいった。「しかし信じられないようなことが現実におこりうるのです。歴史上でも、現実の生活でも」

「しかもだれ一人それを疑わなかったし、知りもしなかったとおっしゃるのですか？」

「これは周到きわまる計画でした。先の先まで考えぬかれた計画だったのです。脱出ルートはちゃんと用意されていました。それは細部まではっきりわかってはいませんが、かなりの部分まで再現することができます。この計画に関係した人たち、変装させたり偽名を使わせたりして、ある人物をある場所からほかの場所へ動かした人たちのうちの何人かは、われわれが過去に遡って調査した結果、天命を全うしなかったことが判明しております」

「つまり彼らは秘密を洩らしたか多くしゃべりすぎるかしたために殺されたということですか？」

「それはSSの仕事でした。多くの報酬、賞讃、将来の高い地位の約束、そして――死ははるかに簡単な答です。SSは死を扱いなれていました。彼らは死をもたらすさまざまの方法を知っていたし、死体の処分方法も知っていた――この点についてはかなり前から調査が進められております。真相は徐々に明らかになりました。われわれは調査を重ね、証拠書類を入手し、ついに真相を明らかにしたのです。アドルフ・ヒトラーは疑いもなく南米に到達しました。そこで結婚式がおこなわれ――そして男の子が一人生まれたといわれております。子供の足には鉤十字の焼き印がおされました。まだ赤ん坊のうちにです。わたしは信頼のおける数人の情報員たちと会いました。彼らは南米で焼き印をおされたその足を見ております。子供はそこで育てられ、厳重に護られ、そなえられたのです――ちょうどダライ・ラマが生まれたときからその偉大な運命に対してそなえられるように。なぜならそれが狂信的な若者たちの背後にある思想だったからです。その思想は最初よりもはるかに大きくふくれあがっていました。つまり、単にネオ・ナチの復活、新しいドイツ支配民族ということではなかったのです。たしかにそれもあるにはあったが、ほかにもいろんなことがありました。それはほかの多くの国々の若者たち、ヨーロッパのほとんどすべての国の若者たちという支配民族が団結し、アナーキズムの戦列に参加し、古い物質万能の世界を破壊し、人殺しもいとわない暴力的な兄弟たちの偉大な新しい集団の先導となる、という思想だったのです。まず手はじめに破壊し、つぎに権力を握る。そして彼らはいまや一人の指導者を持っています。血統正しく、死んだ父親にはあまり似ていないが、母親の容貌を受けついだらしく、金髪のゲルマンの若者に成長した指導者を。彼はゴールデン・ボーイなのです。世界じゅうが受け入れることのできる若者なのです。ドイツ人とオーストリア人がまず最初に彼を受け入れるでしょう。なぜならこの若きジークフリートは彼らの信仰と音楽の重要な一項目だからです。彼はドイツ人とオーストリア人を指揮し、約束の土地へと導く若きジークフリートとして育ちました。彼らの軽蔑するユダヤ人の約束の土地、モーゼが信奉者たちを導いた約束の土地ではありません。ユダヤ人はガス室で虐殺され、地中に埋められました。これは彼ら自身の土地、彼ら自身の勇敢さによって獲得されるべき土地だったのです。ヨーロッパの国々は南米の国々と結ばれるはずでした。すでに彼らはそこでも彼らの尖兵、彼らのアナーキストたち、彼らの預言者たち、彼らのゲバラたち、カストロたち、彼らのゲリラ戦士たち、彼らの支持者たちを持っていました。残虐、拷問、暴力、死などの、長期にわたる苛酷な訓練と、そのあとにくる輝かしい生活。自由！　新世界国家の支配者としての、征服者としての自由」

「ばかばかしいにも程がある」と、レーゼンビー氏がいった。「いったん活動を中止させられたら――計画全体がたちまちくつがえってしまうでしょう。いやはや、まったくばかげています。彼らになにができますか？」セドリック・レーゼンビーの口調は不機嫌そのものだった。

ヘル・シュピースが、大きく賢明な頭を横に振った。

「質問にお答えしましょう――彼らも知らないのです。彼らは自分たちがどこへ行こうとしているのかを知らない。自分たちを利用してなにがおこなわれつつあるかを知らないのです」

「というと、彼らは真の指導者ではないのですか？」

「彼らは暴力と苦痛と憎しみの飛び石づたいに、栄光への道を進む若き英雄たちです。いまやヨーロッパと南米以外にも彼らに続く者が現われております。この信仰は北にも拡がりました。アメリカ合衆国でも、若者たちは騒ぎをおこし、デモをやり、若きジークフリートの旗に従っています。彼らは若きジークフリートのやり方を教えられ、殺し、苦痛を楽しむことを教えられ、髑髏部隊の規律、すなわちヒムラーの規律を教えられています。また彼らは訓練を受け、秘密裡に洗脳されております。しかしなんのために訓練されているのかを知りません。われわれは、少なくともわれわれの一部の者は、その目的を知っております。あなた方は？　この国ではその点どうですかな？」

「おそらく四、五人は知っているでしょう」と、パイカウェイ大佐が答えた。

「ソ連では知っているし、アメリカでも知りはじめました。彼らはゲルマン神話にもとづく若き英雄ジークフリートの信奉者たちがいること、若きジークフリートが指導者であることを知っています。そしてそれが彼らの新しい宗教であることも。栄光に包まれた若者、若者の輝かしい勝利という宗教。彼の中に古きゲルマンの神々がよみがえったのです。

しかし、もちろんそれが」と、ヘル・シュピースはふだんの声に戻っていった。「真相だと考えるのはまちがいです。この裏には何人かの有力な人物がひそんでいるのです。第一級の頭脳を持つ悪人どもが。一流の財政家、大実業家、鉱山、石油、ウラニウム鉱などを掌握し、超一流の科学者たちを抱えている人物、これらの人々が、表面は大して人目を惹かないが陰で実権を握っている委員会を構成しているのです。彼らは権力の源を掌握し、ある種の手段を通じて人を殺す青年たち、奴隷と化した青年たちを支配しているのです。彼らは麻薬を利用して奴隷を手に入れる。あらゆる国の奴隷たちが、弱い麻薬から強い麻薬へと少しずつ中毒を進行させていき、やがてはだれだかわからぬが自分たちの肉体と精神を秘密に所有している人々に、完全に従属し完全に依存するようになってしまうのです。ある特定の麻薬に対する強烈な欲求が彼らを奴隷にし、やがてこの奴隷たちが麻薬に頼るだけでなんの役にも立たなくなり、無気力な状態で甘い夢を見ることしかできなくなると、彼らは見殺しにされるか、あるいは背中を押されて死に追いやられるのです。彼らはみずからの信じる王国を引きつぐこともできません。奇妙な信仰が故意に彼らの頭の中に吹きこまれつつあります。古代の神々が変装して現われるという信仰が」

「そして解放的なセックスもその役割を演じているのでしょうな？」

「セックスは自滅します。ローマ時代には、悪徳にふけった人間、性欲の強すぎる人間、セックスを飽きるまで堪能した人間は、砂漠に出て行って柱上の行者聖シオメンのように隠遁生活に入ったものです。セックスはいずれ自滅します。しばらくは効果を発揮するが、麻薬のように人間を支配することはできません。麻薬とサディズムと暴力愛と憎悪。苦痛のための苦痛への欲望。苦痛を与える喜び。彼らは悪の喜びを独力で学びつつあるのです。いったん悪の喜びの味をおぼえたら最後、もう後戻りはできません」

「しかし、首相――わかりませんな――つまりわたしのいいたいのは、もしそういった傾向が現実にあるとしたら、強硬な手段を用いてそれを圧殺しなければならないということですよ。それを助長するようなことは許されません。断固たる態度でのぞむべきですよ」

「黙りたまえ、ジョージ」レーゼンビー氏はパイプをとりだして眺め、またポケットにしまいこんだ。「おそらく最善の道は」と、彼の固定観念がまた頭をもたげた。「わたしがソ連へ飛ぶことでしょう。これらの事実はロシア人にも知られている——と思いますが」

「彼らも充分に知っていますよ」と、ヘル・シュピースがいった。「どこまで知っているかを話すとは思えませんが。ロシア人を秘密主義の殻から引っぱりだすのは容易なことではありませんからな。彼らは彼らで中国との国境問題を抱えております。おそらく深刻化したこの動きに関しては、われわれよりも認識が遅れているのではないでしょうか」

「わたしはこれを首相の特別任務として遂行しなければなりませんな」

「わたしがきみならここにじっとしているがね、セドリック」ぐったりと椅子にもたれていたアルタマウント卿が静かな声でいった。その声には穏やかな権威が感じられた。「きみはイギリス政府の最高責任者だ——ここにとどまらなければなるまい。われわれには熟練した情報部員がいるではないか——外国任務に適した情報部員が」

「情報部員ですか？」と、サー・ジョージ・パッカムが疑わしそうに質問した。「この段階で情報部員になにができます？　それより報告を――ああ、ホーシャム君、そこにいたのか――気がつかなかったよ。われわれにはどんな情報部員がいるかね？　彼らになにができそうかね？」

「何人かの優秀な情報部員がおります」と、ヘンリー・ホーシャムが静かに答えた。「情報部員は情報をもたらします。ヘル・シュピースも情報をもたらしてくれました。それは彼の情報部員が彼のために入手した情報です。問題は――昔からそうでしたが――（この前の戦争について書かれたものを読めばすぐにわかります）情報部員のもたらすニュースをだれ一人信じようとしないことです」

「たしかに――情報部《インテリジェンス》は――」

「情報部員が頭のよい《インテリジェント》人間だとはだれも思いたがりません。ところが彼らは頭のよい人間なのです。彼らは高度の訓練を受けており、その報告は十中八九正しいのです。ところがどうでしょう。お偉方はそれを信じることを拒否し、信じることを望まず、それどころか報告にもとづいて行動することを嫌うのです」

「しかし、ホーシャム君、わたしは――」

ホーシャムはドイツ首相に向かって話しかけた。「お国でもそうではなかったでしょうか？　正しい報告がもたらされても、かならずしもそれにもとづいて行動がおこされるとはかぎらなかったのです。人々は知りたがらないのですよ――真実が不快なものである場合には」

「たしかにおっしゃるとおりだ――それはありうることだし現におこっている――そうしょっちゅうではないが――そう、ときどきは――」

　レーゼンビー氏がまたパイプをいじりはじめた。

「情報についての論議はやめましょう。これは情報の扱い方――入手した情報に即していかに行動をおこすかという問題です。これは単に一国の危機といったものではなく、国際的な危機なのです。トップ・レヴェルで決断が下されなければならない――われわれは立ちあがらなければならないのです。マンロー大佐、警察力は軍によって補強される必要がある――兵力の動員が必要なのだ。ヘル・シュピース、お国は昔から偉大な軍事国家でした――叛乱は手に負えなくなる前に武力で鎮圧されねばなりません。この方針にはあなたも賛成でしょうな――」

「もちろん賛成です。しかし暴動は、お言葉を借りれば、すでに〝手に負えなくなって〟いるのですよ。彼らはライフル、マシンガン、爆薬、手榴弾、化学兵器、毒ガスまで持っているのです」

「しかしわれわれの核兵器をもってすれば――単に核戦争の威嚇だけでも――そして――」

「彼らは単なる不満分子の学生たちではありませんぞ。この青年軍には科学者が――若い生物学者や化学者や物理学者がいます。ヨーロッパで核戦争を始めるということは――」ヘル・シュピースは首を振った。「われわれはすでにケルンで水道を汚染する試みをやってみました――チフス菌です」

「まったく信じられないことだ」セドリック・レーゼンビーは助けを求めるように周囲を見まわした。「チェトウィンド――マンロー――ブラントは？」

レーゼンビーにとってはいささか意外だったが、答えたのはブラント提督一人だけだった。

「海軍省がなんの役に立ちますかな――これはわれわれの仕事ではないようです。それよりもわが身が大事なら、パイプと大量の煙草を持って、あなたが開始しようと考えている核戦争の汚染範囲からできるだけ遠くへ逃げだすことですな。南極かどこか、放射能が追いつくまで時間がかかる場所へ行って、キャンプでもなさるがいい。エクスタイン教授がわれわれに警告をしたが、あれは誇張でもなんでもありませんぞ」

18 パイカウェイの解説

そこで会議は散会になった。再開の日時がとりきめられた。

ドイツ首相はイギリス首相、サー・ジョージ・パッカム、ゴードン・チェトウィンド、ライヒャルト博士と一緒に、ダウニング・ストリートへ昼食をとりにでかけた。ブラント提督、マンロー大佐、パイカウェイ大佐、それにヘンリー・ホーシャムの四人は、お偉方の前ではいえないようなことまで腹蔵なく話し合うためにその場にとどまった。

最初の発言はいささか問題の核心からずれていた。

「やれやれ、ジョージ・パッカムを連れていってくれたんでほっとしたよ」と、パイカウェイ大佐がいった。「くよくよ、いらいら、疑ったり憶測したり――ときおりうんざりするよ」

「きみも彼らと一緒に行くべきだったよ、提督」と、マンロー大佐がいった。「ゴードン・チェトウィンドとジョージ・パッカムでは、セドリックがロシア人や中国人やエチオピア人やアルゼンチン人相手の首脳会談に出かけてゆくのを引きとめられそうもないからね」

「わたしはほかにやることがあるのだよ」と、提督が声を荒げた。「昔の友だちに会いに田舎へ行く予定なのだ」彼は探るような目でパイカウェイ大佐を見た。

「さっきのヒトラーの話だが、きみも初耳だったのかね、パイカウェイ？」

パイカウェイ大佐は首を振った。

「そうでもないね。われわれはアドルフ・ヒトラーが南米に現われて、鉤十字の旗を掲げているという噂を何年も前から知っていたよ。それが事実だという確率は五分五分だった。その男は狂人だったにせよ、山師だったにせよ、あるいは本物のヒトラーだったにせよ、間もなく死んだ。それについてはいやな噂もある――つまり彼はもはや信奉者たちにとって価値ある存在ではなかったという説もあるのだ」

「それにしても〝地下壕の死体はだれだったか？〟というのは興味ある問題だな」と、ブラント提督がいった。「結局確認はされていない。死体を処理したのはソ連軍だ」

彼は立ちあがってほかの者にうなずき、ドアのほうへ歩いて行った。

マンローが思案顔でいった。「おそらくライヒャルト博士が真相を知っているだろう

——もっとも彼はなかなか慎重だったが」

「ドイツ首相はどうですかね?」と、ホーシャムがいった。

「賢い男だ」ブラント提督がドアの前でふりむいていった。「彼は自分の国を思いどおり動かしていた。そこへこの若者たちが文明世界を相手にゲームを始めたというわけさ——気の毒に!」彼は抜目なくマンロー大佐を見た。

「その金髪の神童はどうなのかね? ほんとにヒトラーの息子なのか? 彼のことはすべてわかっているのかね?」

「心配はいらんよ」と、思いがけずパイカウェイ大佐がいった。

提督はドアの把手をはなして戻ってくると、また腰を落ち着けた。

「とんでもない」と、パイカウェイ大佐がいった。「ヒトラーに息子などいなかった」

「断言はできないだろう」

「できるとも——フランツ・ヨーゼフ、若きジークフリート、偶像視されている指導者は、ありふれたペテン師かけちな山師にすぎんよ。彼はアルゼンチンの大工と、美人だが才能のないブロンドのドイツ人オペラ歌手とのあいだに生まれた息子だ——美貌と歌うような声は母親ゆずりだと見える。彼は慎重な選考を経てこの役をあてがわれ、スターダムにのしあがるように仕込まれた。もっと若いころはプロの俳優だった——足に鉤十字の焼き印をおされた――これは彼のためにでっちあげられたロマンチックなエピソードにみちた物語なのさ。彼はダライ・ラマ並の扱いを受けてきたんだよ」

「証拠はあるのかね？」

「完全な証拠書類が揃っている」パイカウェイ大佐はにやりと笑った。「わたしの最も優秀な情報部員の一人が手に入れたんだ。宣誓供述書、複写写真、母親のも含めた署名入り供述書、足の傷痕ができた時期に関する医師の診断書、カール・アギレーロスの出生証明書のコピー――それにフランツ・ヨーゼフなる人物とこのカール・アギレーロスが同一人物であるという署名入り証言などだ。あらゆる証拠が揃っている。わたしの情報部員がぎりぎり間に合うようにそれを持ちだした。敵は彼女を追ってきた――フランクフルトで幸運に恵まれなければつかまっていたかもしれなかった」

「で、その証拠書類はいまどこにあるのかね？」

「安全な場所に保管されている。第一級のぺてん師の化けの皮をひんむいて、世間をあっといわせるときを待っているのだ――」

「政府はそのことを知っているのか――首相は？」

「わたしは政治家には知っていることをすべては話さない主義なんだ――どうしても話さざるをえないか、あるいは政治家が抜かりなくやってくれるだろうと確信できるまではね」

「きみも相当な古狸だな、パイカウェイ」と、マンロー大佐がいった。

「そういう人間が一人ぐらいは必要だよ」と、パイカウェイ大佐は憂鬱そうに答えた。

19　サー・スタフォード・ナイの客

　サー・スタフォード・ナイは来客をもてなしていた。客は彼が顔をよく知っている一人をのぞけば、あとは一度も会ったことのない連中ばかりだった。端正な顔だちの青年たちで、みな真面目で頭がよかった。少なくとも彼はそう判断した。髪はきちんとスマートに刈られ、服装は仕立てがよく、極端に流行遅れでもなかった。彼らのようすを見ていると、スタフォード・ナイは好感をおぼえずにいられなかった。同時に、自分になんの用があるのだろうと不思議に思った。一人はある石油王の息子であることを彼は知っていた。一人は大学を出てから政界入りしていた。彼にはレストラン・チェーンを経営しているおじがいた。もう一人はゲジゲジ眉の青年で、絶えずしかめっ面をしており、いつも人を疑ってかかることが第二の天性になっているように見えた。

「ぼくらの訪問を許してくださったことを感謝します、サー・スタフォード」と、リーダー格の金髪の青年がいった。

たいそう感じのよい声だった。この青年はクリフォード・ベントという名前だった。

「こちらはロデリック・ケテリー、それからこちらはジム・ブルースターです。ぼくらは三人とも将来を憂えております。こんなふうにいってもかまいませんか？」

「それに対する答は、だれだってみな将来を憂えている、ということになるんじゃないのかね？」と、サー・スタフォード・ナイはいった。

「ぼくらは最近の情勢が気に入りません」と、クリフォード・ベントがいった。「叛乱やアナーキーなどです。それがひとつの哲学であるうちは問題ありません。正直いってだれしも一度はそういう段階をくぐり抜けると思いますが、ふつうの人間はそこを通り抜けて反対側に出てきます。ぼくらは人々がだれにも邪魔されずに学問を続けられることを希望します。デモの自由は望みますが、暴力デモはお断わりです。そしてぼくらが望んでいるのは、率直にいえば、ひとつの新しい政党なのです。このジム・ブルースターは労働組合問題に関するまったく新しい考え方と計画に、真面目な関心を寄せてきました。人々は彼をやじり倒して沈黙させ、追いだそうとしたんですが、彼は挫けずに話しつづけました。そうだったな、ジム？」

「連中の大部分はばかですよ」と、ジム・ブルースターがいった。

「ぼくらは良識ある、本格的な青年向けの政策、より金のかからない政治を望んでいます。ぼくらは教育における現在と違った物の考え方を望みますが、並はずれた考え方、大袈裟な考え方は望みません。さらに、もしぼくらが議席を獲得したら、そしてやがてぼくらの政府を樹立することができたら――できない理由はないと思うのですが――これらの考え方を実際行動に移すことを望んでいます。ぼくらの運動には多くの同志がいます。暴力的な連中が若者の代表であると同じように、ぼくらもまた若者の代表です。ぼくらは中道を代表し、議員の数を減らして、良識ある政府を持つことを念願しております。そのために、すでに政界にある人々のうちから、信条のいかんを問わず、良識があると思われる人々に注目し、そういう人たちを探しています。ここを訪ねてきたのは、ぼくらの目的に関心を持っていただけるかどうかを打診するためです。目下のところその目的はまだ流動的ですが、ぼくらが望む人物はだれかを知るところまでは漕ぎつけました。ぼくらは現在の与党を望まないし、やがてそれにとってかわるだろう野党も望みません。第三の党についていうならば、いま少数派に甘んじているりっぱな人物が一人、二人はいるにしても、もはや存在しないも同然です。だがいずれ彼らもぼくらの考え方に同調するようになるでしょう。ぼくらはあなたに関心を持ってもらいたいのです。いずれそのうち、といってもさほど遠くない将来に、ぼくらの考え方を理解して、適切な外交政策を立案してくれる人物が欲しいのです。世界のほかの国々はイギリス以上に深刻な混乱に見舞われています。ワシントンは壊滅してしまったし、ヨーロッパは絶え間なしの軍事行動や、デモや、空港の破壊にさらされています。あなたに過去六カ月間のニュースを解説する必要はないでしょうが、ぼくらの目的は世界を再起させるよりむしろイギリスを再起させることにあるのです。その任務にふさわしい人物を味方に引き入れること。ぼくらが望むのは若い人、多数の若い人です。そしてすでに、革命家でもアナーキストでもなく、一国を有益な方向に導くことに情熱を燃やす無数の若者たちを仲間に引き入れました。それからもう少し年配の人たちも仲間に欲しい——といっても六十すぎの老人ではなく、四十代、五十代の人間です——そこでぼくらは、いろいろ噂を聞いているあなたに会いにきました。ぼくらはあなたのことをよく知っています、あなたこそぼくらの求める人物なのです」

「ところできみたちは自分を懸命な人間だと思うかね？」と、サー・スタフォードが訊いた。

「ええまあ、そう思います」

二人目の青年がかすかに笑った。

「あなたも同じ考えだといいんですが」

「さあ、それはどうかな。きみたちはこの部屋でまったく無警戒に話しているようだね」

「だっておたくの居間ですよ」

「たしかにここはぼくのアパートであり、ぼくの居間だよ。しかしいまきみたちのいっていること、これからいうかもしれないことは、もしかすると賢明なことじゃないかもしれない。きみたちにとってもわたしにとってもだ」

「ああ！　おっしゃる意味はわかるような気がします」

「きみたちはぼくにあるものを提供しようとしている。ひとつの生き方、新しいキャリアを提供して、ある種の絆を断ち切らせようとしている。きみたちはぼくに一種の裏切りを勧めているのだよ」

「ぼくらはどこかほかの国へ亡命するよう勧めているわけじゃありませんよ、もしそういう意味でおっしゃっているのならですが」

「いやいや、これはソ連とか中国とか、あるいはその他の国々への招待じゃない、しかしなんらかの外国勢力と結びついた招待であることはまちがいないだろう。ぼくはつい最近外国から帰ってきたところだ。ひじょうに興味深い旅だった。最後の三週間は南米ですごした。そこでひとつきみたちに話しておきたいことがある。ぼくはイギリスへ帰ってからずっと尾行されているんだ」

「尾行ですって？　まさか考えもしなかったわけじゃないんでしょう？」

「もちろん考えなかったわけじゃない。ぼくは外交官だから尾行を見破るこつは知っている。ぼくは世界じゅうの僻地、いってみれば興味深い土地をほうぼう歩いてきた。きみたちはぼくに白羽の矢を立てて、ある提案について打診しにきた。だが、どこかほかの場所で会うほうがもっと安全だったと思うね」

彼は立ちあがってバスルームのドアを開け、蛇口をひねった。

「数年前によく見た映画から」と、彼はいった。「部屋が盗聴されているときに会話の内容を聞かれたくなかったら、蛇口をひねればよいということを学んだ。おそらくぼくのやり方は時代遅れで、最近は盗聴防止のもっとましな方法もあるだろう。だがいずれにせよ、これでもう少しはっきり話しても安心だと思う。とはいっても用心するに越したことはないが。南米は」と、彼はさっきの話題に戻った。「ひじょうに興味深い地域だ。現在はキューバ、アルゼンチン、ブラジル、ペルー、それに政情が安定していない一、二の国から成る南アメリカ諸国連合（またの名をスペインの黄金ともいった）というのがある。そう、ひじょうに興味深い」

「あなたはその問題をどう思いますか？」と、疑り深そうな顔のジム・ブルースターが質問した。「なにか意見はありますか？」

「ぼくは用心をつづけるべきだな」と、サー・スタフォードがいった。「あまり軽率にしゃべらぬほうがよりぼくを信頼できるだろう。だが、もう水道の水を止めてもだいじょうぶだと思う」

「水を止めてこいよ、ジム」と、クリフ・ベントがいった。

ジムが急ににやっと笑って水を止めに立った。

スタフォード・ナイはテーブルのひきだしを開けて、一管のリコーダーをとりだした。

「まだあまり上手に吹けないんだ」

彼はリコーダーを唇に当てて、あるメロディを吹きはじめた。ジム・ブルースターが顔をしかめながら戻ってきた。

「どうしたんです？　コンサートでも始まるんですか？」

「黙れよ」と、クリフ・ベントがいった。「知ったかぶりして、音楽のことなんかなにも知っちゃいまい」

スタフォード・ナイは微笑した。

「きみはワグナー音楽の楽しさを知っていると見えるね。ぼくは今年の青年音楽祭へ行って、コンサートを大いに楽しんできたよ」

彼はふたたび同じメロディを繰りかえした。

「知っている曲じゃないな」と、ジム・ブルースターがいった。「《インターナショナル》、《赤旗の歌《レッド・フラッグ》》、《ゴッド・セーヴ・ザ・キング》、《ヤンキー・ドゥードル》、《星条旗よ永遠なれ》どれかかもしれない。いったいなんの曲ですか？」

「あるオペラのモチーフだよ」と、ケテリーがいった。「いいからきみは黙ってろ。ぼくらにはちゃんとわかってるんだから」

「若き英雄の角笛の音楽だ」と、スタフォード・ナイがいった。

彼はすばやく片手をあげた。それは〝ハイル・ヒトラー〟を意味する過去のゼスチュアだった。「ハイル・ヒトラー」と、彼は低い声でいった。

「新しきジークフリートだ」

三人の青年が立ちあがった。

「おっしゃるとおりです」と、クリフォード・ベントがいった。「ぼくらはみんな大いに用心しなければなりません」

サー・スタフォード・ナイは三人とかわるがわる握手をした。

「あなたが味方になってくださると知って、こんなにうれしいことはありません。この国が将来――偉大な将来――において必要とするもののひとつは、第一級の外務大臣なのです」

彼らは部屋から出て行った。スタフォード・ナイは、細く開いたドアの隙間から、エレベーターに乗りこむ彼らを見送った。

彼は奇妙な微笑をうかべてドアを閉め、壁の時計を見あげてから、ソファに腰をおろして——待った……

彼の心は、一週間前に、彼とメアリ・アンがケネディ突港で別々の飛行機に乗った日のことを思いだしていた。二人ともいうべき言葉が見つからずに立ちつくしていた。スタフォード・ナイが先に沈黙を破った。

「また会えると思うかい？　なんだか……」

「会えない理由があるかしら？」

「いくらでもありそうだよ」

彼女は彼をみつめ、やがてすばやく視線をそらした。

「別れはつきものなのよ。それも——仕事のうちですもの」

「仕事か！　きみにとってはいつでも仕事なんだね」

「仕方がないわ」

「きみはプロだし、ぼくはアマチュアにすぎない。きみは——」急に声が乱れた。「いったい、きみは何者なんだ？　だれなんだ？　結局ぼくはなにも知らない、そうだろう？」

「ええ」

彼はそれから彼女を見た。相手の顔に悲しみを見たように思った。ほとんど苦痛に近い表情だった。

「つまりぼくは――きみを信頼すべきだ、ときみは思っているんだね？」

「いいえ、そうじゃないわ。わたしが学んだこと、人生がわたしに教えたことのひとつがこれよ。この世に信頼できる人間なんか一人もいないわ。このことを忘れないで――絶対に」

「それがきみの世界なのか？　不信と、恐怖と、危険の世界が」

「わたしは生きていたいのよ。いまも生きているわ」

「わかってる」

「そしてあなたにも生きていてもらいたいのよ」

「ぼくはきみを信頼した――フランクフルトで……」

「そして危険を冒したわ」

「あれは価値ある冒険だった。それはきみもよく知ってるはずだ」

「その理由は――？」

「あれ以来ぼくらが一緒にいられたからさ。そしていま――あれはぼくの飛行機のアナウンスだ。空港で始まったぼくらの関係は、結局こうして別の空港で終わる運命なのかい？　きみはどこへ、なにをしに行くの？」

「しなければならない仕事をするために、ボルティモア、ワシントン、テキサスへ。与えられた任務を果たすためによ」

「そしてぼくは？　ぼくは任務を与えられていない。これからロンドンへ帰ってゆく――だが向こうでなにをすればいいんだ？」

「待つのよ」

「なにを？」

「働きかけを待つのよ、それはきっとやってくるわ」

「そしたらどうすればいい？」

彼女はにっこり笑いかけた。彼がよく知っているあのふいの陽気な笑いだった。

「そしたら暗譜で演奏するのね。あなたならだれよりも上手にやれるわ。あなたは接近してくる相手が気に入るでしょう。選り抜きの人たちがやってくるはずだから。その人たちがだれだか知っておくことが大切だわ」

「もう行かなきゃならない。さようなら、メアリ・アン」

「アウフ・ヴィーダーゼン」

ロンドンのアパートで電話が鳴った。まさにぴったりのタイミングだ、スタフォード・ナイは空港での別れの場面の記憶から自分を現実に引き戻しながら思った。「アウフ・ヴィーダーゼンか」と呟き、立ちあがって電話に近づいた。「それでよしとするか」

ぜいぜい喉を鳴らす話し方から、相手がだれかすぐにわかった。

「スタフォード・ナイか？」

彼は合言葉を口にした。「火のないところに煙は立たぬ」

「わたしの医者は煙草をやめろという。かわいそうなやつだよ」と、パイカウェイ大佐がいった。「それは諦めたほうがいいな。なにかニュースは？」

「ええ。銀三十枚です。約束してくれましたよ」

「なんというやつだ！」

「まあまあ、落ち着いてください」

「で、きみはどう答えた？」

「彼らにあるメロディを聞かせてやりました。ジークフリートの牧歌のモチーフです。これは年とった大おばの入れ知恵でした。効果がありましたよ」

「わたしにはばかげた話に聞こえるがね！」

「ジュアニータという歌を知っていますか？　それもおぼえなくちゃなりません、いずれ必要になるかもしれないんで」

「きみはジュアニータがだれだか知っているのか？」

「たぶん」

「ふむ、どうかな——最後にその名前を聞いたのはボルティモアだろう」

「あなたのところのギリシャ女、ダフネ・テオドファヌスはどうです？　彼女はいまどこにいるんですか？」

「ヨーロッパのどこかの空港のベンチで、きみを待っているんだろうよ、たぶん」と、パイカウェイ大佐はいった。

「ヨーロッパの空港の大部分は、爆破されたり破壊されたりで閉鎖されたようですよ。高性能爆薬《ハイ・エクスプローシヴズ》、ハイ・ジャッカー、暴動騒ぎ《ハイ・ジンクス》。

子供たちよ出ておいで
お月さまは昼間みたいに明るいよ——
晩ごはんもねんねも忘れて
通りで遊び仲間を撃つがいい」

「現代版少年十字軍というところだな」

「十字軍のことはあまりよく知りません。知っているのは獅子王リチャードが参加したやつだけです。しかし、ある意味でこれは少年十字軍に似ていますね。理想主義と、異教徒から聖地を解放するというキリスト教世界の観念で始まり、死、死、そしてまた死で終わった。少年たちはほとんど全員死んでしまった。あるいは奴隷として売られた。われわれが彼らを救出するなんらかの手段を見つけないかぎり、今度もまったく同じ道を辿りますよ……」

20　提督、旧友を訪問する

「ここの人間はみんな死んでしまったにちがいないと思ったよ」と、ブラント提督は鼻息荒くいった。

彼のこの言葉は、玄関のドアを開けて迎えてくれるはずの執事にではなく、姪のほうは思いだせないが名前をエミーという若い娘に向けられたものだった。

「先週中に少なくとも四回は電話したんだが、外国へ行っているという返事しか聞けなかった」

「ほんとに外国へ行っていたんです。ちょうど帰ってきたところなんですよ」

「マチルダが外国へ行くなんて無茶だよ。年齢を考えなきゃいかん。今どきの飛行機に乗ったら、血圧があがったり心臓発作をおこしたりして死ぬおそれがある。アラブ人やらイスラエル人やら、やたらに爆弾を仕掛ける人間がおるんでな。飛行機はもはや安全な乗物とはいえん」

「お医者さまがこの旅行をすすめたんですよ」

「どうせ医者なんてそういう無責任な手合だよ」

「でも奥さまはとてもお元気で帰ってこられましたわ」

「いったいどこへ行っていたのかね？」

「温泉治療に行かれたんです。ドイツだったか、それとも——ドイツだったかオーストリアだったか、どうしてもおぼえられないんです。ほら、例の新しくできたゴールデン・ゲストハウスというところですわ」

「ああ、そこなら知っている。ばか高いところだろう？」

「とてもよく効くという噂ですわ」

「人間を早死させる新手の方法かもしれんよ」と、ブラント提督はいった。「どうだ、楽しかったかね？」

「それほどでもありませんでしたわ。景色はすばらしかったんですけど——」

階上から命令口調で呼ぶ声が聞えてきた。

「エミー、エミー！　いつまでホールでおしゃべりしているんですか？　ブラント提督をこちらへご案内しなさい。わたしは待ちかねているんですよ」

「遊び歩いていたそうじゃないか」提督は昔なじみにあいさつしたあとでいった。

「最近はそれで命を落とすんだよ。いいかね、よく聞きなさい――」

「いいえ、結構ですよ。近ごろは旅をするのになんの苦労もありませんからね」

「空港で移動タラップや、階段や、バスに乗るために走りまわってもかね？」

「ぜんぜん。わたしは車椅子を使いましたもの」

「一年か二年前に会ったときは、そんなものには耳も貸さなかった。車椅子が必要だと認めるにはプライドが高すぎるといってね」

「このごろはプライド、プライドとばかりもいってられませんよ。フィリップ。さあ、こっちへきて坐って、どういう風の吹きまわしで急にわたしに会いにくる気になったのかしら。去年はとんとお見限りだったのに」

「こっちもあまり健康がすぐれなかったんだよ。それにいろいろと調査の仕事もあった。あんたも知っているだろう。いろいろと助言を求めてはくるが、それを受け入れる気はさらさらない。海軍をそっとしておいてはくれんのだよ。あれこれうるさくちょっかいを出してきおる」

「見たところ、とてもお元気そうだけど？」と、レディ・マチルダはいった。

「あんただって元気そうだよ。目に輝きがある」

「このまえ会ったときからまた一段と耳が遠くなりましたよ。もっと大きな声で話してくださいな」

「いいとも、大きな声で話そう」

「なにを召し上がる？　ウィスキー、ジン・トニック、それともラム？」

「強い酒ばかりおいていると見えるな。よかったらジン・トニックをいただこうか」

エミーが立ちあがって部屋から出て行った。

「彼女が戻ってきたら」と、提督はいった。「もう一度席をはずしてもらってくれんかね？　あんたに話がある。二人っきりで話したい」

飲物が運ばれてくると、レディ・マチルダは手を振ってエミーをさがらせた。エミーは主人の命令だからではなく、自分の意思で出てゆくのだという態度を示した。如才ない娘だった。

「いい娘だな」と、提督がいった。「とてもいい子だ」

「そんなことをいうためにあの娘を追いだして、ドアを閉めさせたんですか？　ほめ言葉を彼女に聞かせないために？」

「いや。じつはあんたに相談があるんだ」

「どんなことかしら？　健康問題、どこへ行けば新しい使用人が雇えるか、それとも庭になにを植えたらよいかという相談？」

てね」

「真面目な相談だよ。もしかしてわたしのためにあることを思いだしてくれんかと思っ

「まあフィリップ、わたしがなにかを思いだせると考えてくれたなんて、ありがたくて涙が出そうだわ。年々物おぼえが悪くなる一方ですもの。結局思いだせるのはいわゆる〝幼友だち〟だけっていう結論に達したところよ。学校時代のいやな友だちのことなんか、思いだしたくもないのにちゃんと思いだすんですもの。じつをいうと今度の旅もそれだったんですよ」

「というと？　昔の学校でも訪ねたのかね？」

「いいえ、三十年――四十年――いいえ、五十年ほど会っていない昔の学校友だちに会いに行ってたんですよ」

「相手はどんなようすだったかね？」

「ものすごく太って、昔よりもっと性根が悪そうな感じだったわ」

「あんたは妙な趣味を持っているんだな、マチルダ」

「さあ、おっしゃって。わたしになにを思いだして欲しいのかしら？」

「もう一人の友だちをおぼえているかな？　ロバート・ショーラムだ」

「ロビー・ショーラム？　もちろんおぼえてますよ」

「例の科学者の。第一級の科学者だ」

「そうですとも。あの人のことなら忘れるもんですか。それにしても、あなたはどうして彼のことなんか思いだしたのかしら？」

「公《おおやけ》の必要からだよ」

「あなたがそんなことをいうなんて不思議ね」と、レディ・マチルダはいった。「わたしも先日同じことを考えたのよ」

「なにを考えたって？」

「彼が必要だということですよ。あるいはだれか彼のような人物が——そんな人がほかにもいればの話だけど」

「ほかにはおらんね。いいかね、マチルダ。いろんな人があんたに話をする。いろんな話題についてだ。わたし自身もあれこれ話したおぼえがある」

「わたしはいつもそのことが不思議でならなかったわ。だってまさかわたしにそんな話がわかるなんて思っているはずがないでしょう？　ましてロビーの場合はなおさらよ」

「わたしはあんたに海軍の秘密までは明かさんぞ」

「そりゃあ、彼だって科学の秘密までは話してくれませんでしたよ。ごく大まかにしか話してくれなかったという意味ですけど」

「それはそうだろう、しかし彼は自分の専門のことをよく話したんじゃないかね？」

「そうね、ときおりわたしが驚くようなことを好んで話してくれたわ」

「よろしい、そこなんだよ、問題は。わたしが知りたいのは、彼がまだしっかり口がきけたころ、気の毒にいまは言葉も不自由らしいが、B計画とかいうものについてあんたに話さなかったかどうかということなんだ」

「B計画ね」マチルダ・クレックヒートンはじっと考えこんだ。「そういえば聞いたことがあるような気がするわ。彼はなんとか計画とかなんとか作戦といったものの話をときどきしてくれたから。でもそんな話を聞いたってわたしにわかるはずがないし、彼だってそれを承知で話していたんですよ。でも彼は――どういったらいいかしら？――つまりその、わたしの度胆を抜いてうれしがっているようなところがあったわ。手品師が種を知らない人間に向かって、どうやって帽子から兎を三羽とりだすかを得々として説明するようにね。B計画ですって？　ええ、ええ、もうずいぶん昔のことだけど……彼はひどく興奮しているようだったわ。わたしは、『B計画はうまくいってるの？』なんてときどき彼に質問したものよ」

「なるほど、なるほど、あんたは昔から如才のない人だった。人がなにをし、なにに興味を持っているかをいつもおぼえていてね。そして自分はそれに関してほんの初歩的なことも知らないくせに、結構興味がありそうな態度を見せる。わたしも一度軍艦の新しい大砲について説明したことがある。あんたはひどく退屈したにちがいないんだが、まるでその話が聞きたくて仕方がないといわんばかりに、熱心に耳を傾けてくれたっけ」

「あなたのいうように、わたしは如才のない熱心な聞き手だったわ。頭はあんまりよくないけど」

「さてそこで、ロビーがB計画について話したことをもっと詳しく聞きたいんだが」

「彼は——でもね、いま思いだせといわれても難しいわ。彼は人間の脳にほどこしていたある手術の話をしたあとで、その名前を持ちだしたのよ。ほら、よくあるでしょう、ひどい憂鬱症で年じゅう自殺ばかり考えているような人たち、苦労性で神経衰弱にかかっている人たちにおこなう手術ですよ。ところがロビーの話では、その手術の副作用というのがとても厄介なんですって。つまりそういう人たちはとても幸福になって、性質も穏やかになり、くよくよしたり自殺を考えたりしなくなる——ところがあまりにも心配しなくなりすぎて、危険など考えもしなければ気づきもしなくなるために、よく車に轢かれたりするんですって。うまくいえないけど、わかるでしょう？　とにかく、B計画でもその点が問題になりそうだって、ロビーはいってたわ」

「彼はもっと詳しく説明してくれなかったかね？」

「彼はそのアイディアを吹きこんだのはわたしだっていってたわ」と、マチルダ・クレックヒートンは思いがけないことをいいだした。

「なんだって？　科学者——それもロビーのような超一流の科学者が、彼のすぐれた頭脳にそのアイディアを吹きこんだのはあんただといったのかね？　あんたは科学のことをなにも知らんじゃないか」

「もちろん知りませんよ。でもわたしはみなさんのおつむに少々常識というものを吹きこもうと努力してきたわ。頭のよい人ほど常識に欠けているもんですよ。つまりわたしがいいたいのは、ほんとに重要な人間というのは、郵便切手のミシン目のようななんでもないことを考えだした人だとか、アダムなんとか——いいえ、そうじゃない、アメリカのマカダムとかいう、道路をピッチで舗装して、農民が作物を農場から海岸まで運んでより大きな利益をあげられるようにした人などだということですよ。そういう人たちのほうが偉い科学者よりずっと世の中の役に立っているわ。科学者なんて人類を滅ぼすようなことしか思いつかないでしょう。わたしはロビーにそんなふうにいったのよ。もちろん冗談のつもりだったけど、そのとき彼は科学の世界でおきた画期的な事柄について話していたところだったわ。細菌戦だとか、生物学実験だとか、まだ生まれていない胎児になにができるかなんて話をね。それからひじょうに不愉快なガスの話も持ちだして、核爆弾なんかに抗議をするのは愚の骨頂だ、それ以後に発明された恐ろしい兵器にくらべたら核爆弾など児戯にひとしい、というようなこともいったわ。だからわたしは、もしロビーが、あるいはだれかロビーのように頭のいい人が、もっとましなものを発明できたらよいのにといったんです。そしたら彼は、ときおり見せるあのきらきら光る目でわたしを見て、『あんたのいうもっとましなものって、たとえばどんなものかね？』って訊いたわ。そこでわたしはいったんです。『細菌兵器だとか有毒ガスなどを作るかわりに、どうして人間を幸せにするようなものを発明しないのかしら？』って。そのほうが兵器の発明より難しいことはないでしょって。それからこうもいったわ。『あなたは人間の脳の前だか後ろから一部を切りとる手術のことを話してくれたけど、それは人間の性格をすっかり変えてしまうっていう話だったわね。その手術を受けた人間は人が変わったようになって、もうくよくよ心配もしなければ自殺も考えなくなるそうじゃない。もし骨や筋肉や神経のごく一部を切りとることによって、あるいは腺をちょっといじったり、とりだしたり、ひとつふやしたりすることによって、そんなふうに人間を変えられるものなら、人間の性質がそういうふうにがらりと変わるものなら、なぜ人間を楽しくさせたり、あるいは単に眠くならせたりする薬を発明できないのかしら？　睡眠薬なんかじゃなしに、人間が椅子に坐って楽しい夢を見られるような薬よ。二十四時間かそこら経って目がさめたら、またその薬を服めばいいじゃない。そのほうがずっとすばらしいアイディアだと思うんだけど』ってね」

「それがB計画だったというわけかね？」

「もちろんB計画がどんなものか、わたしには教えてくれなかったわ。でも彼はあるアイディアを思いついてとても興奮していたし、そのアイディアを吹きこんだのはわたしだっていってたから、それならきっとなにかしら楽しいアイディアだったはずよ。つまり、わたしは残酷な人殺しのアイディアなんか吹きこんだおぼえはないし、だいいち催涙ガスやなにかで——人間を泣かせるものだって好きじゃなかった。そうそう、ガスといえばたしか笑いガスのことを話したような気がするわ。歯医者で歯を抜くときは、笑いガスを三度嗅がされると笑いだすけど、あれと同じように役に立って、しかももう少し効き目が長続きするものを発明できないはずはないでしょって。だってほら、笑いガスの効き目は五十秒ぐらいしか続かないでしょう？　いつか弟が歯を抜いたことがあったわ。歯医者の椅子が窓のすぐ近くにあって、弟はあんまりひどく笑ったもんだから——もちろん意識はなかったけど——片足をぐいと突きだしてガラス窓を蹴破ってしまったの。ガラスのかけらが下の通りに散らばって、歯医者はひどくおかんむりだったことをおぼえているわ」

「あんたの話にはいつもそういう妙なおまけがつく」と、提督はいった。「とにかく、あんたの話からヒントを得てロバート・ショーラムが着手した研究がそれなんだよ」

「でも、わたしは研究の内容までは知りませんよ。それは眠り薬でも笑いガスでもなかったような気がするけど、どっちにしてもB計画という名前ではなくて、ほかの名前だったと思うわ」

「どんな名前だったかね？」

「彼は一、二度その名前を口に出したような気がするわ。〝ベンガーズ・フード〟とかなんとか」レディ・マチルダはじっと考えこんだ。

「消化剤のようなもんかね？」

「消化とは関係なかったと思うわ。なんかこう、鼻から吸いこむ薬のようなもの、それとも腺と関係のあるなにかだったかしら？　なにしろ彼の話ときたら、わたしなんかにはまるでぴんとこないことばかりでしょう。ベンガーズ・フード。ベン――ベン――ベンで始まる言葉で、とても響きのよい言葉と結びついていたわ」

「それだけしかおぼえていないのかね？」

「そのようね。だってこの話はそのとき一度出たっきりで、それからずいぶんあとになって、彼がベンなんとか計画のアイディアはわたしが吹きこんだものだといっただけですもの。そのあとときおり思いだすたびに、まだベン計画の研究を続けているのかと質問すると、彼はひどく機嫌をそこねて、あれは思いがけない障害にぶつかってどうにかなってしまったので――そこのところはまったくの専門用語だったのでわたしには思いだせないし、かりに思いだせたとしても、あなたにだってなんのことかわからないでしょう――途中でやめたと答えたわ。ところがやがて、たしか八年か九年前のことだと思うけど、ある日彼がやってきて、『ベン計画をおぼえているか？』と訊いたわ。『もちろんおぼえているわ。まだその研究を続けているの？』そしたら彼は、あれはやめることにしたというんです。それは残念だわねというと、彼は、『やめるのは狙いどおりの結果が得られないからじゃないんだ。むしろ狙いどおりにゆくことはわかっている。どこが悪かったかもちゃんとわかっているし、思いがけない障害にでくわしたが、それを克服するにはどうすればよいかということも知っている。わたしはリーザと一緒にこの研究を進めてきた。そう、成功の見込みはあるんだよ。いくつかの実験は必要だが、成功の見込みは充分にあるんだ』と答えたわ。『だったらなにを心配しているの？』というと、『それが人間にどんな影響を与えるかがわからないことだよ』そこで、それが人間を殺したり、一生涯不具にしてしまったりするおそれがあるのかと質問したんです。彼はそれ『いや、そうじゃない』彼がいうには、それは――そうそう、思いだしたわ。彼はそれをベンヴォ計画と呼んでいたのよ。博愛精神《ベネヴォレンス》と関係があるからですって」

「博愛精神だって！」提督はひどく驚いて叫んだ。「博愛精神というと、慈善のことかな？」

「いいえ。人間を情深い気持にさせるという意味じゃなかったかしら」

「全人類に対する平和と善意のことかね？」

「彼はそんなふうにはいわなかったけど」

「いや、それは宗教指導者の役目だよ。彼らは人々に向かってそれを説く、そして人々が彼らの教えのとおりにすれば、幸せな世界が実現するというわけだ。しかしロビーは説教をしていたわけじゃないだろう。純粋に自然科学的な手段によってそのような世界を実現させるために、実験室で研究をしていたのにちがいない」

「まあそんなところでしょうね。そして彼は、人間にとってなにが有益でなにが有害かわからないともいってたわ。ある面では有益でも、そうじゃない一面もあるんですって。その例として――そう、ペニシリンやサルファ剤や心臓移植や、それに女性の経口避妊薬などをあげたわ。もっとも当時はまだ経口避妊薬は一般に使われていなかったけど。つまり、いいところだらけの特効薬のように思われるものにも、やがてマイナスの面が現われて、そんなものはなければよかった、発見されなければよかったと考えられるようになるということなのね。彼はそのことをわたしにいいたかったらしいんだけど、わたしにはよくわからなかったわ。そこでわたしは質問したんです。『つまり、あなたは危険を冒したくないのね？』そしたら彼は答えたわ。『そのとおりだ。わたしは危険を冒したくない。どんな危険があるのかまるで見当もつかないから困るんだよ。われわれ哀れな科学者には常にその問題がつきまとう。われわれは危険を冒すが、危険はわれわれが発見したものの中にあるのではない、われわれからその発見のことを聞いた人たちがそれをどう利用するかというところに危険があるんだ』そこでわたしが、『あなたはまた核兵器や原子爆弾のことをいってるのね』というと、彼は、『核兵器や原子爆弾どころじゃない。われわれはもっとずっと先まで進んでいるんだよ』といったわ。『でも人々を穏やかで情深い気持にさせるだけなら』わたしはいったわ。『なにも心配することはないんでしょう？』すると、『あんたにはわからないんだよ、マチルダ。あんたには決してわからんだろう。おそらくわたしの仲間の科学者たちにもわかるまい。それから政治家たちにもだ。いいかね、これはあまりにも大きすぎる危険なのだ。いずれにせよ、いくら慎重に考えても慎重すぎるということはない』

『でも、笑いガスを使ったときのように、また元の状態に戻すこともできるんでしょう？　つまり、ほんの短いあいだだけ人々を情深い気持にさせて、それからまた回復させる——それとも悪化させることになるのかしら、それはどっちの側から見るかによって違うと思うんだけど——こともできるんでしょう？』すると彼は、『いや、それはできない。この効果は永久的なものなんだ。なぜならそれは——』といったけど、それから先はまた専門用語でわたしにはわからなかったわ。ほら、長ったらしい単語や数字。公式や分子構造の変化といったことよ。たしかクレチン病患者に対しておこなう療法みたいなものらしかったわ。甲状腺ホルモンを注射するとかなんとか、そんな療法があるでしょう。どことかにある小さな腺を摘出して、それになにやら荒療治をすると——人は永久に——」

「永久に情深くなるというのかね？　ほんとにその博愛精神《ベネヴォレンス》という言葉にまちがいないんだね？」

「ええ。だからベンヴォという名前にしたのよ」

「しかし彼がその研究を中止したことを、同僚たちはどう思ったろうかね？」

「彼の研究を知っていた人はほとんどいなかったんじゃないかしら。リーザなんとかというオーストリア人の女性が彼と一緒にその研究をやっていたわ。それからレデンタールとかいう若い人がいたけど、この人は肺病で死んでしまったし。それにロビーの口ぶりでは、ほかの人たちはただ研究助手として働いていただけで、彼のやっていたことや考えていたことを正確には知らなかったみたいよ。あなたがなにを考えているのかわかったわ」と、だしぬけにマチルダはいった。「たぶん彼はこのことをだれにも話さなかったのね。彼は公式やらメモやらを全部焼却処分して、この研究をやめてしまった。そのあとで脳溢血の発作に見舞われて、気の毒にいまはあまり話もできない。半身不随だけど耳はよく聞こえるらしいわ。いまは音楽を聴くのが唯一の楽しみなんですって」

「彼の研究生活はもうおしまいだと思うかね？」

「もうお友だちにも会わないのよ。会うのが苦痛らしくて、いつも口実をつくっては断わってくるんですもの」

「しかし彼はまだ生きている」と、ブラント提督はいった。「ロバート・ショーラムはまだ生きている。彼の住所を知っているかね？」

「住所録に載っているはずよ。ずっと同じところに住んでいるわ。スコットランド北部のどこか。でも――昔の彼はそれはすばらしい人だったけど、いまは違うわ。もうあらゆる点で死んだも同然よ」

「いかなる場合にも望みを捨ててはいかん」と、ブラント提督はいった。「それから信念もだ」

「それにたぶん、博愛精神もね」と、レディ・マチルダがいった。

21　ベンヴォ計画

ジョン・ゴットリーブ教授は椅子に坐って、向かい合って坐った若くて美しい女性をじっとみつめていた。彼は、それが癖になってしまったいささか猿に似た身ぶりで、耳をぽりぽり掻いた。その癖を抜きにしても、教授はやや猿に似ていた。突きでた顎、それとやや対照的に高く秀でた数学者らしい頭、小さくしなびたような体軀。

「合衆国大統領の親書をたずさえた若いご婦人がわたしの研究室を訪ねてくるというのは」ゴットリーブ教授は楽しそうにいった。「そうざらにあることではない。しかし、大統領という人種は、かならずしも自分のやっていることを正確に知っているとは思えませんな。いったいこれはどうしたことですか？」

「わたしがお訪ねしたのは、あなたがベンヴォ計画なるものをご存知かどうか、ご存知ならそれについてなにを教えていただけるかをおうかがいするためですわ」

「あなたはほんとにレナータ・ゼルコウスキ女伯爵ですか？」

「法律上はそういってよいでしょう。でもメアリ・アンと呼ばれることのほうが多いんです」

「なるほど、同封の手紙にはそう書いてあります。で、あなたはベンヴォ計画について知りたいとおっしゃる。たしかに、かつてそういう計画は存在しましたよ。だがそれはもう死んで埋葬されてしまったし、おそらくそれを考えだした人物も同じ運命でしょうな」

「ショーラム教授のことですね」

「そのとおり、ロバート・ショーラムです。われわれの時代の最も偉大な天才の一人でした。アインシュタイン、ニールス・ボーア、その他数人の天才たち。しかしロバート・ショーラムは惜しいことに短命でしたな。科学にとっては大きな損失です――シェークスピアがマクベス夫人についていった言葉、あれですよ、〝あれもいつかは死なねばならなかったのだ〟というやつね」

「彼は死んでいません」と、メアリ・アンがいった。

「ほう。確かですか？　長いあいだ彼の噂を聞いていないが」

「彼は病人なのです。いまスコットランドの北部に住んでいます。体が不自由で、あまりよく話せないし、歩くこともできません。ほとんど坐って音楽ばかり聴いています」

「なるほどね、その光景は想像できる。とにかくよかった。音楽が聴けるのなら、それほど不幸でもなかろう。それもだめとなると、もともと輝かしい才能があったのに、病気でその才能を発揮できなくなった男にとって、この世は地獄だろうからね。いわば車椅子に坐ったきりの死人も同然の男にとっては」

「やはりベンヴォ計画なるものは存在したんですね？」

「そうです、彼はその計画に熱中していましたよ」

「あなたにその話をしましたか？」

「ええ、当初はわれわれの何人かに話してくれました。あなたは科学者ではないでしょうな、お嬢さん？」

「ええ、わたしは――」

「あなたは単なる情報部員でしょうな、たぶん。あなたが正しい側の人間だといいのだが。われわれはいまだに奇蹟を待望しなくてはならんようだが、しかしおそらく、ベンヴォ計画から得られるものはなにもないでしょう」

「なぜですか？　あなたは彼がその計画に熱中していたとおっしゃいましたわ。それは偉大な発明になっていたかもしれない、とは思いませんか？　それとも発見というべきかしら？」

「さよう、あれは現代の最も偉大な発見のひとつになっていただろう。どこで失敗したのかわたしにはわからん。今までにもそういう例はあった。ある研究がきわめて順調に進んでいたように見えるのに、最終段階でうまくいかなくなる。挫折だ。期待どおりにいかないので、がっかりして放棄してしまうのだ。さもなければショーラムと同じことをするだろうね」

「彼はなにをしたんですか?」

「燃やしてしまったんです。自分でわたしにそういった。あらゆる数式や記録やデータを残らず燃やしてしまったと。それから三週間後に発作に見舞われた。お気の毒だが、あなたのお役には立てそうもないね。わたしはベンヴォ計画の基本構想以外に詳しいことはなにも知らんのですよ。いまではもうそれさえおぼえていない。ただひとつ、ベンヴォは博愛精神《ベネヴォレンス》の意味だったことだけはおぼえているが」

22 ジュアニータ

アルタマウント卿は口述をおこなっていた。かつては朗々として、人を威圧する響きを持っていたその声も、いまは穏やかだが、それでも依然として思いがけず人の心に訴える力を持っていた。それは過去の影の中から静かに流れでてくるように思われたが、ある意味ではもっと堂々とした力強い声よりも感動的だった。

ジェイムズ・クリークが流れでる言葉を筆記していた。ときおり言葉の流れがつかえると、彼はそれを察して静かに待った。

「理想主義は」と、アルタマウント卿はいった。「不正に対する人間本来の敵意によって心を動かされたときに生まれいずるものである。それは愚かな物質万能主義への生来の反感である。若者本来の理想主義が、現代生活の二つの様相、すなわち不正と愚かな物質万能主義を滅ぼそうとする願望によって培われる傾向が、ますます強くなりつつある。邪悪なものを滅ぼそうとする願望は、時として破壊のための破壊に結びつくことがある。それは暴力および苦痛を与える喜びに結びつく可能性がある。これらすべては、生まれつき指導者としての天分をそなえた人々によって、外部から育まれ強化されることもありうる。この本来の理想主義は未成年段階で生じる。それは新しい世界への願望に結びつかねばならないし、また結びつくことが可能である。それはまた全人類を愛する心、全人類に対する善意に結びつかねばならない。しかし、いったん暴力のための暴力の味をしめてしまった人々は、いつまでたっても大人になれない。彼らは発達が遅れた段階で停止してしまい、生涯その状態にとどまるのである」

ブザーが鳴った。アルタマウント卿が身ぶりで命じると、ジェイムズ・クリークが受話器をとりあげた。

「ミスター・ロビンスンが見えました」

「そうか、通してくれ。この続きはまたあとにしよう」

ジェイムズ・クリークがノートと鉛筆を押しやって立ちあがった。

ロビンスン氏が入ってきた。ジェイムズ・クリークは相手が窮屈な思いをしないですむだけの、ゆったりと幅のある椅子をすすめた。ロビンスン氏は微笑をうかべてジェイムズ・クリークに感謝の意を示し、アルタマウント卿と並んで腰をおろした。

「さて」と、アルタマウント卿がいった。「なにか、ニュースはあるかね？　図表は？

輪《リング》は？　あぶく《バブルズ》はどうかね？」

　彼は少しばかり楽しんでいるようすだった。

「とくにありません」と、ロビンスン氏が無表情に答えた。「これはいってみれば川の流れを図に描いて辿っているようなもので――」

「川だと？」アルタマウント卿は訊いた。「どんな川かね？」

「金の川です」ロビンスン氏は自分の専門分野に話が及んだときにいつも見せるやや申しわけなさそうな口調でいった。「ちょうど川みたいなものですよ、金というやつは――どこからかやってきて、まちがいなくどこかへ流れていきます。ひじょうに面白い――もし金に興味があればの話ですが――金はそれ自体の身上話をします――」

　ジェイムズ・クリークはどうも意味がわからないという顔をしたが、アルタマウント卿はいった。「なるほど。続けなさい」

「それはスカンジナヴィアから――バイエルンから――アメリカ合衆国から――東南アジアから――途中で支流と合流して流れてきます――」

「そしてどこへ――流れてゆくのかな？」

「主として南米へ流れこみ――いまやその地に確立された青年軍の司令部の必要をみたしております――」

「そして例のからみあった五つの輪のうちの四つ——すなわち兵器、麻薬、生物化学兵器、および財政を代表しているのかね？」

「そうです——いまではこれらのグループを支配しているのがだれかということが、正確にわかっているといってもよいでしょう」

「Jの輪はどうなんですか——ジュアニータは？」と、ジェイムズ・クリークが質問した。

「それはまだわかっていません」

「それについてはジェイムズに考えがあるそうだ」と、アルタマウント卿がいった。

「わたしはそれがまちがいであればよいと思うのだが。Jという頭文字はひじょうに興味深い。それはなにを意味するのか——正義《ジャスティス》？　それとも審判《ジャッジメント》かね？」

「恐ろしい殺し屋ですよ」と、ジェイムズ・クリークがいった。「Jの頭文字を持つ女性は男性よりも危険ですからね」

「歴史上にも前例がある」と、アルタマウント卿がいった。「貴重な鉢に凝乳を盛ってシセラに捧げ——そのあと彼の頭に釘を打ちこんで殺したヤエル。ホロフェルネスの首を切って、国民にその勇気を讃えられたユディト。たしかにきみの説も一理あるな」

「するときみは、ジュアニータが何者か知っているというんだね？」と、ロビンスン氏がいった。「それは面白い」

「あるいはまちがっているかもしれません、しかし諸々の状況から考えて――」

「さよう」と、ロビンスン氏はいった。「われわれはみな考えなくてはならなかった。きみの考えをいってみたまえ、ジェイムズ」

「レナータ・ゼルコウスキ女伯爵です」

「その理由は？」

「彼女が行った場所、接触した人々などからそう考えたんです。彼女はいろんな場所に出現していますが、そのパターンには、偶然の一致が多すぎますよ。たとえば彼女はバイエルンへ行っている。そこでビッグ・シャルロッテを訪問しています。おまけにスタフォード・ナイを一緒に連れて行っています。これは重要なことです――」

「つまり二人は同じ穴のむじなだというのかね？」と、アルタマウントが訊いた。

「そこまでは。わたしはスタフォード・ナイをよく知らないし――」

「たしかに」と、アルタマウント卿。「彼にはいくつか疑わしい点があった。彼は最初から疑われていたのだ」

「ヘンリー・ホーシャムにですか？」

「ヘンリー・ホーシャムもその一人だろう。パイカウェイ大佐も百パーセント信頼してはいなかったと思う。彼は監視されていた。たぶん本人もそれを知っていただろう。あの男もばかではないからな」

「またしてもですよ」と、ジェイムズ・クリークが腹立たしげにいった。「実際驚くべきことです。われわれは彼のような連中を養成し、信用し、秘密を教え、われわれのやっていることを知らせながら、『絶対の信頼がおける人間がいるとすれば、それはマクリーンであり、バージェスであり、フィルビーだ（ケンブリッジ出身者のソ連スパイ・グループ）』などと、性懲りもなくいいいつづけているんですからね。そして今度は——スタフォード・ナイというわけです」

「レナータ、別名ジュアニータに洗脳されたスタフォード・ナイか」と、ロビンスン氏がいった。

「思えばフランクフルト空港での一件からして怪しいものです」と、クリークがいった。「それからシャルロッテ訪問。スタフォード・ナイはたぶんそのあと彼女と一緒に南米へ行っていたのでしょう。ところで彼女自身は——いまいったいどこにいるかわかっているんですか？」

「たぶんロビンスンが知っているだろう」と、アルタマウント卿がいった。「どうかね、ロビンスン？」

「彼女はアメリカ合衆国にいます。ワシントンかその近くで友だちのところに滞在したあと、シカゴからカリフォルニアへ行き、その後オースチンからある一流の科学者を訪ねて行ったと聞いています。それ以後の足どりはわかりません」

「彼女はアメリカでなにをしているのかね？」

「おそらく」と、ロビンスン氏はいつもの穏やかな声でいった。「情報を手に入れようとしていたのでしょう」

「どんな情報かね？」

ロビンスン氏は溜息をついた。

「それですよ、わたしが知りたいのも。たぶんそれはわれわれが入手しようとしている情報と同じもので、彼女はわれわれのためにそれを入手しようとしていたのでしょう。しかし確かなことはわかりません――敵のために働いていたということも考えられます」

彼はアルタマウント卿のほうを見た。

「たしかあなたは今夜スコットランドへ発たれる予定でしたね？」

「そうだ」

「わたしは行くべきじゃないと思うんですが」とジェイムズ・クリークがいった。そして心配そうに雇主のほうを見た。「あなたはこのところ健康状態が思わしくありません。飛行機で行くにしろ汽車で行くにしろ、たいそう疲れますよ。マンローかホーシャムにまかせておけないんですか？」

「わしぐらいの年齢になれば、体を大事にするのは時間の浪費というものだ。このわしで役に立てることがあるなら、仕事中に死んでも悔いはない」

彼はロビンスン氏に微笑みかけた。

「きみもわれわれと一緒にくるがいい、ロビンスン」

23 スコットランドへの旅

空軍少佐はいったい何事かといささか不思議だった。ほとんど事情を知らされないままに行動することにはもともと慣れっこになっていた。それが保安任務というものだろう、と彼は割りきっていた。万全の警戒が必要なのだ。この種の任務は前にも一度ならず経験していた。思いがけない乗客を乗せて思いがけない場所に飛ぶ任務。実際的なこと以外はあれこれ質問しないように注意する。彼は乗客の何人かを知っていたが、全部は知らなかった。アルタマウント卿の顔には見おぼえがあった。この病人が生きているのは完全に意志の力によるのだろう、と彼は思った。そのかたわらの目つきの鋭い男は番犬役らしかった。かたときもそばをはなれない忠実な番犬。気付薬やら、興奮剤やら、ありとあらゆる薬をとりそろえて持っているにちがいなかった。空軍少佐はなぜ医者が付き添っていないのかと不思議に思った。そのほうが安心できるだろうに。老人は骸骨のように見えた。高貴なる骸骨。博物館で見かける大理石の彫刻のようでもあった。空軍少佐はヘンリー・ホーシャムをよく知っていた。保安関係の人間に知合いが数人いた。それから、いつもほど猛々しく見えず、むしろ心配そうな顔のマンロー大佐。あまり機嫌がよさそうではない。そして黄色い顔をした大男がいる。外国人らしい。アジア人だろうか？　空軍少佐はマンロー大佐にうやうやしく話しかけた。

「もう用意はいいでしょうか？　車が待っておりますが」

「距離はどれくらいかね？」

「十六マイルです。少しばかり悪路ですが、それほどひどくはありません。車に予備の毛布を積んであります」

「きみは命令を受けているんだろうね？　よかったら復誦してみてくれんか、アンドルーズ空軍少佐」

空軍少佐が命令を復誦すると、大佐は満足そうにうなずいた。やがて車が走りだすと、空軍少佐はそれを見送りながら考えた。いったい彼らはなんの用があってこの人里はなれた荒野に車を走らせ、友人も訪ねる人もない世捨人として由緒ある古城に住む病人を訪問するのだろうかと。ホーシャムなら知っているだろう。ホーシャムは奇妙なことをたくさん知っているにちがいない。だがあの男はなにも話してくれないだろう。

車の運転は慎重で巧みだった。やがて玉砂利を敷いた車まわしに入ってスピードをおとし、ポーチの前で停まった。それは小塔をいただくどっしりした石造りの建物だった。大きなドアの両側にライトがさがっていた。呼鈴を鳴らして案内を乞う前にドアが開いた。

無愛想で、陰気な顔だちの、六十すぎのスコットランド女が戸口に立った。運転手が車のドアを開けた。

ジェイムズ・クリークとホーシャムがアルタマウント卿を助けおろし、両側から支えて階段をのぼった。年とったスコットランド女が通り道をあけて、うやうやしくお辞儀した。

「こんばんは。主人がお待ちしております。お部屋の用意をして、各室に火を入れておきました」

ホールに別の人影が現われた。五十から六十のあいだの、痩せて背の高い婦人で、まだ美貌の名残りをとどめていた。黒い髪が真ん中で分けられ、額は高く、鼻筋が通り、肌は小麦色だった。

「こちらがお世話係のミス・ノイマンです」と、スコットランド女がいった。

「ありがとう、ジャネット」と、ミス・ノイマンがいった。「寝室の火を消さないように頼みますよ」

「承知しました」

アルタマウント卿は彼女と握手をかわした。

「こんばんは、ミス・ノイマン」

「いらっしゃいませ、アルタマウント卿。長旅でお疲れでなければよいのですけど」

「空の旅は快適だったよ。こちらはマンロー大佐だ、ミス・ノイマン。それから、ミスター・ロビンスン、サー・ジェイムズ・クリーク、保安部のミスター・ホーシャムだ」

「ミスター・ホーシャムはたしか数年前から存じあげておりますわ」

「わたしも忘れていませんよ」と、ヘンリー・ホーシャムがいった。「あれはレヴソン財団でしたな。あなたは当時すでにショーラム教授の秘書をしておられたんでしたね？」

「はじめは研究助手でしたが、やがて秘書になりました。いまでも教授が秘書を必要とするかぎりは、その役割を果たしております。それから教授にはここに住みこみの看護婦が一人必要です。ときどき人が変わるのはやむをえません——いまいるミス・エリスも、つい二日前に前任のミス・ビュードと代わったばかりです。彼女にはこれからご案内する部屋のすぐ近くで待機するよう指示しておきました。みなさんがプライヴァシーを望むのはわかっていますけど、万一のときにすぐ呼べるところにいてくれないと困りますので」

「彼はひどく弱っているんですか?」と、マンロー大佐が訊いた。

「いまは苦しんではおりません」と、ミス・ノイマンが答えた。「でも長いあいだお会いになっていないのでしたら、びっくりなさらないように心づもりをしておいていただかねばなりません。いまの教授は生ける屍も同然です」

「教授のところへ案内してもらう前にもうひとつ質問しておきたい。頭の働きはひどくそこなわれていないでしょうね? 人の話は理解できますか?」

「ええ、お話は完全に理解できます。ただ体がなかば麻痺しているものですから、日によって違いはありますけど、あまり言葉がはっきりしませんし、人手を借りずには歩くこともできません。頭の働きは、わたしの考えでは、昔とくらべてぜんぜん衰えておりません。ただひどく疲れやすいところだけは昔と違います。ご案内する前になにか飲物でもいかがですか?」

「いや結構」と、アルタマウント卿がいった。「一刻も早いほうがいい。われわれは緊急の用件があって彼を訪ねてきた、だからすぐに案内してもらいたい——彼はわれわれの訪問を知っているだろうね?」

「はい、みなさんをお待ちしております」と、リーザ・ノイマンが答えた。

彼女は先に立って階段をあがり、廊下に面した広すぎも狭すぎもしないドアを開けた。壁はタペストリーにおおわれ、牡鹿の首が下を見おろしていた。かつては狩猟小屋だったこの建物は、家具調度や造作がその当時からほとんど変わっていなかった。部屋の片側に大きなレコード・プレイヤーがあった。

長身の男が暖炉のそばの椅子に坐っていた。頭と左手がかすかに震え、顔の片側の皮膚がたるんでいた。遠まわしに探りだすまでもなく、まさに生ける屍としか形容のしようがなかった。かつては長身で頑強だった男。美しい額、深くくぼんだ目、粗けずりで意志強固な顎。太い眉の下の目には知的な輝きがあった。彼がなにかいった。その声は弱々しくはなかった。はっきりした音だったが、かならずしも全部は聞きとれなかった。

リーザ・ノイマンが彼のそばに立って、必要とあれば彼の話を通訳するためにじっと唇の動きを読んでいた。

「ショーラム教授はみなさまを歓迎しております。アルタマウント卿、マンロー大佐、サー・ジェイムズ・クリーク、ミスター・ロビンスン、それにミスター・ホーシャムとお会いできてとても喜んでおります。耳のほうは充分聞こえると申しております。みなさんのおっしゃることは全部聞きとれるそうです。話が通じないときは、わたしがお手伝いいたします。教授はわたしを通じてどんなことでもみなさんにお話しできます。万一疲れて話せなくなっても、わたしは読唇術で通訳できますし、それでもだめな場合は手話でも話が通じますから、どうぞご心配なく」

「できるだけ短時間で話をすませて」と、マンロー大佐がいった。「あなたを疲れさせないように心がけますよ、ショーラム教授」

椅子に坐った男は、わかったというしるしにうなずいた。

「ミス・ノイマンに答えていただける質問もいくつかあります」

ショーラムの片手がかすかに動いて、かたわらに坐っている婦人を指さした。彼の唇から音が洩れた。それも彼らにはよく聞きとれなかったが、ミス・ノイマンがすぐに通訳した。

「お話はすべてわたしを通してくれてもよいといっています」

「わたしの手紙を受けとっておられるでしょうな」と、マンロー大佐がいった。

「ええ」と、ミス・ノイマンが答えた。「教授はお手紙を受けとったし、内容も知っております」

看護婦がドアを細目に開けた──が部屋には入ってこずに、小声でいった。

「なにもご用はありませんか、ミス・ノイマン？　お客さまにも、ショーラム教授にも？」

「いまのところはなさそうね、ミス・エリス。でも万一にそなえて、あなたに廊下のはずれの居間にいてもらえると助かるわ」

「承知しました」看護婦は静かにドアを閉めて立ち去った。

「時間をむだにしたくありません」と、マンロー大佐がいった。「おそらくショーラム教授は最近の情勢をご存知だと思うが」

「よく知っております」と、ミス・ノイマンが答えた。「興味のある問題にかぎってですけど」

「最新の科学といったものには、いまだに通じておられますかな？」

ロバート・ショーラムの頭がかすかに左右に揺れた。今度は自分で答えた。

「そういうこととはもう縁を切りました」

「しかし現在の世界情勢のおおよそのところはごぞんじでしょうな？　いわゆる青年革命なるものの成功とか、完全な軍備を持つ青年軍による権力の掌握などについてですが」

ミス・ノイマンが答えた。「教授は現在おこりつつあること――政治的な意味でですけど――については、なにもかもごぞんじです」

「この世界はいまや暴力、苦痛、革命的教条、少数のアナーキストによる奇妙で信じがたい支配哲学などに支配されています」

やつれた老科学者の顔にかすかな苛立ちの表情がうかんだ。

「教授はそのすべてを知っています」と、思いがけずロビンスン氏がいった。「あれこれ繰りかえす必要はないでしょう。彼はすべてを知っているのです」

ロビンスン氏はショーラム教授に向かって質問した。

「ブラント提督をおぼえておいでですか？」

教授はふたたびうなずいた。よじれた唇に微笑のようなものがうかんだ。

「ブラント提督はあなたがある種の計画に関しておこなった研究をおぼえています——たしかベンヴォ計画だったと思いますが」

彼らは教授の目にうかんだ警戒の色を見のがさなかった。

「ベンヴォ計画ですか」と、ミス・ノイマンがいった。「ずいぶん古い話を持ちだしたものですね、ミスター・ロビンスン」

「それはたしかあなたの研究プロジェクトでしたね？」

「ええ、彼の研究プロジェクトでした」ミス・ノイマンは当然のように、教授にかわってすらすらと答えた。

「われわれは核兵器も使えないし、爆薬やガスや化学兵器も使えない、しかし、あなたのベンヴォ計画なら使えるのです」

沈黙が訪れた。だれも一言も発しなかった。やがてふたたび、例の奇妙にゆがんだ音がショーラム教授の唇から洩れた。

「もちろん教授は」と、リーザ・ノイマンがいった。「現在の情勢にはベンヴォが有効だろうといっておりますーー」

老教授が彼女のほうを向いてなにか話しかけた。

「教授はわたしからそれについて説明するようにといっております」と、ミス・ノイマンはいった。

「B計画、のちにベンヴォ計画と呼ばれたものは、教授が長年かかって研究を続けた末に、ご自分の理由で中止した計画です」

「その実用化に失敗したからですか？」

「いいえ、失敗はしませんでした。わたしたちは失敗しなかったのです。わたしは教授と一緒にこの研究に従事しました。教授はさまざまな理由でこの研究を中止しましたけど、失敗したわけではありません。逆に成功したのです。正しい仮説を立て、それを発展させ、さまざまな実験でテストしたうえで、研究を成功させたのです」彼女はふたたびショーラム教授のほうを向き、自分の唇、耳、口などにさわって一種の奇妙な身ぶりによる暗号で話し合った。

「ベンヴォ計画とはいかなるものかを説明してよいかどうかと質問したところです」

「ぜひ説明してください」

「その前にみなさんがどこでベンヴォ計画のことを知ったのかと訊いております」

「われわれがそのことを知ったのは」と、マンロー大佐がいった。「あなたの古い友人の口からですよ、ショーラム教授。ブラント提督ではありません。彼はあまりよくおぼえていなかった。もう一人の友人、昔あなたがベンヴォ計画について話したことのあるレディ・マチルダ・クレックヒートンからですよ」

ミス・ノイマンがまた教授のほうを向いて唇の動きを読んだ。彼女はかすかに微笑んだ。

「マチルダはとっくに死んだものと思っていたそうです」

「彼女はたいそう元気ですよ。われわれがショーラム教授のこの発見について知ることを望んだのは、ほかならぬマチルダなのです」

「ショーラム教授はあなた方が知りたいと望んでおられる要点をお話しします。もっともそれを知ってもみなさんにはなんの役にも立たないことをお断わりしておかねばなりませんけれど。というのは、この発見の記録、数式、計算、実験記録などはみな焼きすてられてしまったからです。でもみなさんの質問にお答えするにはベンヴォ計画の概要をお話しするしかありませんし、それならわたしからお話しすることができます。暴動やデモを鎮圧するときに警察が使用する催涙ガスの効果と用途を、みなさんはご存知ですね。このガスは苦痛を伴う涙を流させ、涙腺の炎症を引きおこします」

「ベンヴォもそれと同じようなものなんですか？」

「いいえ、まったく違うものですけれど、同じ用途で使用することはできます。人間の主要な反応や感情だけではなく、精神面の特徴をも変えることができる、という考えが、科学者たちの頭にうかんだのです。つまり人間の性格を変えることができるのです。媚薬の性質はよく知られております。それが性的欲望のある状態を生みだすように、各種の薬やガスや腺の手術があって、それらが精神の活力に変化をもたらすことができるのです。ちょうど甲状腺に手術を施すことによってエネルギーを増大させるように。そこでショーラム教授がみなさんにお話ししようとしているのは、あるひとつの方法——それが腺の手術かガスの使用によるものかは申しあげませんが——人間の人生観を、人々と人生全般に対する彼の反応を変えることのできる方法があるということなのです。彼は怒りに駆られて人を殺しかねないような状態にあるかもしれないし、病的な暴力癖があるかもしれません。ところがベンヴォ計画の影響によって、彼はまったく別のなにかに、というよりまったく別のだれかに変わってしまうのです。彼は――その名の示すごとく――情深い《ベネヴォレント》人間に変わるのです。彼は他人のために役立つことを望むようになります。そこらじゅうに親切をばらまくようになります。他人に苦痛を与えたり暴力をふるったりすることを嫌悪するようになります。ベンヴォは大量に製造され、効果的に配布されれば、広い範囲にわたって何百何千という人間に影響を及ぼすことができるのです」

「その効果はどのくらいもちますかな？」と、マンロー大佐が質問した。「二十四時間？　あるいはもっと長くもちますか？」

「まだおわかりになっていないようですね」と、ミス・ノイマンがいった。「ベンヴォの効果は永久的なのです」

「永久的ですと？　あなた方は人間の性質を変えた、彼の構成要素――もちろん肉体的な構成要素だが――を変えた結果、永久的な性質の変化を生みだしたというんですか？　しかもそれは後戻りがきかない。彼を元の人間に戻すことはできないというんですね？　永久的な変化として受け入れなければならないんですね？」

「そうです。おそらくもともとはより医学的な性格の濃い発見だったのでしょうけど、ショーラム教授は、戦争、大衆蜂起、暴動、革命、アナーキーなどのさいに使用すべき一種の抑止力としてそれを考えたのです。単に医学的な発見と考えていませんでした。それは使用した本人には幸福感を与えず、他人の幸福を願う気持をおこさせるだけです。教授によれば、人間だれしも人生の一時期にそういう気持になるものだそうです。人間はだれかを、一人の人間であれ多数であれ、慰めてやりたい、幸福にしてやりたい、健康にしてやりたいという強い願望を抱きます。そして人間がそう感じることができ、また現にそう感じている以上、彼らの肉体の中にはその願望を司る構成要素が存在するはずであり、手術によってその構成要素を注入してやれば、その願望は永久的に持続するはずだと、わたしたちは考えたのです」

「すばらしい」と、ロビンスン氏がいった。

しかしその口調に熱狂は感じられず、むしろ深く考えこむような響きがあった。

「すばらしい発見です。もしその実用化が可能だとしたら——しかし、なぜそんなものを?」

椅子の背にもたれていた頭がゆっくりロビンスン氏のほうに向けられた。ミス・ノイマンがいった。

「教授は、あなたはほかのみなさんより察しがよいといっております」

「しかしそれが答ですよ」と、ジェイムズ・クリークがいった。「答はそれしかない！すばらしい発見じゃないですか」

ミス・ノイマンは首を振った。

「ベンヴォ計画は売物でも贈物でもありません。もう廃棄されてしまったのです」

「では、答はノーだというんですね？」と、マンロー大佐が信じられないといった表情で訊いた。

「ええ。ショーラム教授は答はノーだといっています。彼は結論をくだしました、それは反――」彼女はしばし言葉を切って椅子の老人のほうを見た。老人は頭と片手を動かしておかしな身ぶりを示し、喉の奥のほうで奇妙な音を発した。彼女はそれを聞きおわってまた言葉をついだ。「教授が自分でお話しするそうです。彼は恐ろしかったのです、科学が得意の絶頂でなしとげたことに不安をおぼえたのです。科学が発見し、知ったこと、科学が発見し、世に与えたもの。かならずしも奇蹟の特効薬ではなかった特効薬、多くの人命を救う一方で多くの人命を奪ったペニシリン、予期せざる死の幻滅と失望をもたらした心臓移植。彼は核融合の時代、無数の人間を殺戮した新兵器の時代を生きてきました。放射能や、新しい産業上の発見がもたらした汚染の悲劇。彼は科学が悪用された場合の弊害を恐れたのです」

「しかしこれは万人にとっての利益ですよ」と、マンローが叫んだ。

「多くのものがそうでした。いつも人類にとっての偉大な利益、偉大な奇蹟として歓迎されたものです。ところがやがて副作用があらわれ、しかもなお悪いことに、それらは時として人類に利益ではなく災厄をもたらしたという現実が明らかになったのです。だから教授はこの発見を放棄する決心をしました。彼はこういっています――彼女が手に持った紙の文面を読みあげると、椅子に坐った教授がうなずいて同意を示した――『わたしは着手した研究の完成、すなわちわたしの発見に満足している。しかしわたしはこの発見を公にしない決心をした。それは破棄されねばならぬ。この決心に従って、それはすでに放棄された。それゆえあなた方へのわたしの回答はノーである。博愛精神はたやすく得られるものではない。かつてはそれが可能だったかもしれないが、いますべての数式、知識、ノート、必要なプロセスの説明は焼却された――わたしはみずからの頭脳の所産を葬り去ったのである』」

ロバート・ショーラムはしゃがれ声で苦しそうに話しはじめた。

「わたしは自分の発見を葬り去った。いまではわたしがどのようにしてその発見にいたったかを知る人間は一人もいない。研究を手伝ってくれた男が一人いたが、その男は死んでしまった。研究が完成した一年後に、肺結核で死んだのだ。あなた方には帰っていただくほかない。残念ながらわたしはみなさんのお役に立てないのだ」

「しかしあなたのこの知識をもってすれば、世界を救えるのですぞ！」

椅子に坐った男は奇妙な音を発した。それは笑い声――半身不随の男の笑い声だった。

「世界を救うか！　大したせりふだ！　いまの若い連中も自分のやっていることが世界を救うことだと思いこんでいる！　彼らは世界を救うために暴力と憎しみの中で前進している。しかし彼らはどうすれば世界を救えるかを知らない。彼らは自分たちの力で、自分たちの心と魂でそれをしなければならないだろう。われわれはそれを達成する人工的な方法を彼らに教えることはできない。人工的な愛情？　人工的な親切心？　そんなものはいかん。それは本物ではない。それは何物をも意味しない。それは自然に背くことだ」彼はゆっくりといった。「神に背くことだ《アゲンスト・ゴッド》」

最後の二語は思いもかけず明瞭に発音された。彼は聞き手の顔をぐるりと見まわした。あたかも彼らに対して理解を懇願するようでいて、そのくせ理解される望みをまったく持っていないような態度だった。

「わたしには自分で創りだしたものを葬り去る権利があった――」

「その考え方には大いに疑問があります」と、ロビンソン氏がいった。「知識は知識です。自分で生みだしたもの——自分で生命を与えたものを、あなたは勝手に葬るべきではありません」

「きみが自分の意見を述べるのは自由だが——事実は認めてもらわねばならん」

「違います」と、ロビンスン氏が断固たる口調でいった。

リーザ・ノイマンが腹立たしげに彼のほうを見た。

「違うとはどういう意味です?」

彼女の目はきらきらと燃えていた。美しい女だ、とロビンスン氏は思った。この女はおそらく生涯ロバート・ショーラムを愛しつづけてきたのだろう。彼を愛し、彼とともに研究し、いまは彼のそばで暮らしてその知性を彼のために役立て、憐れみとは無縁な純粋無垢の献身を示している。

「人間は一生のあいだにいろんなことを知るようになります」と、ロビンスン氏はいった。「わたしの一生はそれほど長くはないでしょう。なにしろこの体重ではね」彼は自分の太った体を見おろして溜息をついた。「しかしわたしはいろんなことを知っています。わたしのいっていることは正しいのですよ、ショーラム教授。あなたもわたしの正しさを認めないわけにはいきますまい。あなたは正直な方です。あなたがご自分の研究を焼きすてるはずはない。そんなことは絶対にできなかったはずです。あなたはその研究成果をいまだにどこかにしまいこんで、隠しておられる。たぶんこの家にはないでしょう。これはまったくの推測だが、あなたはそれをどこかの貸金庫か銀行に保管しておいたはずです。そしてミス・ノイマンもそのことを知っている。あなたは彼女を信頼している。彼女はこの世であなたが信頼しているたった一人の人間ですからな」

ショーラムがいった。今度はほぼはっきり聞きとれる声だった。

「きみはだれだ？　いったいぜんたい何者だ？」

「わたしは金のことを知っているだけの人間です」と、ロビンスン氏が答えた。

「ほかに知っていることといえば、金に関連のあることが少々。人間と、人間の性癖と、彼らの行動ぐらいのものです。お望みならあなたが隠した研究成果をおさえこんでもかまいません。あなたがいま同じ仕事をまたやれるとはいわないが、それがどこかに無事保管されていることはたしかだと思います。あなたはご自分の考えをわれわれに話してくださった、わたしはそれがすべてまちがっているというつもりはありません。

たぶんあなたの考えが正しいでしょう。人類にとっての利益というやつは、なかなか厄介な代物です。かわいそうなベヴァリッジ（イギリスの経済学者で社会保障制度の主唱者）、貧困からの解放だか、不安からの解放だか知らないが、彼はそれを提唱し、計画を立案し、実践させることによって、この地上に天国を築くことができると考えた。しかしそれで地上の天国は出現しなかったし、あなたのベンヴォだかなんだかも（新案特許の食料品みたいな名前ですな）地上に天国をもたらすとは思えません。博愛精神にもほかのあらゆるものと同じように危険がつきものです。それは多くの苦しみ、苦痛、アナーキー、暴力、麻薬への隷属を防いでくれるでしょう。たしかにそれは諸々の悪いことがおこるのを防いでくれるだろうが、重要ななにかを省いてしまうということも考えられます。それは——あくまでも可能性の問題ですが——人々にとって重要な問題かもしれません。とくに若い人々にとっては。あなたのこのベンヴォレオは——こういうとなにか新案特許の掃除機のように聞こえますが——人々を情深くするだろうと同時に、おそらくは彼らをわざとらしくへりくだった、ひとりよがりで、自己満足的な人間にするだろうということも認めます。しかし、もし人々の性質を無理に変えて、彼らがその性質を死ぬまで使いつづけなければならないとしたら、そのうちの一人か二人は——決してたくさんはいないでしょうが——強いられてやっていたことに対する生まれつきの素質が自分の中にあることを発見するかもしれない、という可能性もまた存在します。つまり、彼らは死ぬ前にほんとに人間が変わってしまうのです。彼らが学んだ新しい性質から抜けだせないわけですよ」

「いったいなんの話かさっぱりわからん」と、マンロー大佐がいった。

「この方の話はばかげています」と、ミス・ノイマンがいった。「みなさんはショーラム教授の回答を受け入れなければなりません。教授は自分の発見を好きなようにするでしょう。強制しようとしてもむだですよ」

「いやいや」と、アルタマウント卿がいった。「われわれはあなたに強制したり、拷問にかけたりしてまで、隠し場所を白状させるつもりはないよ、ロバート。あなたは自分で正しいと思うとおりにすればよい。約束するよ」

「エドワードか？」と、ロバート・ショーラムがいった。また言葉が少し聞きとりにくくなり、彼が手ぶりで補うと、ミス・ノイマンがすかさずそれを通訳した。

「エドワードですか？　彼はあなたがエドワード・アルタマウントかと訊いています」

ショーラムがふたたびなにかいいかけると、彼女がそれを引きとった。

「アルタマウント卿、彼は自分のベンヴォ計画をあなたの手にゆだねることを、あなたが心の底から望んでおられるのかと訊いております。彼は――」彼女は言葉を切って、教授の唇の動きを読み、じっと聞き入った――「政官界で彼が信頼した人物はあなただけだといっております。もしあなたがそれを希望されるのならば――」

ジェイムズ・クリークが急に立ちあがった。心配そうな面持で、日にもとまらぬすばやい動きを見せて、彼はアルタマウント卿の椅子のそばに立った。

「手を貸しましょう。あなたは病人です。ちょっとさがってくれませんか、ミス・ノイマン。わたしは――もっとそばへ行かなくてはならない。彼の薬を持っているんです。やり方は知っています――」

彼は片手をポケットに入れて、注射器をとりだした。

「いますぐこれを注射しないと手遅れになる――」彼はアルタマウント卿の腕をつかみ、袖をまくりあげ、二本の指で皮膚をつまんで注射針を突き刺そうとした。

だがそのときだれかが動いた。ホーシャムがマンロー大佐を押しのけて駆け寄り、片手でジェイムズ・クリークをおさえつけて注射器をもぎとった。クリークは抵抗したが、ホーシャムの敵ではなかった。そしていまやマンローも駆けつけていた。

「そうか、きみだったのか、ジェイムズ・クリーク」と、彼はいった。「きみは裏切者だった、忠実な使徒に見せかけてじつはそうじゃなかったんだな」

ミス・ノイマンが戸口に駆け寄り――さっとドアを開けて叫んでいた。

「看護婦さん！　急いで！」

看護婦が姿を現わした。彼女はショーラム教授にすばやい一瞥を投げかけたが、教授は手を振って、なおも抵抗するクリークをおさえつけているホーシャムとマンローを指さした。看護婦の片手が制服のポケットにすべりこんだ。

ショーラムがどもりながらいった。「アルタマウントだ。心臓の発作らしい」

「心臓発作だって、ばかな」と、マンローがどなった。「これは殺人未遂だ」

「この男をおさえていてくれ」と、彼はホーシャムにいい、部屋の反対側へ飛んで行った。

「ミセス・コートマン。いつから看護婦になったのかね？　ボルティモアでわれわれをまいてからずっと行方をくらましていたが」

ミリー・ジーンはまだポケットの中を探っていた。やがてその手が小型のオートマチックを握って現われた。彼女はショーラムのほうをちらと見たが、マンローが彼女の前に立ちふさがり、リーザ・ノイマンがショーラムの椅子の前に立っていた。

ジェイムズ・クリークが叫んだ。「アルタマウントを撃つんだ、ジュアニータ——早く——アルタマウントを撃て」

彼女の腕がさっとあがって、銃口が火をふいた。

ジェイムズ・クリークがいった。

「よくやった！」

アルタマウント卿は古典の教養を身につけた人間だった。彼はジェイムズ・クリークをみつめながら弱々しく呟いた。

「ジェイミー、Et tu Brute?（お前もか、ブルータス？）」そして椅子の背にくずおれた。

マカラック医師はなにをするべきか、なにをいうべきかわからず、いささかあやふやな表情でまわりを見まわした。この夜の出来事は彼にとってかなり異常な経験だった。

リーザ・ノイマンがやってきてかたわらにグラスを置いた。

「ホット・ウィスキーですよ」と、彼女はいった。

「前々からあなたは千人に一人のすばらしい女性だと思っていたよ、リーザ」彼はありがたそうにホット・ウィスキーをすすった。

「いったいどういうことなのか説明してもらいたいが――極秘の事件らしいから、たぶんだれも話してはくれんでしょうな」

「教授は――心配ないんでしょうね？」

「教授？」彼は彼女の心配そうな顔をやさしく見やった。「彼はいたって元気だよ。むしろこの騒ぎがかえってよかったようだ」

「もしかしたら、ショックで――」

「わたしは元気だよ」と、ショーラムがいった。「わたしにはショック療法が必要だったんだ。わたしは――どういったらいいか――生き返ったような気がする」彼は驚いているようだった。

マカラックがリーザにいった。「彼の声が前より力強くなったことに気がついたかね？　こういう病人には無気力が大敵なのだ――彼に必要なのはまた研究を始めること――頭脳労働の刺激だよ。音楽はいい――音楽は彼を慰め、穏やかに人生を楽しむことを可能にした。しかし彼は偉大な知的能力の持主だ――人生のエッセンスであった知的活動がなくなって淋しがっている。できたらまた研究を再開させることだね」

医師は彼女を元気づけるようにうなずいたが、リーザは疑わしそうに彼を見かえした。

「マカラック先生」と、マンロー大佐がいった。「われわれには今夜ここでおきたことについて、ある程度あなたに説明しなければならない義務があると考えています。もっとも、ご推察のとおり、当局は極秘扱いを要求するでしょうが。アルタマウント卿の死は――」と彼はいいかけてためらった。

「実際はピストルで撃たれて死んだのではありません」と、医者がいった。「直接の死因はショックです。あの注射でも彼を殺せたでしょう――ストリキニーネですよ。あの若い男は――」

「わたしが間一髪注射器をもぎとったんです」と、ホーシャムがいった。

「ずっとあの男の正体がわからなかったわけですね？」と、医者がいった。

「そうです——七年以上ものあいだ信頼と愛情の目で見られていました。アルタマウント卿の古い友人の息子で——」

「よくあることです。それからあの婦人も——一味だったんでしょうな？」

「そうです。彼女はにせの身分証明書を使って看護婦としてここに住みこみました。殺人犯として警察に追われていた女です」

「殺人犯？」

「そう、夫であるアメリカ大使のサム・コートマンを殺したんですよ。大使館の前の階段で彼を射殺しておいて——覆面をした若い男たちが大使を襲ったという話をでっちあげたのです」

「夫を殺した動機はなんでしょう？　政治的なものですか、それとも個人的な恨みですか？」

「大使が彼女の活動の一部を知ったからでしょう」

「おそらく大使は妻の不貞を疑ったんじゃないでしょうか」と、ホーシャムがいった。

「ところが発見したのはスパイ行為と陰謀の入り乱れた蜂の巣だった。しかも自分の妻がその主役だったんですよ。彼はそれにどう対処すればよいかわからなかったのです。いい男だが頭の回転が鈍かった——妻のほうは頭がいいからさっさと行動をおこしたんです。告別《メモリアル・サーヴィス》式のときの、悲嘆にくれた未亡人の演技は大したものでしたよ」

「メモリアルか――」と、ショーラム教授がいった。

一同はちょっと驚いて彼のほうを向いた。

「メモリアルか、発音しにくい言葉だな――しかしわたしは本気だよ。リーザ、きみとわたしでまた研究を始めなくては」

「でも、ロバート――」

「わたしは生き返ったのだ。わたしがのんびりやるべきかどうか、マカラック先生に訊いてみなさい」

リーザはマカラックに問いかけるような視線を向けた。

「そうすれば寿命を縮めて、また元の無気力状態に戻ってしまうでしょう――」

「それみろ」と、ショーラムがいった。「最近の医学界の風潮なんだよ。死期の近い病人にまで――仕事を続けさせるのが――」

マカラック医師は笑いながら立ちあがった。

「当たらずといえども遠くはない。あとで薬を届けさせます」

「薬なんか服《の》まんぞ」

「服みますよ」

マカラックは戸口で立ちどまった。「どうもふしぎだ――なぜ警察はあんなに早く駆けつけたんですかね？」

「アンドルーズ空軍少佐が」と、マンローが答えた。「お膳立てしたんですよ。ぴったり時間どおりだった。われわれはあの女がこの近くにいることを知っていたが、まさかすでにこの家に入りこんでいたとは思いもしなかった」

「じゃ――わたしはこれで失礼します。あなた方の話はみなほんとうなんでしょうな？　最新のスリラー小説を読みかけて途中で眠ってしまい、いまにも目がさめて現実に戻るんじゃないかという気がしますよ。スパイだとか、殺人だとか、裏切者だとか、諜報活動だとか、科学者だとか――」

医師は部屋から出て行った。

一瞬沈黙が訪れた。

やがてショーラム教授がゆっくりと、言葉を選ぶようにいった。

「研究を再開するぞ――」

リーザが昔ながらの女のせりふを口にした。

「用心しなければだめですよ、ロバート――」

「用心などしていられないよ。あまり時間がないかもしれんからな」

彼はまたいった。

「メモリアルだ――」

「どういうことですの？　さっきもそれをいってましたけれど」

「メモリアルか？　そう、エドワードの追悼《メモリアル》だよ。そういえば彼は昔から殉教者みたいな顔をしていたな」

ショーラムはある考えに没頭しているようだった。

「ゴットリーブの居場所をつきとめる必要がある。もう死んでいるかもしれん。一緒に仕事をするにはもってこいの男だ。彼ときみに協力してもらうよ、リーザ――銀行から資料を出してきてくれ――」

「ゴットリーブ教授は健在ですよ――テキサス州オースチンのベーカー財団にいます」と、ロビンスン氏がいった。

「いったいなにをなさるつもり？」と、リーザが訊いた。

「もちろんベンヴォだよ！　エドワード・アルタマウント記念《メモリアル》だ。彼はそのために死んだんじゃないかね？　人を無駄死させてはいかんよ」

エピローグ

サー・スタフォード・ナイは二度書きなおした末にようやく電文を書きあげた。

ZP　354XB　91　DEP　S・Y

ローワー・スタウントンの谷にあるセント・クリストファー教会にて　来週木曜日午後二時三十分より結婚式を挙行することに決定　形式はふつうの英国国教会流ローマ・カトリックまたはギリシャ正教形式を希望する場合は電報にて指示を乞う　現在の居場所および結婚式で使う名前を連絡されたし　五歳になるやんちゃな姪が花嫁の付添いとして列席を希望　実際は優しい子で名前はシビル　このところ双方とも旅行つづきゆえハネムーンは当地ですごすことを望む　差出人　フランクフルトへの乗客

スタフォード・ナイ宛　ＢＸＹ４２６９８
シビルの付添いの件は了解　マチルダおばさんに花嫁の介添役をお願いしてみてはいかが　正式のプロポーズは受けていないけれど結婚を承諾します　ハネムーンの件も異存なし　パンダも式に列席させて　この電報が届くころはここにいないので居場所を教えても無意味です　メアリ・アン

「これでいいかな？」スタフォード・ナイは首をねじ向けて鏡を眺めながら神経質に訊いた。

彼は結婚式の衣裳合わせの最中だった。

「ほかの花婿にくらべてとくに見劣りはしませんよ」と、レディ・マチルダが答えた。

「花婿はみんな落ち着かないものです。一般に人前もはばからず有頂天になっている花嫁と違ってね」

「もしも彼女がやってこなかったらどうします？」

「だいじょうぶ、きっときますよ」

「なんだか――おなかのぐあいが変だな」

「パテ・ド・フォアグラのおかわりなんかするからですよ。あなたも花婿の例に洩れず神経過敏になっているんです。とにかく落ち着きなさい、スタッフィ。夜になればだいじょうぶでしょう――つまりその、教会へ着くころには落ち着きますよ――」

「それで思いだした――」

「指輪を買い忘れたんじゃないでしょうね？」

「いやいや――あなたに贈物があることをいい忘れていたんですよ、マチルダおばさん」

「おやまあ、それはご親切に」

「教会のオルガニストが辞めたといいましたね――」

「ええ、ありがたいことにね」

「ぼくが新しいオルガニストを連れてきてあげたんです」

「ほんとなの、スタッフィ、すばらしい思いつきね！　どこで見つけたの？」

「バイエルンですよ――彼は天使のような声で歌います――」

「歌なんか歌わなくたっていいのよ。それよりオルガンが弾けなくちゃ」

「オルガンだって弾けますよ――彼はとても才能豊かな音楽家なんです」

「なぜバイエルンからイギリスへくる気になったのかしら？」

「母親が死んだからです」

「おやまあ、うちの教会のオルガニストも母親をなくしたのよ。オルガニストの母親はみな体の弱い人ばかりらしいわね。で、その人は母親みたいに優しく世話をしてもらうことを望んでいるのかしら？　わたしはそんなのあまり得意じゃないけど」

「たぶんおばあさんか曾おばあさんみたいに世話をしてやるだけでいいんじゃないんですか」

突然ドアが開いて、バラのつぼみ模様の淡いピンク色のパジャマを着た、天使のようにかわいらしい女の子が、芝居がかったしぐさで部屋に入ってきて、熱狂的な歓迎を期待している人間の、鈴のようにさわやかな声でいった——

「あたしよ」

「シビル、どうしておねんねしないの？」

「だって子供部屋はつまんないんだもん——」

「それはあなたがいけない子だからよ、ばあやもきっと怒っているわ。いったいなにをしたの？」

シビルは天井を見あげてくすくす笑いだした。

「毛虫よ——もじゃもじゃの毛が生えたやつ。それをばあやにくっつけたら、ここ、ここへ入ってしまったの」

シビルの指が胸の中央の一点、ドレスメーキングの用語では〝襟ぐり《クリヴィジ》〟と呼ばれている部分を指さした。

「ばあやが怒るのも無理はない——ぞっとするわ」と、レディ・マチルダがいった。

そのとき乳母が部屋に入ってきて、シビルお嬢ちゃまはひどくはしゃいで、お祈りも唱えなければベッドにも入りたがらないと、レディ・マチルダにいいつけた。

シビルはレディ・マチルダのそばにすり寄った。

「あたし、チルダと一緒にお祈りしたいの——」

「いいでしょう——でもお祈りがすんだらすぐにベッドに入るのよ」

「いいわよ、チルダ」

シビルは床にひざまずき、両手を合わせて、お祈りの中で全能の神に近づくのに必要な準備らしいさまざまな奇声を発した。溜息をつき、唸り、ぶつぶついい、最後に鼻をぐすぐすさせてから、おもむろにお祈りを唱えだした。

「どうぞ神さま、シンガポールにいるパパとママに、チルダおばさんに、スタッフィおじさんに、エミーとクックとエレンとトマスに、犬たちぜんぶに、あたしのポニーのグリズルに、仲よしのマーガレットとダイアナに、それからいちばん新しいお友だちのジョーンにみめぐみを。そしてどうぞわたしをよい子にしてください、アーメン。それからもうひとつ、どうぞばあやの機嫌をなおしてやってください」

シビルは立ちあがり、これでもうだいじょうぶというように乳母と目配せを交わしてから、おやすみをいって出て行った。

「きっとだれかがあの子にベンヴォの話をしたにちがいないわ」と、レディ・マチルダがいった。「ところでスタッフィ、花婿の付添いはだれがやるんですか？」

「すっかり忘れていた——やっぱり付添いがいなくちゃいけませんか？」

「それがしきたりよ」

サー・スタフォード・ナイは小さな毛むくじゃらの動物を手にとった。

「パンダにやってもらいますよ——シビルもメアリ・アンも喜んでくれるでしょう——ね、いいでしょう？　パンダはそもそもの発端から——フランクフルト以来の関係者なんだから……」

クリスティーで読む
イギリス使用人事情
森薫
皆様初めまして
森薫です
自分が19世紀末イギリスヴィクトリア朝のメイドを題材にした漫画を描いていることもあって
作中登場する使用人(特にメイド)にはついつい目が行ってしまいます
普通メイドというと端役に徹してしまうものですが
総数
200人以上(!)
数で言っても相当なもの
クリスティー作品ではそれぞれが実に個性的に書かれているのです
時にはメイドが事件の中心になることもありますね
申し分のないメイド
ポケットにライ麦を
殺されてしまったりもしますが

その中でも特に「日常」というものが書かれるミス・マープル・シリーズ
私の若い頃にはね…
クリスティー個人的ベスト
①ミス・レモン
②ミス・マープル
③ポアロ
大変偏った趣味
彼女の家では孤児を引き取ってお屋敷勤めができるように教育もしているという
メイド養成所とでも言うべきおいしい設定です
私にとって
新聞です奥様
お読みしますか?
そうでしたっけ?
えーと
出てくるメイドもしっかりしたのからだらしないのまで
メイドとしての振舞や話し方作法など
時には使用人の質の低下について嘆いてみたり
そういった事情が実に生き生きと書かれています
昔のイギリス日常生活好きにはたまりません
クリスマス・プディングに色々なものを入れて出て来たもので占うとか

というわけで この
『フランクフルトへの乗客』
空港で会った謎の美女から明らかになる世界的陰謀という
他とは大分変わった印象を受ける本作です
その中でもやっぱりクリスティー作品だと思うのが
レディ・マチルダ・クレックヒートン
若きジークフリートね
ちょっとミス・マープルに似ている気が
レディ・マチルダに仕える忠実で有能なエミー
うわあああ
この2人の書かれ方は身もだえするほどたまりません
ゴロゴロゴロゴロゴロ
そして彼女が語るヴィクトリア朝エドワード朝のおもかげ

若い娘が皆
『ゼンダ城の虜』に
夢中になったこと
今でも
文庫で読めるのが
すごい
マリエンバートや
カルルスバート
バーデン＝バーデンに
温泉療養に
出掛けたこと
ポートワインが
通風のもとだと
思われていたこと
ポートワイン
ポルトガル産の
強いワイン
ジャン・パトゥの
デザインした服が
当時一流の
ものであった
ことなど

想像している
こういった生活感ある意味ささいな事は
私は大好きなんですが
専門書などではなかなかわかりません
当時の人の生活は当時の人が書いたもので知る
そういう意味でクリスティーはまたとない資料でもあるのです
などと色々書いてしまいましたが
やっぱりマープル物が好きですが
火曜クラブ
牧師館の殺人
クリスマスプディングの冒険
短編もすごい
もちろんミステリとして面白いのは私があえて言うまでもありません
古き英国に想いを馳せて
冬の夜に炉辺で読む推理小説

バラエティに富んだ作品の数々
〈ノン・シリーズ〉

名探偵ポアロもミス・マープルも登場しない作品の中で、最も広く知られているのが『そして誰もいなくなった』（一九三九）である。マザーグースになぞらえて殺人事件が次々と起きるこの作品は、不可能状況やサスペンス性など、クリスティーの本格ミステリ作品の中でも特に評価が高い。日本人の本格ミステリ作家にも多大な影響を与え、多くの読者に支持されてきた。

その他、紀元前二〇〇〇年のエジプトで起きた殺人事件を描いた『死が最後にやってくる』（一九四四）、『チムニーズ館の秘密』（一九二五）に出てきたロンドン警視庁のバトル警視が主役級で活躍する『ゼロ時間へ』（一九四四）、オカルティズムに満ちた『蒼ざめた馬』（一九六一）、スパイ・スリラーの『フランクフルトへの乗客』（一九七〇）や『バグダッドの秘密』（一九五一）などのノン・シリーズがある。

また、メアリ・ウェストマコット名義で『春にして君を離れ』（一九四四）をはじめとする恋愛小説を執筆したことでも知られるが、クリスティー自身は四半世紀近くも関係者に自分が著者であることをもらさないよう箝口令をしいてきた。これは、「アガサ・クリスティー」の名で本を出した場合、ミステリと勘違いして買った読者が失望するのではと配慮したものであったが、多くの読者からは好評を博している。

72 茶色の服の男
73 チムニーズ館の秘密
74 七つの時計
75 愛の旋律
76 シタフォードの秘密
77 未完の肖像
78 なぜ、エヴァンズに頼まなかったのか?
79 殺人は容易だ
80 そして誰もいなくなった
81 春にして君を離れ
82 ゼロ時間へ
83 死が最後にやってくる
84 忘られぬ死
86 暗い抱擁
87 ねじれた家
88 バグダッドの秘密
89 娘は娘
90 死への旅
91 愛の重さ
92 無実はさいなむ
93 蒼ざめた馬
94 ベツレヘムの星
95 終りなき夜に生れつく
96 フランクフルトへの乗客

灰色の脳細胞と異名をとる

〈名探偵ポアロ〉シリーズ

本名エルキュール・ポアロ。イギリスの私立探偵。元ベルギー警察の捜査員。卵形の顔とぴんとたった口髭が特徴の小柄なベルギー人で、「灰色の脳細胞」を駆使し、難事件に挑む。『スタイルズ荘の怪事件』（一九二〇）に初登場し、友人のヘイスティングズ大尉とともに事件を追う。フェアかアンフェアかとミステリ・ファンのあいだで議論が巻き起こった『アクロイド殺し』（一九二六）、イニシャルのＡＢＣ順に殺人事件が起きる奇怪なストーリーが話題をよんだ『ＡＢＣ殺人事件』（一九三六）、閉ざされた船上での殺人事件を巧みに描いた『ナイルに死す』（一九三七）など多くの作品で活躍し、最後の登場になる『カーテン』（一九七五）まで活躍した。イギリスだけでなく、イラク、フランス、イタリアなど各地で起きた事件にも挑んだ。

映像化作品では、アルバート・フィニー（映画《オリエント急行殺人事件》）、ピーター・ユスチノフ（映画《ナイル殺人事件》）、デビッド・スーシェ（ＴＶシリーズ）らがポアロを演じ、人気を博している。

1 スタイルズ荘の怪事件
2 ゴルフ場殺人事件
3 アクロイド殺し
4 ビッグ4
5 青列車の秘密
6 邪悪の家
7 エッジウェア卿の死
8 オリエント急行の殺人
9 三幕の殺人
10 雲をつかむ死
11 ABC殺人事件
12 メソポタミヤの殺人
13 ひらいたトランプ
14 もの言えぬ証人
15 ナイルに死す
16 死との約束
17 ポアロのクリスマス
18 杉の柩
19 愛国殺人
20 白昼の悪魔
21 五匹の子豚
22 ホロー荘の殺人
23 満潮に乗って
24 マギンティ夫人は死んだ
25 葬儀を終えて
26 ヒッコリー・ロードの殺人
27 死者のあやまち
28 鳩のなかの猫
29 複数の時計
30 第三の女
31 ハロウィーン・パーティ
32 象は忘れない
33 カーテン
34 ブラック・コーヒー〈小説版〉

好奇心旺盛な老婦人探偵

〈ミス・マープル〉シリーズ

本名ジェーン・マープル。イギリスの素人探偵。ロンドンから一時間ほどのところにあるセント・メアリ・ミードという村に住んでいる、色白で上品な雰囲気を漂わせる編み物好きの老婦人。村の人々を観察するのが好きで、そのうちに直感力と観察力が発達してしまい、警察も手をやくような難事件を解決するまでになった。新聞の情報に目をくばり、村のゴシップに聞き耳をたて、それらを総合して事件の謎を解いてゆく。家にいながら、あるいは椅子に座りながらゆったりと推理を繰り広げることが多いが、敵に襲われるのもいとわず、みずから危険に飛び込んでいく行動的な面ももつ。

長篇初登場は『牧師館の殺人』（一九三〇）。「殺人をお知らせ申し上げます」という衝撃的な文章が新聞にのり、ミス・マープルがその謎に挑む『予告殺人』（一九五〇）や、その他にも、連作短篇形式をとりミステリ・ファンに高い評価を得ている『火曜クラブ』（一九三二）、『カリブ海の秘密』（一九六四）とその続篇『復讐の女神』（一九七一）などに登場し、最終作『スリーピング・マーダー』（一九七六）まで、息長く活躍した。

35　牧師館の殺人
36　書斎の死体
37　動く指
38　予告殺人
39　魔術の殺人
40　ポケットにライ麦を
41　パディントン発4時50分
42　鏡は横にひび割れて
43　カリブ海の秘密
44　バートラム・ホテルにて
45　復讐の女神
46　スリーピング・マーダー

冒険心あふれるおしどり探偵
〈トミー＆タペンス〉

本名トミー・ベレズフォードとタペンス・カウリイ。『秘密機関』（一九二二）で初登場。心優しい復員軍人のトミーと、牧師の娘で病室メイドだったタペンスのふたりは、もともと幼なじみだった。長らく会っていなかったが、第一次世界大戦後、ふたりはロンドンの地下鉄で偶然にもロマンチックな再会をはたす。お金に困っていたので、まもなく「青年冒険家商会」を結成した。この後、結婚したふたりはおしどり夫婦の「ベレズフォード夫妻」となり、共同で探偵社を経営。事務所の受付係アルバートとともに事務所を運営している。トミーとタペンスは素人探偵ではあるが、その探偵術は、数々の探偵小説を読破しているので、事件が起こるとそれら名探偵の探偵術を拝借して謎を解くというユニークなものであった。

『秘密機関』の時はふたりの年齢を合わせても四十五歳にもならなかったが、

最終作の『運命の裏木戸』（一九七三）ではともに七十五歳になっていた。青春時代から老年時代までの長い人生が描かれたキャラクターで、クリスティー自身も、三十一歳から八十三歳までのあいだでシリーズを書き上げている。ふたりの活躍は長篇以外にも連作短篇『おしどり探偵』（一九二九）で楽しむことができる。

ふたりを主人公にした作品が長らく書かれなかった時期には、世界各国の読者からクリスティーに「その後、トミーとタペンスはどうしました？　いまはなにをやってます？」と、執筆の要望が多く届いたという逸話も有名。

世界中で上演されるクリスティー作品

〈戯曲集〉

劇作家としても高く評価されているクリスティー。初めて書いたオリジナル戯曲は一九三〇年の『ブラック・コーヒー』で、名探偵ポアロが活躍する作品であった。ロンドンのスイス・コテージ劇場で初演を開け、翌年セント・マーチン劇場へ移された。一九三七年、考古学者の夫の発掘調査に同行していた時期にオリエントに関する作品を次々執筆していたクリスティーは、戯曲でも古代エジプトを舞台にしたロマン物語『アクナーテン』を執筆した。その後、『そして誰もいなくなった』、『死との約束』、『ナイルに死す』、『ホロー荘の殺人』など自作長篇を脚色し、順調に上演されてゆく。一九五二年、オリジナル劇『ねずみとり』がアンバサダー劇場で幕を開け、現在まで演劇史上類例のないロングランを記録する。この作品は、伝承童謡をもとに、一九四七年にクイーン・メアリの八十歳の誕生日を祝うために書かれたBBC放送のラジオ・ドラマを舞台化したものだった。カーテン・コールの際の「観客のみなさま、どうかこのラストのことはお帰りになってもお話しにならないでください」の一節はあまりにも有名。一九五三年には『検察側の証人』がウィンター・ガーデン劇場で初日を開け、その後、ニューヨークでアメリカ劇評家協会の海外演劇部門賞を受賞する。一九五四年の『蜘蛛の巣』はコミカルなタッチのクライム・ストーリーという新しい展開をみせ、こちらもロングランとなった。

クリスティー自身も観劇を好んでいたため、『ねずみとり』は初演から十年がたった時点で四、五十回は観ていたという。長期にわたって劇のプロデューサーをつとめたピーター・ソンダーズとは深い信頼関係を築き、「自分の知らない芝居の知識を教えてもらった」と語っている。

名探偵の宝庫

〈短篇集〉

クリスティーは、処女短篇集『ポアロ登場』（一九二三）を発表以来、長篇だけでなく数々の名短篇も発表し、二十冊もの短篇集を発表した。ここでもエルキュール・ポアロとミス・マープルは名探偵ぶりを発揮する。ギリシャ神話を題材にとり、英雄ヘラクレスのごとく難事件に挑むポアロを描いた『ヘラクレスの冒険』（一九四七）や、毎週火曜日に様々な人が例会に集まり各人が体験した奇怪な事件を語り推理しあうという趣向のマープルものの『火曜クラブ』（一九三二）は有名。トミー＆タペンスの『おしどり探偵』（一九二九）も多くのファンから愛されている作品。

また、クリスティー作品には、短篇にしか登場しない名探偵がいる。心の専門医の異名を持ち、大きな体、禿頭、度の強い眼鏡が特徴の身上相談探偵パーカー・パイン（『パーカー・パイン登場』一九三四、など）は、官庁で統計収集の事務を行なっていたため、その優れた分類能力で事件を追う。また同じく、ハーリ・クィンも短篇だけに登場する。心理的・幻想的な探偵譚を収めた『謎のクィン氏』（一九三〇）などで活躍する。その名は「道化役者」の意味で、まさに変幻自在、現われてはいつのまにか消え去る神秘的不可思議的な存在として描かれている。恋愛問題が絡んだ事件を得意とするというユニークな特徴をもっている。

　ポアロものとミス・マープルものの両方が収められた『クリスマス・プディングの冒険』（一九六〇）や、いわゆる名探偵が登場しない『リスタデール卿の謎』（一九三四）や『死の猟犬』（一九三三）も高い評価を得ている。

51　ポアロ登場
52　おしどり探偵
53　謎のクィン氏
54　火曜クラブ
55　死の猟犬
56　リスタデール卿の謎
57　パーカー・パイン登場
58　死人の鏡
59　黄色いアイリス
60　ヘラクレスの冒険
61　愛の探偵たち
62　教会で死んだ男
63　クリスマス・プディングの冒険
64　マン島の黄金

訳者略歴　1935年生，1958年埼玉大学英文科卒，英米文学翻訳家　訳書『単独飛行』ダール，『カリブ海の秘密』クリスティー（以上早川書房刊）他多数

フランクフルトへの乗客《じょうきゃく》

〈クリスティー文庫 96〉

二〇〇四年十月　十五日　発行
二〇二〇年五月二十五日　四刷
（定価はカバーに表示してあります）

著　者　アガサ・クリスティー
訳　者　永《なが》井《い》淳《じゅん》
発行者　早川　浩
発行所　株式会社　早川書房

郵便番号一〇一‐〇〇四六
東京都千代田区神田多町二ノ二
電話　〇三‐三二五二‐三一一一
振替　〇〇一六〇‐三‐四七七九九
https://www.hayakawa-online.co.jp
乱丁・落丁本は小社制作部宛お送り下さい。
送料小社負担にてお取りかえいたします。

印刷・精文堂印刷株式会社　製本・株式会社フォーネット社
Printed and bound in Japan
ISBN978-4-15-130096-7 C0197

本書は活字が大きく読みやすい〈トールサイズ〉です。